到墳場的車票

Lawrence Block

勞倫斯・卜洛克 著
金波 譯

A Ticket to
the Boneyard

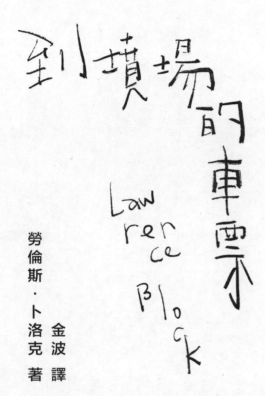

馬修．史卡德系列 08
到墳場的車票 A Ticket to the Boneyard
作者——勞倫斯．卜洛克 Lawrence Block
譯者——金波
美術設計—— ONE.10 Society
編輯協力——黃麗玟、劉人鳳
業務——李振東、林佩瑜
行銷企畫——陳彩玉、林詩玟
發行人——凃玉雲

出版——臉譜出版
104台北市中山區民生東路二段141號5樓
電話：(02)2500-7696　傳真：(02)2500-1952
臉譜部落格 facesfaces.pixnet.net/blog

發行——英屬蓋曼群島商家庭傳媒股份有限公司城邦分公司
104台北市中山區民生東路二段141號11樓
客服服務專線：(02)2500-7718；2500-7719
24小時傳真專線：(02)2500-1990；2500-1991
服務時間：週一至週五上午9：30~12：00；下午13：30~17：00
劃撥帳號：19863813
戶名：書虫股份有限公司
讀者服務信箱：service@readingclub.com.tw

香港發行所——城邦(香港)出版集團有限公司
香港灣仔駱克道193號東超商業中心1樓
電話：(852)2877-8606　傳真：(852)2578-9337　E-mail: hkcite@biznetvigator.com

馬新發行所——城邦(馬新)出版集團 Cite(M)Sdn Bhd (458372U)
41, Jalan Radin Anum, Bandar Baru Sri Petaling, 57000 Kuala Lumpur, Malaysia.
電話：(603)9056-3833　傳真：(603)9057-6622　E-mail: services@cite.com.my

初 版 一 刷　1998年4月
三 版 一 刷　2023年11月
ISBN 978-626-315-401-8
定價420元（本書如有缺頁、破損、倒裝，請寄回本社更換）

國家圖書館出版品預行編目資料

到墳場的車票／勞倫斯．卜洛克(Lawrence Block)著；金波譯.-- 三版.--台北市：臉譜出版：家庭傳媒城邦分公司發行，2023.11
面；公分.--(馬修．史卡德系列；08)
譯自：A Ticket to the Boneyard
ISBN 978-626-315-401-8(平裝)
874.57　　112017287

〈新版推薦序〉

關於我的朋友馬修・史卡德

臥斧

有很長一段時間，遇上還沒讀過「馬修・史卡德」系列的友人詢問「該從哪一本開始讀？」或「你最喜歡、最推薦哪一本？」之類問題，我都會回答，「先讀《八百萬種死法》，我最喜歡《酒店關門之後》。」

如此答覆有其原因。

「馬修・史卡德」系列幾乎每一本都可以獨立閱讀——作者勞倫斯・卜洛克認為，即使是系列作品，每部作品都仍該是個完整故事，所以倘若故事裡出現已在系列中其他作品登場過的角色，卜洛克就會簡述來歷，沒讀過其他作品或許不會理解角色之間的詳細關係，不過不會對理解手頭這本的情節造成妨礙。事實上，這系列在二十世紀末首度被引介進入國內書市時，出版社選擇出版的第一本書，就不是系列首作《父之罪》，而是第五部作品《八百萬種死法》。

出版順序自然有編輯和行銷的考量，讀者不見得要照章行事，我的答案與當年的出版順序並無關聯，《八百萬種死法》也不是我第一本讀的本系列作品。建議先讀《八百萬種死法》，是因為我認為這本小說最適合用來當成某種測試，確認讀者是否已經到達「人生中適合認識史卡德」的時期；

倘若喜歡這本，約莫也會喜歡這系列的其他故事，倘若不喜歡這本，那大概就是時候未到——生命中的哪個階段會被哪樣的作品觸動，每個讀者狀況都不相同。

這樣的答覆方式使用多年，一直沒聽過負面回饋，直到某回聽到一名友人坦承，自己初讀《八百萬種死法》時，覺得這故事「很難看」。有意思的是，這名友人後來仍然成為卜洛克的書迷，讀完了整個系列。

概略討論之後，我發現友人覺得難看的主因在於情節——這個故事並未完全依循推理小說作者與讀者之間不言自明的默契，結局之前的轉折雖然合理，但拐彎的角度大得讓人有點猝不及防，有部分讀者會覺得自己沒能被說服接受。可是友人同時指出，史卡德這個主角相當吸引人——這系列故事主線均由史卡德的第一人稱主述敘事，所以這也表示整個故事讀來會相當吸引人。能夠吸引讀者、呼應讀者自身的生命經驗、讓讀者打從心底關切的角色，總會讓讀者想要知道：這角色還會面對哪些事件，又會如何看待他所處的世界？

這是讓友人持續讀完整個系列的動力，也是我認為這本小說適合用來測試的原因——《八百萬種死法》是全系列中結局轉折最大的故事，也是完整奠定史卡德特色的故事。從這個故事開始認識史卡德，就像交了個朋友；而交了史卡德這個朋友，會讓人願意聽他訴說生命裡發生的種種故事。

約莫在友人同我說起這事的前後，我按著卜洛克原初的出版順序，重新閱讀「馬修．史卡德」系列，然後發現：倘若當初我建議朋友從首作《父之罪》開始讀，友人應該還是會成為全系列的忠實讀者，只是對情節和主角的感覺可能不大一樣。

史卡德登場

二十世紀的七〇年代，卜洛克讀了李歐納・薛克特的《論收賄》，這是薛克特與一名收賄的紐約警察一起完成的作品，內容講的就是那個警察的經歷。那是一名盡責任、有效率的警察，偵破不少案子，但同時也貪污收賄、經營某些不法生意。

卜洛克十五、六歲起就想當作家，他讀了很多偉大的經典作品，不過一開始並不確定自己該寫什麼；剛入行時他用筆名寫的是女同志和軟調情色長篇，市場反應不錯，六〇年代開始寫「睡不著覺的密探」系列，銷售成績也不差。七〇年代他與出版社商議要寫犯罪小說時，認為《論收賄》裡的警察或許能夠成為一個有趣的角色，只是他覺得自己比較習慣使用局外人的觀點敘事，沒什麼把握能寫好一個在警務體制裡工作的貪污警員。

於是卜洛克開始想像這麼一個角色：這個人是名經驗老到的刑警，和老婆小孩一起住在市郊，有辦案的實績，也沒放過收賄的機會；某天下班，這人為了阻止一樁酒吧搶案而掏槍射擊，但跳彈意外殺死了一個街邊的女孩。誤殺事件讓這人對自己原來的生活模式產生巨大懷疑，加劇了喝酒的習慣、與妻子分居、獨自住在旅館，偶爾依靠自己過往的技能接點委託維持生計，但沒有申請正式的偵探執照，而且習慣損出固定比例的收入給教堂⋯⋯

真實人物的遭遇加上小說家的虛構技法，馬修．史卡德這個角色如此成形。

一九七六年，《父之罪》出版。

一名女性在紐約市住處遭人殺害，嫌犯渾身浴血、衣衫不整地衝到街上嚷嚷之後被捕，兩天後在獄中上吊身亡。女孩的父親從紐約州北部的故鄉到紐約市辦理後續事宜，聽了事件經過後找上史卡德——就警方的角度來看這起案件已經偵結，這名父親也不大確定自己還想做什麼，他與女兒幾年來鮮少聯絡，甫知女兒死訊，才想搞清楚女兒這幾年如何生活、為什麼會遇上這種事。警方不會處理這類問題，於是把他轉介給曾經當過警察、現已離職獨居的史卡德。

以情節來看，《父之罪》比較像刻板印象中的推理小說：偵探接受委託，找出凶案的真正因由。這個故事同時確立了系列案件的基調——會找上史卡德的案子可能是警方認為不需要處理的，或者是當事人因故無法、或不願交給警方處理的；而史卡德做的不僅是找出真凶，還會在偵辦過程裡挖掘出隱在角色內裡的某些物事，包括被害者、凶手，甚至其他相關人物。

緊接著出版的《在死亡之中》和《謀殺與創造之時》都仍維持類似的推理氛圍，不同的是卜洛克對史卡德的描寫越來越多。史卡德的背景設定在首作就已經完整說明，卜洛克增加的是史卡德處理事件過程的生活細節——他對罪案的執拗、他與酒精的糾纏、他和其他角色的互動，以及他在紐約憑藉公車、地鐵、偶爾駕車或搭車但大多依靠雙腿四處行走查訪當中的所見所聞，這些細節累疊在原先的背景設定上，逐漸讓史卡德越來越立體，越來越真實。

史卡德曾是手腳不算乾淨的警員，他知道這麼做有違規範，但也認為這麼做沒什麼不對——有缺陷的是制度，他只是和所有人一樣，設法在制度底下找到生存的姿態。這使得史卡德成為一個特殊的冷硬派偵探——這類角色常以譏誚批判的眼光注視社會，史卡德也會，但更多時候這類譏誚會轉為自嘲，因為他明白自己並不比其他人更好，這類角色常面不改色地飲用烈酒，史卡德也會，但酒精因而成為一種將他拽開常軌的誘惑，摧折身體與精神的健康；這類角色心中都會具備一套自己的道德判準，史卡德也會，而且雖然嘴上不說，但他堅持的力道絕不遜於任何一個硬漢。

我私心將一九七六年到一九八一年的四部作品劃歸為系列的「第一階段」。這四部作品的情節不只呈現了偵查經過，也替史卡德建立了鮮明的形象——作家替角色設定的個性與特質會決定角色面對衝突時的反應，而讀者會從這些反應推展出現的情節理解角色的個性與特質。史卡德並非完人，沒有超凡的天才，反倒有不少常人的性格缺陷，對善惡的標準似乎難以解釋，但他面對罪惡的態度會讓讀者清楚地感知那個難以解釋的核心價值。

讀者越來越了解史卡德——他不是擁有某些特殊技能、客觀精準的神探，他就是個試著盡力解決問題的凡人。或許卜洛克也越寫越喜歡透過史卡德去觀察世界——因為他寫了《八百萬種死法》。

反正每個人都會死，所以呢？

《八百萬種死法》一九八二年出版。

打算脫離皮肉生涯的妓女透過關係找上史卡德，請史卡德代她向皮條客說明。皮條客的行為模式與眾不同，尋找時花了點工夫，找上後倒沒遇到什麼麻煩；皮條客很乾脆地答應，但幾天之後，史卡德發現那名妓女出了事。史卡德已經完成委託，後續的事理論上與他無關，可是他無法放手，認為這事八成是言而無信的皮條客幹的；他試著再找皮條客，雖然不確定找上後自己要做什麼，不料皮條客先聯絡他，除了聲明自己與此事毫無關聯，並且要雇用史卡德查明真相。

在妓女出現之前，史卡德做的事不大像一般的推理小說；接下皮條客的委託之後，史卡德的工作方式則與前幾部作品一樣，不是推敲手上的線索就看出應該追查的方向，而是透過皮條客手下的其他妓女以及史卡德過往在黑白兩道建立的人脈，扎扎實實地四處查訪。因此之故，《八百萬種死法》有不少篇幅耗在史卡德從紐約市的這裡到那裡，敲門按電鈴，問問這個問問那個；其他篇幅一部分用來講述史卡德的生活狀況——主要是他日益嚴重的酗酒問題，酒精已經明顯影響他的神智和健康，但他對戒酒無名會那種似乎大家聚在一起取暖的進行方式嗤之以鼻，另一部分則記述了史卡德從媒體或對話裡聽聞的死亡新聞。

《八百萬種死法》的書名源於當時紐約市有八百萬人口，每個人可能都有不同的死亡方式；這些死亡事件與史卡德接受的委託沒有關係，史卡德也沒必要細究每樁死亡背後是否藏有什麼祕密。如此安排容易讓讀者覺得莫名其妙——我要看史卡德怎麼查線索破案子，卜洛克你講這些無關緊要的東西做什麼？不過讀者也會慢慢發現：這些插播進來的死亡新聞，讀起來會勾出某些古怪的反應，有時是深沉的慨嘆，有時是苦澀的笑意。它們大多不是自然死亡，有的根本不該牽扯死亡——例如有人扛回被丟棄的電視機想修好了自己用，結果因電視機爆炸而亡，這幾乎有種荒謬的喜感——讀者認為它們「無關緊要」，是因它們與故事主線互不相涉，但對它們的當事人而言，那是生命的瞬間消逝，可一點都不「無關緊要」。

是故，這些死亡準確地提出一個意在言外的問題：反正每個人都會死，所以呢？每個人如何迎來生命終點都無法預料，甚至不可理喻，沒有善惡終報的定理，只有無以名狀的機運；在這樣的世界裡，執著地追究某個人的死亡，有沒有意義？或者，以史卡德的處境來說，遠離酒精，讓自己清醒地面對痛苦，有沒有意義？

推理故事大多與死亡有關。古典和本格派將死亡案件視為智力遊戲，是偵探與凶手、讀者與作者之間鬥智的謎題；冷硬和社會派利用死亡案件反映社會與人的關係，什麼樣的環境會讓人做出什麼樣的掙扎，什麼樣的時代會讓人犯下什麼樣的罪行。其實，推理故事一直是最適合用來揭示人性的故事，因為要查明一個或數個角色的死因，調查會以死者為圓心向外輻射，觸及與死者有關的其他角色，釐清他們與死者的關係、死亡對他們的影響、拼湊死者與他們的過往，這些調查會顯露角色們的個性，死因與行凶動機往往就埋在這些人性糾葛之中。

《八百萬種死法》不只是推理小說，還是一部討論「人該怎麼活著」的小說。

「馬修·史卡德」是個從建立角色開始的系列，而《八百萬種死法》確立了這個系列的特色，這些故事不僅要破解死亡謎團、查出凶手，也要從罪案去談人性。

我們終將孤獨

在《八百萬種死法》之後，卜洛克有幾年沒寫史卡德。

據聞《八百萬種死法》本來可能是系列的最後一個故事，從故事的結尾也讀得出這種味道——史卡德解決了事件，也終於直視自己的問題，讓系列在劇末那個悸動人心的橋段結束，是個合理的選擇，也是個漂亮的收場——不過從隔了四年、一九八六年出版的《酒店關門之後》來看，卜洛克還想繼續以史卡德的視角看世界，沒有馬上寫他的故事，可能是自己的好奇還沒尋得答案。

因為大家都知道，故事會有該停止的段落，角色做完了該做的事、有了該有的領悟；但在現實生活裡，時間不會停在「全書完」三個字出現的那一頁，就算人生因為某些事件而轉往新方向，等在眼前的也不會是一帆風順「從此幸福快樂」的日子。卜洛克的好奇或許是：在史卡德直視自身問題、做了重要決定之後，他還是原來設定的那個史卡德嗎？那個決定會讓史卡德的生活出現什麼變化？那些變化是否會影響史卡德面對世界的態度？

倘若沒把這些事情想清楚就動手寫續作，大約會出現兩種可能：一是動搖前五部作品建立的系列基調——既然卜洛克喜歡這個角色，那麼就會避免這種情況發生；二是保持了系列基調但破壞了《八百萬種死法》那個完美結局的力道——真是如此的話，不如乾脆結束系列，換另一個主角講故事。

《酒店關門之後》是卜洛克思考之後的第一個答案。

這個故事裡出現三樁不同案件，發生在《八百萬種死法》之前。案件之間乍看並不相干（不過後來發現其中兩起有點關聯），史卡德甚至不算真的在調查案件——第一樁案件是酒吧常客妻子被殺，史卡德被委任去找出兩名落網嫌犯的過往記錄，讓他們看起來更有殺人嫌疑；第二樁事件是另一家起酒吧帳本失竊，史卡德負責的是與竊賊交涉、贖回帳本，而非查出竊賊身分。至於第三樁事件，史卡德完全沒被指派工作，那是一樁搶案，史卡德只是倒楣地身處事發當時的酒吧裡頭，而且也沒被搶。

三樁案件各自包裹了不同題目，這些題目可以用「愛情」、「友誼」之類名詞簡單描述，但真要說明白它們內裡的複雜層次，卻常讓人找不著最合適的語彙。卜洛克擅長用對話表現角色個性和推進情節，因此故事讀來一向流暢直白；流暢直白不表示作家缺乏所謂的文學技法，因為《酒店關門之後》完全展現出這類文字的力量——倘若作家運用得宜，這類看似毫不花巧的文字其實能夠帶領讀者無限貼近這些題目的核心，將難以描述的不同面向透過情節精準展演。

同時，卜洛克也在《酒店關門之後》為自己和讀者重新回顧了史卡德的完整形象，他的私人生活，他的道德判準，以及酒精。《酒店關門之後》的案件都與酒吧有關，故事裡也出現了非常多酒吧——高檔的酒吧、簡陋的酒吧、給觀光客拍照留念的酒吧、熟人才知道的酒吧、正派經營的酒吧、非法營業的酒吧、具有異國風情的酒吧、屬於邊緣族群的酒吧。每個人都找得到自己應該歸屬、宛如個人聖殿的酒吧，每個人也都將在這樣的所在，發現自己的孤獨。

史卡德並非沒有朋友，但每個人都只能依靠自己孤獨地面對人生，不是沒有伴侶或好友的孤獨，而是有了伴侶和好友之後才會發現的孤獨，在酒店關門之後、喧囂靜寂之後，隔著酒精製造出來的曚曨迷霧，看見它切切實實地存在。事實上，喝酒與否，那個孤獨都在那裡，只是少了酒精，有時就會缺乏直視的勇氣；可是理解孤獨，便是理解自己面對人生的樣貌，有沒有酒精，這都是必要的人生課題。

同時，《酒店關門之後》確立了這系列的另一個特色。假若從首作讀起，讀者會知道系列故事按著時序發生，不過與現實時空的連結並不明顯——那是二十世紀七、八〇年代發生的事，至於確切是哪一年則不大要緊。不過《酒店關門之後》開場不久，史卡德便提及事件發生在很久之前、一九七五年，是過去的回憶，而結尾則說到時間已經過了十年，也就是故事裡「現在」的時空應當是一九八五年，約莫就是《酒店關門之後》寫作的時間。史卡德不像某些系列作品的主角那樣，似乎固定停留在某段時空當中，他和作者、讀者一起活在同一個現實裡頭。

再過三年，《刀鋒之先》在一九八九年出版，緊接著是一九九〇年的《到墳場的車票》。卜洛克準備答案所花的數年時間沒有白費，結束了在《酒店關門之後》的回顧，史卡德的時間繼續前進，他用一種與過去不大一樣的方式面對人生，但也維持了原先那些吸引人的個性特質。

在人間與黑暗共舞

從《八百萬種死法》至《到墳場的車票》是我私心分類的「第二階段」，卜洛克在這個階段重新整理了對角色的想法，讓史卡德成為一個更有血有肉、會隨著現實一起慢慢老去、仿若與讀者一同生活在現實的真實人物。而系列當中的重要配角在前兩階段作品中也已全數登場，史卡德的人生即將邁入新的篇章。

我認定的「馬修．史卡德」系列「第三階段」從一九九一年的《屠宰場之舞》開始，到一九九八年的《每個人都死了》為止，卜洛克在八年裡出版了六本系列作品，寫作速度很快，而且每個故事都很精采，人性描寫深刻厚實，情節絞揉著溫柔與殘虐。

雖說先前談到前兩階段共八部作品時一直強調角色塑造，但不表示卜洛克沒有好好安排情節。卜洛克的確認為角色很重要——他在講述小說創作的《小說的八百萬種寫法》中明確寫道：「幾乎所有讀者持續翻閱任何小說的主要原因，就是想知道接下來發生的事，讀者之所以在乎接下來發生的事，則是因為作者描寫人物性格的技巧。小說中的人物若有充分描繪，具有引起讀者共鳴與認同的力量，讀者就會想知道他們下場如何，並深深擔心他們的未來會不會好轉，」「馬修．史卡德」系列可以視為這番言論的實際作業成績。不過，同一本書裡，他也提及寫作之前應該重新閱讀，不是以讀者的眼光閱讀，而是以作者的洞察力閱讀。卜洛克認為這樣的閱讀不是可以學到某種公式，而是能夠培養出一些類似「直覺」的東西，知道創作某類小說時可以用什麼方式。

說得具體一點，「以作者的洞察力閱讀」指的不單是享受故事，而是進一步拆解故事，找出該故事的作者用什麼方法鋪排情節，如何埋設伏筆、讓氣氛懸疑，如何製造轉折、讓發展爆出意外。

開始寫「馬修．史卡德」系列時，卜洛克已經是很有經驗的寫作者；要寫犯罪小說之前，他已經拆解了不少相關類型的作品。史卡德接受的是檢調體制不想處理、或當事人不願交給體制處理的案件，這些案件不大可能牽涉某種國際機密或驚世陰謀，但往往蘊含隱在社會暗角、體制照料不到之處的幽微人性——而史卡德的角色設定，正適合挖掘這樣的內裡。

從《父之罪》開始，「馬修．史卡德」系列就是角色與情節的適恰結合，而在寫完前兩個階段、史卡德的形象穩固完熟之後，卜洛克從《屠宰場之舞》開始加重了情節的黑暗層面。《屠宰場之舞》出現性虐待受害者之後將其殺害、並且錄影自娛的殺人者，《行過死蔭之地》出現綁架、性侵，並以切割被害者肢體為樂的凶手，《一長串的死者》裡一個祕密俱樂部驚覺成員有超過正常狀況的死亡機率，《向邪惡追索》中的預告殺人魔似乎永遠都有辦法狙殺目標。

這些故事都有緊張、刺激、驚悚、駭人的橋段，而在經營更重口味情節的同時，卜洛克持續讓史卡德面對自己的人生課題——前女友罹癌、要求史卡德協助她結束生命；原來已經穩固的感情關係，忽然出現了意想不到變化；調查案子的時候，自己也被捲入事件當中，更糟的是，自己的朋友也被捲入事件當中、甚至因此送命——諸如此類從系列首作就存在的麻煩，在第三階段一個都沒少。

史卡德在一九七六年的《父之罪》裡已經是離職警察，可以合理推測年紀可能在三十到四十之間，因此到一九九八年的《每個人都死了》為止，史卡德處於從三十多歲到接近六十歲的中壯年時期。在人生的這段時期當中，大多數人已經成熟、自立，有能力處理生活當中的大小物事，但也必須承受最多生活壓力——年長者的需求、年幼者的照料、日常經濟來源的提供、人際關係的維繫——而總也在這類時刻，一個人會發現自己並沒有因為年紀到了就變得足夠成熟或擁有足夠能力，毋需面對罪案，人生本身就會讓人不斷思索生存的目的，以及生活的意義。

「馬修．史卡德」系列的每一個故事，都在人間與黑暗共舞，用罪案反映人性，都用角色思考生命。

新世紀之後

進入二十一世紀，卜洛克放緩了書寫史卡德的速度。

原因之一不難明白：史卡德年紀大了，卜洛克也是。

卜洛克出生於一九三八年，推算起來史卡德可能比他年輕一點，或者同樣年紀。在歷經種種人生關卡、頻繁與黑暗對峙的九〇年代之後，史卡德的生活狀態終於進入相對穩定的時期，體力與行動力也逐漸不比以往。

原因之二也很明顯：九〇年代中期之後，網際網路日漸普及，犯罪事件利用網路及相關科技的比例也慢慢提高。卜洛克有自己的部落格、發行電子報，會用電腦製作獨立出版的電子書，也有臉書帳號，這表示他是個與時俱進的科技使用者，但不表示他熟悉網路犯罪的背後運作。要讓史卡德接觸這類罪案並無不可——早在一九九二年的《行過死蔭之地》裡，史卡德就結識了兩名年輕駭客，真要寫這類罪案，卜洛克想來也不會吝惜預做研究的功夫；但倘若不讓史卡德四處走動、觀察人間，那就少了這個系列原有的氛圍。

另一個原因則相對沒那麼醒目：卜洛克長年居住在紐約，世貿雙塔就是史卡德獨居的旅店房間窗景，二〇〇一年九月十一日發生在紐約的恐怖攻擊事件，對卜洛克和史卡德這兩個紐約客而言都是巨大的衝擊。卜洛克在二〇〇三年寫了獨立作品《小城》，描述不同紐約人對九一一的反應與後續生活；史卡德沒在系列故事裡特別強調這事，但更深切地思考了死亡——史卡德這角色是因為死亡才成形的，那樁跳彈誤殺街邊女孩的意外，把史卡德從體制內的警職拉扯出來，變成一個體制外孤獨抵抗人性黑暗的存在。過了二十多年，人生似乎步入安穩境地之際，世界的陡然巨變與個人的生理狀態，則提醒每個人：死亡非但從未遠去，還越來越近。而這也符合史卡德與許多系列配角的狀況，他們和史卡德一樣，都隨著時間無可違逆地老去。

「馬修．史卡德」系列的「第四階段」每部作品間隔都較「第三階段」長了許多。第一本是二〇〇一年《死亡的渴望》，這書與二〇〇五年的《繁花將盡》是本系列僅有「應該按順序閱讀」的作品。下一部作品是二〇一一年出版的《烈酒一滴》，不過談的不是二十一世紀的史卡德，而是《八百萬種死法》之後、《刀鋒之先》之前的史卡德——這兩本作品之間的《酒店關門之後》談的是一九七五年發生的往事，以時序來看，讀者並不知道史卡德在那段時間裡的狀況，那是卜洛克正在思索這個角色、史卡德正在經歷人生轉變的時點，《烈酒一滴》補上了這塊空白。

餘下的兩本都不是長篇作品。《蝙蝠俠的幫手》是短篇合集，可以讀到不同時期史卡德遭遇的事件，讀者會發現即使沒有夠長的篇幅，卜洛克一樣能夠巧妙地運用豐富立體的角色說出有趣的故事。二〇一九年的《聚散有時》則是中篇，也是「馬修・史卡德」系列迄今為止的最後一個故事，事件本身相對單純，但對系列讀者、或者卜洛克自己而言，這故事的重點是交代了史卡德以及系列當中重要配角的生活，他們有的長大了，有的離開了，有的年老了，但仍然在死亡尚未到訪之前，在生命裡碰撞出新的火花，發現新的意義。

最美好的閱讀體驗

「馬修・史卡德」系列的起始是犯罪故事，屬於廣義的推理小說類型，每個故事裡也都能讀出推理小說的趣味，縱使主角史卡德並非智力過人的神探，但他踏實地行走尋訪，反倒看到了更多人間光景、接觸了更多人性內裡。同時因為史卡德並不是個完美的人，所以他的頹唐、自毀、困惑，以及堅持良善時迸出的小小光亮，才會顯得格外真實溫暖。

是故，「馬修・史卡德」系列不只是好看的推理小說，還是好看的小說，不只是好看的小說，還是好的小說——不僅有引發好奇、讓人想探究真相的案件，不僅有流暢又充滿轉折的情節，還有深刻描繪的人性。

讀這個系列會讓讀者感覺真的認識了史卡德，甚至和他變成朋友，一起相互扶持著走過人生低谷、看透人心樣貌。這個朋友會讓人用不同視角理解世界、理解人，或者反過來理解自己。

我依然會建議初識這個系列的讀者，從《八百萬種死法》開始試試自己和史卡德合不合拍，不過或許除了《聚散有時》之外，任何一本都會是很好的選擇——不同時期的史卡德作品會有些不同的質地，但都保持了動人的核心。

這些年來我反覆閱讀其中幾本，尤其是《酒店關門之後》，電子書出版之後，我又從《父之罪》開始依序閱讀，每次閱讀，都會獲得一些新的體悟。史卡德觀看世界的視角未曾過時，卜洛克對人性的描寫深入透澈，身為讀者，這是最美好的閱讀體驗。

〈導讀〉

繫好安全帶，我們要起飛了——

唐諾

我一直以為她撐不下去，有這麼多危險因素威脅著她的生命，她承受著非常巨大的壓力，我一直擔心她的心臟抵不住，但結果她真的有顆很好的心。

——某住院醫生

幾年前，台灣出版界曾經歷了一次頗為奇妙的小說出版經驗：一個從出版社本身到絕大多數讀者都搞不清他是誰的德國小說家，一本同樣從出版社到絕大多數讀者都沒聽過的古怪小說。出版時沒介紹，沒什麼動人的行銷，就這麼安安靜靜、孤孤伶伶丟到書市裡來，結果，卻忽然發現革命情勢一片大好。

這個小說家，當然我們現在一點也不陌生了，他叫徐四金；這部古怪的小說我們可能也都看了，叫《香水》，極可能，很多人還陸續讀了他的《鴿子》、《夏先生的故事》和《低音大提琴》。

我一位友人敘述了他和徐四金結緣的經過：有個朋友跑他家去，就為了講《香水》這本書，足足講了三小時之久。

讓我們稍稍回憶（當然不花三小時）這部奇特的小說：書中的主人翁葛奴乙是名棄嬰，被好心的賣菜老太婆收養，稍大後到香水師傅那兒當學徒，此人天賦異稟，有絕佳的鼻子和雙手，而且渾身無一絲體味宛如一張空白的香水畫布，他很快就成為絕頂的香水師，但他決心要搜集人間最美好的香味，好煉製一種曠古絕今的香水，於是，他先後殺了二十幾名美麗的處女，只為了取下她們身體的香味——

這部小說哪裡好看？答案應該說整本都好看，但我以為，真正開始驚心動魄，開始「起飛」（take off）的時刻，是小說進行到大約一半，這個神魔一體的天才把注意力從形而下的香水材料移開，動手煉製各種穿越感官、直指人心的詭異香水之時。他可用味道來控制人們或者喜歡他，或者同情他，或者對他避之不及，或者根本不當他存在云云，他還說：「給我十萬個黃銅門把，我就能煉製出一滴精純無匹的黃銅味香水來……」

卜洛克這部《到墳場的車票》當然沒能好到這種地步，但整部小說的氣息和走向，特別是小說進行中忽然「起飛」、拔昇到如幻如真的關鍵一點，總讓我不由自主想到《香水》。

所謂史卡德的女人

《到墳場的車票》，慣常扮演罪惡狩獵者的史卡德，這回他除了繼續緝凶之外，也同時扮演獵物。

這部小說不是古典推理的猜凶手遊戲，壞人是誰一大清早就曉得了；也不是宋戴克博士推理系列的「倒置」寫法，藉神探的事來重建犯罪過程，以找出符合起訴條件的罪證。它比較像推理小說的一個旁支「驚悚小說」（Suspense），史卡德和凶手兩人穿梭追逐在一個八百萬人的現代大都會之中，宛如兩個孤獨的決鬥者。

事情源始於多年前史卡德仍幹警察之時，他的妓女兼房地產專家女朋友伊蓮·馬岱彼時被一名完事後不付錢、熱愛各種殘酷性虐待遊戲的惡徒纏上，史卡德布置了一個陷阱順利送他入獄，然而，多年之後壞人回來了，開始展開全面性報復，揚言要除盡所有史卡德的女人，並準備把史卡德本人像貓爪下的老鼠般玩到最後才下手——

孑然一身的自由工作者史卡德，所謂「他的女人」多嗎？老實說並不多，除了當年和伊蓮一起受虐的幾名倒楣妓女而外，便只有住長島的前妻、分手中的雕刻家女友珍·肯恩等寥寥數人罷了，然而，一塊兒參加戒酒無名會的女性算不算？偶爾在酒吧喝杯咖啡聊兩句話的女性算不算？或只是街上點個頭的不知名女性又算不算？

要命在於：史卡德怎麼說半點不重要，報復者李歐·摩利說算就算。

整部小說便在這種情形下駭然的起飛了：史卡德好不容易在腦中搜索完所有可能因他而遭橫禍的女性，一一要她們出國度假直到狀況解除再回紐約或請求警方保護云云，一口氣尚未緩過來，這時一通猙獰的電話進來了，凶手宣稱他剛剛又處置了一名史卡德的「血親」，而這名所謂的血親，史卡德應該既沒見過也不認識，但沒想到真的還是有所牽連——

案情就談到這裡為止。

孤單的存在

這是這場現代司法系統插不上手的「返祖性」決鬥最不公平之處，史卡德是防守者，而且得「像變戲法的人，將手中所有的球拋向空中……我全部要拯救，全部要保護」。

然而，史卡德心知肚明：「殘酷的真相是，這些女人不僅現在並不屬於我，過去也從來不曾是我的，更別提未來。我現在沒有任何歸屬，往後也是／我是孤單的存在。」

荒謬，但實實在在的困境。

佛家有種說法，叫「愛別離苦」，是人生眾多你無力操作的痛苦之一，這種痛苦源自於情感——包括親情、友情、愛情等所有情感——所產生的繫帶，讓你珍愛，讓你不捨得，而無法心頭清明、一無掛礙的迎向你終究躲不開的一切生老病死，因此，正視人間苦厄、原為某種亂世悲觀之學的佛家勸誡我們，自己下刀比較不痛，要我們主動切斷這些必然會帶來痛苦的情感繫帶，體露金風的坦然面對造化的生死榮枯大循環。

就目前台灣坊間的佛學水平來說，史卡德原來的自我了斷其實已差不多了，他辭去警職，斷掉了和整個社會的主要繫帶；他離了婚，斷掉了家庭和親情的固定牽連；他的生活種種全「設計」成可解除的形式，包括住的是旅店，女友是妓女，朋友交往只在各個酒吧好聚好散，而且不抽菸又戒了酒（小說名家鍾阿城說，人得夠殘酷才戒得了菸酒）——這樣子列下來，我們幾乎要相信卜洛克有意把馬修．史卡德寫成這個樣子，寫成踽踽獨行於華麗罪惡大紐約市的一名行腳僧。

當然，實情可能不如此，我們仔細讀小說，比較合理的猜測可能正好倒過來：卜洛克想寫、而且頗為成功的寫出了一個「慧而有情」（借用佛家對「菩薩」一詞的詮釋）的人。此人正直、敏感，對美好的事物和人有鑑賞力，對人生種種有依依的眷念，只是，卜洛克偏偏為他找了一個要命的行業，在一個要命的城市之中。於是，他不僅不能扭頭不看遍在的罪惡和不義，而且還非得主動去追索去挖掘出來不可，這樣，他這些敏感正直的特質，無疑是兩倍的自我懲罰，他得不斷看到美好的事物消逝，無辜的人倒下去，值得守護的德目和價值被棄如敝屣，總而言之，他得學會硬起心腸，並把自己裝扮成沒有弱點、無可損失的硬漢一名，才可能活得下去。

就像書中所說，造成史卡德離職、離婚並開始酗酒這一連鎖反應的那樁小女孩誤殺意外，對某些人而言，這可能就僅僅是令人遺憾的可遺忘意外罷了，但對另外一些人如史卡德，那卻成了一生的岔路，永續的夢魘。

你不要再來一次，就只好讓自己先孑然一身，假裝自己會損失的僅止於一些手銬腳鐐者流而已。

生命本身的繫帶

然而，李歐．摩利的全面報復行動，卻狠狠戳穿了史卡德對自己催眠有年的「謊言」，令他狼狽不堪。

這些慘遭屠殺的女子，史卡德當然可以繼續大聲宣稱，她們絕不是「我的女人」，我過去、現在、未來皆未擁有她們，我和她們之間絕不存在任何一點像回事的愛情、親情或友情——這些也仍然是真心話，但有用嗎？能讓史卡德不為她們的死負疚，並拚命想阻止下一樁慘案發生嗎？

事情至此很清楚了，原來，人和人之間，除了「有形」情感的積極繫帶之外，對更多那些一非親族、二也不存在什麼愛情友情的人，我們仍可能有著生命本身的某種素樸牽連，儘管絕大多數時候它隱而不彰，甚至根本不相信它存在，然而，在某一個特別情境忽然到來時，我們往往才發現這個牽連的強大和韌性——這正是史卡德接到那通要命電話之後，所意識到自我的尷尬處境。

看來，這似乎也證實了佛家這種壯士斷腕式的想法：史卡德的慧而有情，反倒成為他的弱點，他的罩門死角；相對而言，李歐．摩利的視眾生萬物如草芥，反倒讓他擁有乾脆而不仁的強大力量，讓他孤狼般颯然占有絕對優勢，他才是孤單的存在。

這可能讓讀小說的人黯然——這裡，我們似乎找到所謂「末世」的某個面向定義：在一個不好的時代，某些美善的價值和德行，不僅沒好處，反倒極危險。

誰規定非快樂不可

為了更加徹底的避免痛苦，我們要不要更乾脆就連這生命本身的最後繫帶也給切除了事呢？切除了之後我們會發現自己和這個麻煩無比的世界有什麼輕鬆愉快的新關係呢？——或者我們乾脆這麼問：如此，跟我們讓自己死去、或讓自己變成李歐．摩利這樣一個人渣有什麼兩樣呢？

我想，當年毅然離家尋道的釋迦牟尼並沒有、或說來不及給我們較周延的答案。

尼采曾說耶穌，「死得太早，假如他活到我這年紀，他或許會收回他的教義——」釋迦牟尼的問題不是死得太早，而可能在於心情上太溫柔也太專注，這個當年簡單丟棄榮華富貴、卻在臨走前不忘折一朵蓮花放年輕妻子床頭的浪漫王子，顯然比起「一般人」更強烈感受到生老病死的永恆磨難，他用自己的一生來對付這個問題，想消滅掉痛苦，但這樣專一的心志，某種意義而言，卻讓他像個埋首實驗室想找到可消滅某種致命病毒特效藥的科學家一般，生滅滅已，寂滅為樂，他所教導我們的，對付「痛苦」這個病毒極有效，但一不小心會連生命本身也跟著消滅了。

也許，我們應該老實點承認，在慈悲和痛苦之間，在信念、責任和痛苦之間，在生命本身和痛苦之間，往往並沒有魚與熊掌兼得的餘裕，有哲人把這去除不了的折磨，稱之為「存在的負擔」，可能是對的，只要你活著一天，你就避免不了，我們可能得學會接受它的存在，並試著和它相處。

卜洛克在《八百萬種死法》書中，透過一個戒酒女子的口說：「人活著，不是非覺得好過不可，誰規定我有快樂的義務？」

說法是輕佻了些，但也許就真是這樣子吧。

芸芸聚生之中，
吾所識與識吾者，
莫不彼此對待
誠懇；
但從未遇此人物，
攜伴或獨個，
未聞吐納，
不見其行。

——愛蜜莉．狄金森，〈蛇〉

血腥而突兀的結局，
槍擊或陷阱，
給那奪人所有或
置人不欲的死神。
他按命定掠吾
家姐與表親；
唯帶走瑪麗．摩爾，
方得其志。
再無人知悉吾等
桌邊床間之愉悅。
如今鴇母已死，
該何以對待年輕姑娘？

——葉慈，〈約翰．京士拉悼瑪麗．摩爾夫人〉

那年世界大賽舉行之際，紐約天氣驟然轉冷。奧克蘭隊和道奇隊搶下決賽門票，所以天氣應該不至於影響比賽結果。道奇隊讓所有人跌破眼鏡，在七戰四勝中只打了五場就取得四勝。科克·吉布森和賀俠舍成為道奇隊的英雄；從開幕日開始戰績始終在分區保持領先的大都會隊，則打滿七場。大都會隊打者、投手都很堅強，可是道奇隊還有一種更奇妙的東西，不管那是什麼，都一路把他們帶進了世界大賽。

除了其中一場比賽在朋友家觀看，另一場在葛洛根開放屋欣賞外，其餘每一場比賽我都是在自己旅館房間看的。十月以來天氣一直相當寒冷，新聞報章上經常可以讀到一些關於漫長寒冬的稀奇古怪報導。我曾在地方新聞中看到那些記者帶著攝影小組到歐斯特郡的農場，要當地的農民對著攝影機，指著牲畜身上的厚重毛皮，還有毛毛蟲背上的絨毛給觀眾看；結果到了十一月的第一個禮拜，天氣又突然回暖，人們紛紛穿著短袖就上街。

到了美式足球季，紐約隊的表現爾爾，辛辛那提、水牛城、及熊隊三組人馬在NFL形成鼎立之勢。而自山姆·霍夫以來巨人隊最好的後衛遭到三十天停賽處分，其書面原因是所謂的濫用藥物，其實大家心知肚明，這只是古柯鹼另一個較悅耳的名稱；他第一次嗑藥被逮到時，曾信誓旦且告訴記者說他已經學到寶貴的一課；這一次，他謝絕了所有媒體的採訪。

我保持忙碌狀態並不忘享受溫暖天氣，平時則替一家偵探社按件計酬工作。「可靠偵探社」位於二十三街與百老匯大道交口的佛拉提大樓中，客戶主要是專門代表原告進行過失訴訟的律師，我的工作大都是替他們追蹤可能的目擊證人並取得初步證詞。雖然我並不熱愛這份工作，但要是我有朝一日決定要做個有牌的私家偵探，這將會是有分量的經歷；其實我不太確定自己究竟是不是要走入這一行，反正在還沒決定之前，保住這飯碗既可讓自己生活忙碌，又可每天賺個幾百美元，何樂不為。

我的感情生活目前正處於大家所謂的空窗期，曾與珍・肯恩交往了一段時日，這段關係許久以前結束了，其實說不定沒有完全了結，不過目前看來的確是煙消雲散；這之後我與其他女士的一些零星約會也都不了了之。晚上我參加戒酒無名會的各種聚會，散會後和協會中的朋友一起消磨剩餘夜晚直到該回家睡覺。偶爾若想使壞，會找間酒吧喝可樂、咖啡或蘇打水，我知道這並不是最好的消磨方式，不過還是照去不誤。

然後有這麼一天，大約是進入溫暖季節之後十天左右的星期二晚上，拿這個世界當彈珠台來玩的眾神，似乎突然決定要用我的人生來玩上一把，於是，標示著「轉捩點」的燈就這麼閃爍耀眼起來了。

∞

這陣子我花了許多時間尋找一個名叫紐道夫的鼠面男子，並設法取得他的證詞，他是一起廂型車與腳踏車衝撞事故的目擊證人，可靠偵探社受僱於代表該名腳踏車騎士的律師。那輛隸屬於「電台小棧快遞」的廂型車司機突然毫無預警的打開車門，使得腳踏車騎士意外挨撞，據信紐道夫應可證實這起事故的緣由。

這次的客戶是個專辦交通事故並從中敲竹槓的惡質律師，他辦得案子愈多，錢也賺得愈多。無論有沒有紐道夫的證詞，這個案子看來都是鐵證如山，推測應該會庭外和解，不過法庭程序還是免不了。我個人在這場遊戲中一天就能賺得一百美元，而紐道夫也用盡辦法想撈點油水，「我不曉得，」他總是說，「你在法院花了幾天，就算拿到該有的支出，但還有收入上的損失得平衡；人人都想伸張正義，但也該看看是不是負擔得起，你懂我意思吧？」

我當然明白他的意思；同時我也清楚，若是我們花錢收買他的證詞，那就一點價值也沒有了，但若是無法使他心甘情願作證，也同樣沒有意義。我設法讓他以為在法庭作證之後，我們會再私下付錢給他，同時我也讓他在有利的證詞上簽名，以確保我們的客戶可以順利結案。

事實上我並不關心這場官司究竟如何解決，兩造看來都有錯，雙方都出於疏忽，結果廂型車損失一扇門、騎車的女孩則是手臂骨折外加撞斷兩顆牙齒，即使律師尚未提出三百萬賠償金，女孩也的確應當獲得補償。事情就此看來，紐道夫或許也該得到些許報酬；民事及刑事訴訟中那些有經驗的證人總是拿得到報酬，所謂有經驗的證人就是包括心理學家及法醫等專家，兩造雙方總是各自請來一批這類人物互相駁斥，既然如此，為何獨獨不能付錢給目擊證人？何不來個人人有獎？

那天下午三點左右，我終於將紐道夫搞定，回到可靠偵探社辦公室寫報告。戒酒無名會的辦公室也設在這棟佛拉提大樓中，所以我離開可靠偵探社時又順便去協會幫忙接聽了一個鐘頭電話。那兒的電話不斷，鈴聲幾乎從來沒停過，有打電話來詢問聚會地點的外鄉客、懷疑自己戒酒方式的酒鬼、剛離開宴會的傢伙來求救找尋解酒妙方。也有人單純是打來講電話的，他們設法藉著不停與人說話，來遵循一次戒一天的守則。協會有許多義工專門負責接聽這些電話，我們的任務當然比不上警察局一一九勤務中心或自殺防治專線來得緊張刺激，但起碼這是在服務他人，並且能維持清醒的工作。我不認為哪個人有辦法，在做義工接電話的時候還能喝上一杯。

我在百老匯大道上一家泰式餐廳吃過晚餐，六點半在哥倫布圓環咖啡屋與李奇．吉曼一起喝了十分鐘的咖啡，接著就看到東妮急急忙忙跑來，為她遲到一事不停的道歉。後來我們一起去搭地下鐵且還換一趟車，第二趟搭的是BMT線，我們在牙買加大道和一二一街那一站下車，此地位於皇后區，稱為里其蒙丘，是個不錯的去處。在雜貨店問完路走了六個街口，終於抵達一座基督教路德教會，寬廣的地下室放置了四五十張椅子、幾張桌子、還有一座講台，一張桌上放了咖啡及熱水，方便大家泡茶或沖泡即溶的無咖啡因飲料，還有一個碟子盛滿葡萄燕麥餅，另一張桌子上則放著一些文件。

紐約地區戒酒無名會的聚會基本上分討論會與演講會兩種。討論會通常由一位主講者做二十分鐘左右的演講，接下來的時間便開放給大家進行討論；而在演講會中，長達一小時的聚會完全是由二至三位演講人站在台上說故事。里其蒙丘這兒每星期二都舉辦演講會，這天晚上我們三人就是演講者。全國各地的戒酒無名會都會派人去其他組織演說，不然的話，我們永遠都在聽同一批人講相同的故事；這種活動本身就不怎麼有趣，聽老掉牙的故事那就更無聊至極了。

老實說吧，這活動其實還是挺有意思的，有時更勝於去嘻笑打鬧的酒吧泡一整晚。戒酒聚會演講時，一般都是告訴聽眾自己的昨日種種、發生何事之後又如何造就今日的自己，絕大多數人的故事，總有一段相當悲淒的情節，畢竟沒有人會在笑鬧不休的心情下決定戒酒；不過，再悲慘的故事裡有時也會有些有趣的插曲，而當晚在里其蒙丘就是這樣。

東妮首先上場。她的前夫是個不知節制的賭徒，曾經在撲克牌賭局中把東妮當做賭注輸給別人，數個月後才將她再贏回來；其實這種故事我以前也聽過，不過這次由東妮說來卻格外趣味盎然。她整場演說中笑場不斷，我想一定是她所帶動的氣氛具傳染性，因為後來輪到我上場時，竟不知不覺從自己剛出道擔任巡邏警員說到後來當上偵探的工作史，當中許多有趣的情節連我自己都好幾年未曾回想過。

李奇最後的演說終結了這一個小時：他在神不知鬼不覺的酗酒中經營了一家公關公司，其中有些相當精采的故事。連續數年他每天早上都在巴雅街一家中國速食餐廳開始他的第一杯酒，「我踏出地下鐵，在吧台上放張五元紙幣，喝杯純的雙份威士忌，這才再回到地鐵坐車去上班，我和那餐廳吧台的人從未交談，我知道自己在那兒絕對安全，因為他們什麼都不知道！而且更重要的是，他們能告訴誰呢？」

演講結束後，我們一起享用咖啡和餅乾，然後搭一位會員便車去地鐵站，我們坐車到曼哈頓的上城再回哥倫布圓環，時間已超過十一點了，東妮覺得餓，問我們要不要一起吃點東西。李奇回絕她的邀請，說疲倦想早點回家休息。我則提議去火焰餐廳，戒酒無名會的會員常在聚會結束後到那家咖啡店聊天。

「我想找個選擇較多的地方，」她說，「比較充實的地方，吃頓像樣的晚餐。剛剛在聚會時雖然吃了些餅乾，但我從午餐到現在完全沒吃東西。你知道有家叫阿姆斯壯的餐廳嗎？」

我忍不住笑了出來，她問我笑什麼。「我以前就住那兒，」我說，「在我戒酒之前。那家店從前在五十七街和五十八街之間的第九大道上，就在我住的旅館街角。我每天在那裡吃飯、喝酒、換錢、算帳、見客戶，老天！大概除了睡覺，我所有的事情都是在那裡完成的，現在想想，搞不好連睡覺也賴在那兒。」

「現在你都不去了。」

「我努力避開那裡。」

「這樣的話，我們改去別的地方好了。我以前還喝酒的時候不住這裡，所以對我來說，那裡只是一家普通餐廳。」

「我們還是可以去。」

「你說真的嗎？」

「有何不可？」

新的阿姆斯壯餐廳已經不在原址，往西搬了一個街區，現在位於五十七街和第十大道上。我們挑張靠牆的的桌子，趁東妮去女廁朝拜時，我四處張望了一下，吉米不在，客人中竟沒有半張熟識的面孔，菜單比從前精緻許多，但菜色基本上還相同，最後我終於在牆上找到幾幅熟悉的照片和圖畫。整個餐廳給人的感覺比從前高級，也多了一些雅痞味道，氣氛上比較像是酒廊而非酒館，但其實也沒那麼大差別。

東妮回座之後，我認真向她介紹這家餐廳，她問從前是不是都放古典音樂。「一向如此，」我說，「剛開始吉米有個自動點唱機，後來他把那玩意兒給拆了，然後開始放莫札特和韋瓦第，這麼一來就把那些年輕小夥子給趕了出去，之後賓主盡歡。」

「所以你以前都是聽莫札特的小夜曲聽到醉的？」

「沒錯。」

她是個很好相處的女人，年紀小我幾歲，戒酒資歷和我相當，在第七大道一家女裝製造商的展示店工作，和她其中一個老闆已經交往一兩年了。老闆已有家室，這幾個月來她在聚會上總是提到要將這段關係做個了結，不過她的語調不甚有說服力，這段戀情也一直殘存。

她是個高䠷的長腿女郎，有一頭我猜大約是染的烏黑髮色，寬闊的下巴和肩膀。我很喜歡她，覺得她是個美女，但卻沒有來電的感覺；換個角度來說，我也一直未能吸引住她，她的幾個情人總是已婚、禿頭、且是猶太人，我完全不符合這些條件，結果這反倒使我們兩人對彼此免疫而能成為朋友。

我們到達餐廳時剛過午夜，她點了小份沙拉和墨西哥黑辣豆，我則吃起司漢堡，然後兩人喝了許多咖啡。吉米一向提供好咖啡，以前我總是攙了波本酒一起喝，不過其實純的更香醇。

東妮住在五十九街和第八大道一帶，我陪她走回她家大樓的門廳，然後準備回自己旅館。但還沒走一條街遠，不知何故就覺得不想回去，或許是先前在里其蒙丘高昂情緒仍然殘留，或許是長久以來不曾回到阿姆斯壯而勾起一些回憶，或許是喝多了咖啡，或許是天氣的關係，也或許是由於月亮盈虧。反正不知何故，我竟絲毫不覺疲倦，一點也不想回到狹小的旅館房間面對四壁。

我朝西走過兩條街，到葛洛根酒吧。

我去那裡並沒有特殊目的，這家店與阿姆斯壯餐廳完全不同，葛洛根是一家典型的酒吧，不提供食物、沒有古典音樂、天花板上也沒有吊著一盆盆波士頓羊齒植物。這裡有自動點唱機，唱片曲目有克藍西兄弟、平克勞司貝、伍夫之聲，不過很少有人去點播歌曲；這裡還有一架電視機、一個飛鏢靶和幾個魚標本掛在牆上；四周是深色木牆，磁磚地板，以及釘上錫片的屋頂，窗戶上閃爍著健力士黑啤酒及豎琴牌麥酒的霓虹燈廣告字樣；這裡的健力士是桶裝啤酒。

米基·巴魯是葛洛根的老闆，不過營業執照及所有權證上登記的都是別人的名字。巴魯體格壯碩、喝酒豪邁，他是個職業罪犯，冷血易怒生性暴戾。不久前，我在某種情勢下認識他，奇妙的化學作用使我經常去他店裡，目前尚未想出合理的原因。

這晚顧客不多，巴魯也不在店裡，我點了一杯蘇打水坐吧台。電視上正播映有線電視的電影，是一部重新上色的華納兄弟出品古老警匪片，除了愛德華·羅賓遜以外，還有一堆我雖認得卻喊不出名字的演員，我看不到五分鐘，酒保便上前關掉電視的彩色鈕，這部電影奇妙的再度變成黑白。

「有些東西最好還是別亂搞一通。」酒保說。

那部電影我大概看了一半。蘇打水喝完之後，我又叫了杯可樂，喝完逕自付錢走人。

8

雅各在旅館櫃檯值班，他是黑白混血兒，臉上及手上都有雀斑，捲捲的紅髮開始從頭頂處稀疏起來；他所購買的書籍都是一些困難的填字遊戲，每當使用一些鎮定劑之後，親手填寫。數年內旅館經理用各種不明原因將他開除過好幾次，不過最後總是再請他回來工作。

他說：「你的親戚打電話來。」

「我的親戚？」

「整晚一直打，至少四五次。」他從我的郵件箱中取出一疊留言紙，卻把信件留在裡頭，「一二三四五，」他一邊數著，「她要你一回來就打給她。」

我想一定是哪一個親戚過世了，其實我甚至不曉得還有什麼親戚活著，家族成員早已各奔東西、四分五裂，有時我會在聖誕節收到一兩張賀卡，偶爾哪個舅舅或表親到城裡來，閒著沒事時，難得也會接到幾通電話；不過我實在想不透，到底有哪個親戚會撥那麼多次電話來，確定我是否收到留言。

她，他要我「打給她」。

我拿起那疊留言紙，最上面那張寫著：「親戚來電」，僅此而已，來電時間一概未填。

「上面沒留電話號碼。」我說。

「她說你知道。」

「我根本不知道她是誰，到底是哪個親戚？」

他擺擺手，從椅子上坐起來答道：「抱歉，我有點心不在焉，我在其中一張留言上記下她名字，因為每次都是同一人，所以沒有每次都寫下來。」

我整理那些留言，發現他在可能是一開始的一兩張上各寫了一次，一張寫著：「請撥電話給親戚法蘭西絲」，另一張寫著：「回電給親戚法蘭西絲」。

「法蘭西絲。」我唸道。

「沒錯，就這名字。」

不幸的是我根本想不起來這個名叫法蘭西絲的親戚，難道我有哪個表兄弟的妻子名叫法蘭西絲？或者她是哪個親戚的小孩，我所不認識的家族新成員？

「你確定這是個女人？」

「那當然。」

「因為有些男人的名字也叫做法蘭西斯，所以……」

「拜託，你當我不知道這種事啊？這是個女人，自稱法蘭西絲，你連自己的親戚都不認識？」

我確實不認識她，「她講的是我名字嗎？」

「她說馬修・史卡德。」

「然後她要我一回來就回電話給她？」

「沒錯，她最後幾次打來時已經很晚了，但是她仍強調，無論多晚都要你一回來就撥給她。」

「但她卻沒留電話？」

「她說你知道。」

我站在那兒蹙眉苦思，突然想起數年前還是警察時，我在第六分局擔任刑警，「史卡德，你的電話，」不知是誰也說過，「你一個親戚，叫法蘭西絲的找你。」

「老天爺。」我說道。

「怎樣？」

「我知道了，」我回答雅各，「一定是她，錯不了。」

「她說……」

「我知道她說什麼，沒關係，你做得很好，我只是一下子想不起來。」

他點頭，「有時會這樣的。」

我以前確實知道她電話，現在當然已經忘記了；我曾經好幾年都記著那個電話號碼，現在卻一點也無法從記憶中叫出來，不過，我的電話簿裡有。從最後一次撥那個號碼之後，我已經重新謄寫過我的電話簿幾次，顯然我知道自己總有一天會再用到這號碼，所以每次整理時我都將這號碼保留下來。

當時我在電話簿上寫的名字是伊蓮·馬岱，地址是東五十一街，一看到那串數字，它們當下再度變成熟悉的電話號碼。

房間內有一支電話，但我沒走上樓用那支電話，我反而是穿越大廳走到公共電話旁，丟了一枚銅板進去撥起這個號碼。

2

電話鈴聲響了兩次後答錄機自動開啟，伊蓮在錄音中重複她電話號碼的最後四碼，然後請我在嗶聲之後留言，我聽到嗶聲後說：「我是你的親戚，回電給你，我現在已在家中，號碼你也有了，所以……」

「馬修？等等，先讓我把這玩意兒關掉，好了。謝天謝地你終於打來了。」

「我很晚才回來，剛剛看到你的留言。我想了好一陣子想不出這個叫法蘭西絲的親戚是誰。」

「的確相當久遠了。」

「我想也是。」

「我必須和你見面。」

「沒問題，」我說，「我明天得上班，不過還是挪得出一些自己的時間來。你什麼時候方便？早上？」

「馬修，我想現在和你見個面。」

「到底是怎麼回事？伊蓮。」

「你現在過來，我再告訴你。」

「別告訴我又發生一樣的故事，又有人燒斷保險絲了嗎？」

「不是，我的天，更要命。」

「你聲音聽起來好像在發抖。」

「我好害怕！」

她向來不是個大驚小怪的女人。我問她是否仍住原來的地方，她回答是。

我告訴她我會立刻趕去。

∞

我一踏出旅館大門，對街剛好有一輛空計程車朝東駛去，我大喊，他嘎的一聲煞車停下來，我跑步穿越街道終於坐上車，將伊蓮的住址遞給司機，坐入後座，想調整出一個好姿勢，不過似乎根本坐不安穩，於是我移到車窗邊看著外頭逝去的景色。

伊蓮是應召女郎，年輕又標緻，在自己的公寓套房裡做生意，沒有拉皮條的老鴇，也沒有幫派組織的黑道關係，日子倒也過得不錯。我們認識時我仍任職警界，就在我剛升任刑警後沒幾週便遇到伊蓮。那天我下班後到格林威治村一家酒吧，正為口袋裡那面嶄新的金質警徽洋洋得意，而她與另外兩個女孩正跟三個歐洲佬坐鄰桌，當時我注意到她沒有另兩個女孩那種風塵味，顯得十分迷人。

一週之後，我又在西七十二街上的普根酒吧遇到伊蓮，我不知道她的男伴是誰，不過她坐在丹尼男孩那一桌，我過去跟丹尼男孩打招呼，他將當時在座的每一位介紹給我認識，包括伊蓮在內。在那之後，我又在城裡瞧見過她一兩次。然後有一天，我到巴瑟利吃宵夜，遇見她和另一個女孩，於是我加入她們那一桌。那個女孩先行離開，我則和伊蓮一起回家。

接下來的幾年，除非兩人中剛好有人因事出城，否則每個星期我與伊蓮至少都見面一次，我們的關係相當有趣，恰恰好適合我們兩人。我可說是她的某種保護者，身負警察技能及警方關係，她需要時可以依靠，不需要時又可以一把推開；我是她身邊最親密、最像男朋友的人，而她則是我的女友，或者說是當時我所能負擔的情婦。我們有時一起吃飯、看比賽、上酒吧或四下消磨時間，有時我也會去她住處喝杯小酒、聊個天。我不必送花給她或記得她生日，我們誰也不必假裝處於戀愛之中。

當然，那時我已有家室，我的婚姻根本一團糟，不過我不確定當時自己是否了解這種情況。我與妻子和兩個兒子住長島的貸款房屋，心理上原本假設這個婚姻會持續下去，就好像我原以為我會在紐約市警局待到法定退休之日。當時我每天喝酒，看起來似乎對我沒什麼妨礙，但酗酒在某些方面奇妙的影響了我，使我理所當然逃避生活中不想面對的事情。

扯哪兒去了。伊蓮和我之間是一種非婚姻的方便關係，我猜，發現警察與妓女的組合對雙方都有好處的人，我們大概不是第一對。不過話說回來，如果我們不是真心喜歡對方，這段關係應該無法持續這麼久，也無法讓雙方都感到舒適。

於是，她成為我的親戚法蘭西絲，如此她就可以光明正大留言給我，而不致引起任何聯想，我們很少用這個暗號，因為其實根本沒什麼機會用，通常都是我打電話給她，我高興怎麼留言就怎麼留；而當她打電話來時，若不是要取消約會就是發生緊急事故。

先前我打電話給她時，回想起一個緊急事件，所以我提起某人燒斷保險絲的故事。這個人是她的客戶，一個體重過重的律師，辦公室位於城中心梅登巷，家則在城郊的理弗道，他曾是伊蓮的固定恩客，每個月都來個兩三次，從來沒給伊蓮帶來任何麻煩，直到某天下午他選定伊蓮的床做為發病地點，事後法醫人員判定他死於心肌梗塞。這是應召女郎最可怕的噩夢，她們從來沒有好好想過該如何處理這種事。伊蓮處理的方法就是打電話到警察局找我，局裡的人告訴她我不在，她就留言說是發生緊急的家庭事故，要我打電話給親戚法蘭西絲。

局裡的人沒找到我，我倒是在半小時內恰巧打電話回去才聽到她的留言。我與她談過後，找了位可信賴的警官一起到她公寓。在伊蓮的協助下，我們一起替那個倒楣的傢伙穿上衣服，他穿的是三件式西裝，我們一五一十替他整好儀容，打好領帶，繫上鞋帶，扣上袖釦，一人一邊將他扛肩上，架到貨運電梯，大樓的服務人員剛好推了一部貨運車等電梯，我們告訴他說我們朋友酒喝多了。我想他一定不相信，因為我們拖著的根本是一具硬繃繃的屍體，完全不是酒醉模樣，但他知道我們是警察，而且他也記得馬岱小姐塞給他不少的小費，所以就算他有任何疑慮，也會往肚裡吞。

當時我開的是局裡的車，一輛沒有警局標誌的普利茅斯轎車，等我將車駛到貨物出入門，再將那位斷了氣的律師塞進車裡時，時間已過下午五點。我們穿越華爾街車陣之後，大部分的商店都已經關門，大家都下班回家了，我們將車子停在高得街附近一個小巷子口，距離律師的辦公室大約三條街，將他丟在巷子裡。

他的行事曆當天的日期下面寫著「三點半，馬岱」，看起來已經夠隱密了，所以我將行事曆再放回他胸前的口袋，然後檢查他的地址電話簿，發現伊蓮的電話地址並非列在「馬岱」之下，而是只以「伊蓮」的名字記錄在另一個字母之下，我原打算將這一頁撕下，但又發現他整本簿子裡到處都是沒有姓氏女人的名字，我覺得沒有必要將這些無謂的煩惱加諸於寡婦身上，所以我將地址簿收回口袋裡，事後再將之丟棄。

他的皮夾內有不少現金，將近五百美元，我和幫忙的警官平分那筆錢；我想，不妨讓事情看起來像是我們的律師朋友遭到洗劫。而且就算我們不拿這筆錢，第一個到達現場的警察也會拿走，看在我們這麼辛苦搬運的份上，這錢理當屬於我們。

我們沒引起旁人注意，從容離去，直接將車開到格林威治村，請我的夥伴喝了幾杯，然後再不動聲色回到總局，等轄區巡邏警員去發現那具屍體。法醫雖然注意到屍體並非處於第一現場，不過死因確實是出於自然原因，他們也就此罷手，並未興風作浪一番。所以，那位花花公子死得光明正大，名聲未遭污衊，伊蓮避開了大麻煩，我也順理成章當個英雄。

這個故事我在戒酒無名會的聚會上講過好幾次，有時聽來是個好笑的故事，有時卻完全相反，端賴故事的講法和聽者的聽法而定。

8

伊蓮住五十一街上，介於第一大道和第二大道之間，一幢六十年代早期城內到處興建的那種白色大樓建築的十六樓，門房是西印度群島黑人，膚色非常深，姿態優雅，體格健壯。我向門房報上伊蓮和我的名字，等他從對講機詢問，他一邊傾聽對講機一邊打量我，向對講機說了幾句話之後再度傾聽，最後將話筒交給我，他說：「她要和你說話。」

我開口，「我來了，到底什麼事？」

「說幾句話。」

「你要我說什麼？」

「你剛剛提到一個燒斷保險絲的人，那人叫什麼名字？」

「這算什麼，考試啊？你認不出我聲音了嗎？」

「對講機把聲音都扭曲了，好啦，讓我高興一下嘛，那個保險絲傢伙叫什麼名字？」

「我不記得了，他是個辦專利權的律師。」

「好吧，我和德瑞克說話。」

我將話筒還給門房，她向他保證我沒問題，門房便指引我電梯的方向，我乘電梯到達她的樓層，按門鈴；雖然已經通過先前的測驗程序，她還是從門上的窺視孔確定是我後才開門。

「進來吧，」她說，「我為剛才那場胡鬧向你道歉，我大概有點可笑，不過也不一定，誰曉得。」

「這怎麼回事，伊蓮？」

「等我一下，你能來，我覺得好多了，不過我還是有點怕。讓我仔細瞧瞧你，你看起來氣色很好。」

「你看來也不錯。」

「是嗎？真不可思議，這一夜我不知道是怎麼過的，我實在控制不住自己，只能一直打電話給你，至少打了六七次吧。」

「我看到五張留言。」

「就這樣而已嗎？我也不知道為什麼，總覺得留言五次應該比只留一次有效，反正我就是忍不住一直拿起電話撥你的號碼。」

「留言五次的確有效。」我答，「這樣人家就很難忘記這些電話。出了什麼事？」

「我很害怕，不過現在好多了。很抱歉剛才那樣質問你，真的很難從對講機分辨人的聲音。順便一提，那個專利權律師叫做羅傑．史都德賀。」

「我怎麼可能記得那種名字？」

「那一天也真難忘，」她回憶當時不禁搖頭，「我真是個差勁的主人。你喝什麼？」

「如果有的話，咖啡吧。」

「我來煮。」

「那太麻煩了。」

「一點也不麻煩，你還像以前一樣喜歡加波本酒嗎？」
「不，純的就好了。」
她盯著我，「你戒酒了。」
「嗯。」
「我記得最後一次見到你時，你好像因為喝酒而出了點事，所以你就戒酒了，是嗎？」
「對，差不多就是那一陣子。」
「太好了，」她說，「真是太棒了。等我一下，我去煮咖啡。」

∞

起居室與我記憶中完全相同，黑白色調裝潢配上白色粗毛氈、鉛黑皮革沙發及一些黑雲母石櫥櫃，牆上幾幅抽象畫是整個房間中唯一的色彩，我不敢百分之百肯定，不過我想應該是她從前的那幾幅畫。

我走到窗邊，窗外兩棟大樓彼此相距一段距離，剛好可從中間欣賞東河的景致以及對岸的皇后區。稍早我才剛去那區的里其蒙丘，在那裡分享了各種喝醉酒的笑料，但那幾個鐘頭好像已經與現在相隔幾世紀。

我在窗邊待了幾分鐘。她端著兩杯黑咖啡過來時，我正在欣賞牆上的一幅畫，「我好像記得這幅畫，」我說，「還是這是你最近才新買的？」

「這幅畫已經好幾年了，我在麥迪遜大道一家畫廊一時衝動買的，花了一千兩百美元，連我自己都不敢相信，竟然花一千兩百塊錢去買掛牆上的東西。你知道我的，馬修，我不是那種揮霍無度的人，我要買的一定是好東西，不過我總是曉得要存錢。」

「然後買房地產。」我憶起往事。

「那當然，只要不被老鴇剝削或用來吸毒，那些錢足夠買好幾棟房子呢。不過我大概還是有點不理智，竟然花那麼多錢買一幅畫。」

「想想看這幅畫帶給你多少樂趣。」

「不只樂趣，親愛的，你猜這幅畫現在值多少錢？」

「顯然很多吧。」

「至少值四萬，說不定五萬，真該把這些畫都賣掉。牆上掛了五萬元，想到就有點緊張；老天，我第一次把這一千兩百元掛牆上時，還真的很緊張。咖啡好喝嗎？」

「不錯。」

「夠濃嗎？」

「可以，伊蓮。」

「你的氣色真好，你自己知道嗎？」

「你也是。」

「到底有多久啦？我們最後一次見面大概是三年前。不過自從你離開警局後，其實就很少見面了，這樣算來就差不多十年了。」

「差不多吧。」

「你一點也沒變。」

「嗯，頭髮還沒禿，不過你若仔細看就會發現有白髮。」

「我的白髮更多，但多虧現代科技發達，所以你再怎麼找也看不到。」她吸了口氣，「剩下的部分倒也沒什麼改變。」

「你看來和從前一樣。」

「我的身材保持有方，皮膚也還柔嫩；不過我跟你說，我以前從來沒想到必須這麼努力才能保持這模樣，我現在一週有三天早上得去健身中心，有時還去四天，而且我非常注意飲食和飲料。」

「你從來就不喝酒。」

「我是不喝酒，不過我以前喝Tab汽水和健怡可樂，現在只喝純果汁和水，咖啡只有在早上起床後喝一杯，現在這杯是特殊情況。」

「到底是什麼情況？」

「等一下就會提到了，我必須放鬆一下才能進入正題。我還做什麼呢？我走很多路，注意飲食，我已經吃素三年了。」

「你以前最愛牛排。」

「對啊，如果沒有肉就不像一頓飯了。」

「你以前在巴瑟利餐廳最喜歡點的那道菜是什麼來著？」

「卡昂牛肚。」

「沒錯，那是我後來最不願想起的一道菜，但我不得不承認真的很好吃。」

「我完全想不起來上一次是什麼時候吃的這道菜，幾乎整整三年不曾吃過肉了，第一年我還吃魚，後來也免了。」

「自然派小姐。」

「正是在下我。」

「嗯，和你很相配。」

「喝酒就不適合你。瞧瞧我們，在這兒互相誇獎對方，有人說這就表示我們都老了，馬修，我上次過生日就已經三十八歲了。」

「還不夠老啊。」

「那是你說的，我上次過生日是三年前，現在已經四十一歲了。」

「還是不夠老！而且你看起來一點都不像。」

「我知道看來不像，或者說很像。葛羅莉雅四十歲時有人就說她一點也不像，但她回答說哪裡不像，以時下標準來看，四十歲就是這副模樣。」

「說得好。」

「我也覺得。甜心，你知道我最近怎樣嗎？我一直在採取拖延戰術。」

「我了解。」

「一直逃避現實，但事實的確如此。這玩意兒夾在今天的信件中一起送來。」

她遞來一張剪報，我翻開後看到一幀照片，是名中年男子的照片，戴眼鏡、頭髮梳得整整齊齊，看起來是個自信樂觀的人，和頭條新聞好像不怎麼搭調。頭版標題寫著：「商人弒妻弒子後自殺」，下面約有十到十二欄內文說明這則新聞。菲力普·司德凡是司德凡家具行的老闆，這家店在甘頓和馬西隆等地共有四家經銷商，他顯然在胡桃坡的家宅中發起瘋來，用菜刀砍死妻子和三個稚齡子女後，打電話向警方自首，警方抵達現場後，發現司德凡已用散彈獵槍朝頭部自戕身亡了。

我看完剪報抬頭說：「真可怕。」

「是啊。」

「你認識他？」

「不認識。」

「那是……」

「我認識他老婆。」

「他老婆？」

「你也認識。」

我再次研究那篇剪報，妻子名叫康妮莉雅，年約三十七歲，兒子分別是六歲的安德魯、四歲的凱文及兩歲的迪西。康妮莉雅，我努力在記憶中搜尋這個名字卻一無所獲，我疑惑的看著她。

「康妮。」她說。

「康妮？」

「康妮莉雅．庫柏曼，你記得的。」

「康妮莉雅．庫柏曼，」我回答，終於我想起一個充滿活力、啦啦隊長類型的金髮女孩。「我的天！」我說，「她怎麼跑到這些……什麼地方來著？甘頓、馬西隆、胡桃坡，這些地方到底在哪兒？」

「俄亥俄州，北俄亥俄州，離愛康不遠。」

「她怎麼會在那裡？」

「她嫁給菲力普．司德凡。我不確定，她大概是七八年前認識司德凡的。」

「怎麼認識？也是恩客？」

「不是，不是那樣。那時她正在度假，週末去史托滑雪，司德凡也在那兒，那時他已離婚而且沒有固定伴侶，他深深愛上康妮。我不曉得他當時多有錢，但至少手頭相當寬裕，他開了幾家家具店，生意做得不錯。他為康妮瘋狂，想娶她和她一起共組家庭。」

「後來真的結婚了。」

「對啊。康妮覺得司德凡這人很好，而且康妮也想脫離當時的生活，脫離紐約。她又甜又可愛，男人都很喜歡他，但是她實在不適合應召工作。」

「你適合嗎？」

「不，我也不適合。事實上我和康妮有許多相似之處，我們都是無意中陷入這一行的NJG，只是結果我過得還不錯。」

「什麼是NJG？」

「神經質的猶太女孩（a neurotic Jewish girl）。其實我不只過得不錯，還能夠適應這種環境生存下來。很多女孩受盡折磨，連最後的自尊也沒了，但是我並未遭到如此蹂躪。」

「沒錯。」

「至少我自己這麼認為，」她堅強的對我笑笑，「除了偶爾某些個低潮的夜晚，不過誰都會遇上這種時候。」

「那當然。」

「一開始康妮過得還不錯，高中時她很胖不太受歡迎，但當她發現其實男人也喜歡她、覺得她很有吸引力時，她就建立起對自己的信心來了；不過後來就完全不是這麼回事。幸好她遇上菲力普．司德凡，他倆瘋狂相愛，所以他們便一起去俄亥俄州共組家庭生寶寶。」

「後來他發現康妮過去的事，所以發起瘋把她殺了。」

「不是。」

「不是嗎？」

她搖頭，「他一開始就知道，當她決定嫁給司德凡時就告訴他了，真勇敢，但康妮這麼做是對的，事實證明他並不在意，否則兩人之間就會有這個祕密橫梗其間。他是個見過世面的人，比康妮大了十五到二十歲，有過兩次婚姻，雖然一輩子都住馬西隆，不過他倒是經常旅行，他一點也不介意康妮在這一行中打滾幾年，我想就算他心裡有什麼疙瘩，也老早就了了。」

「他們從此以後就過著幸福快樂的日子。」

她沒理會我，「這幾年中她寄過幾封信給我。」她繼續說：「只幾封而已，因為我每次都沒空回信，如果你不回信，人家就不會再寫信給你了。每次大概都是在聖誕節前後，康妮會寄張卡片來，你知道那種用全家福相片製成的卡片嗎？她寄來幾次那種卡片。她的孩子們一個個都很漂亮，這不用想也猜得到，因為她先生挺英俊，剛剛報紙上的相片你也看了，而康妮多美更是不用說。」

「沒錯。」

「真希望我有留下她上次寄來的那張卡片，我不是那種會收拾東西的人，每回不到一月十日，所有收到的卡片大概都已經當垃圾丟了，所以她的卡片我一張也沒辦法拿給你看，但是我下個月再也收不到卡片了，因為……」

她低聲哭泣，雙肩不住顫抖，雙手緊絞著。半晌，她終於控制住自己，深吸了一口氣再吐出來。

我說：「真不曉得司德凡為什麼會做出這種事來？」

「不是他做的，他不是這種人。」

「人不可貌相。」

「不是他做的。」

我瞪著她。

「我在甘頓或馬西隆一個人都不認識，」她說，「唯一認識的就是康妮，而唯一知道康妮認識我的就是司德凡，現在他們兩人都死了。」

「所以到底是誰寄這張剪報來給我呢？」

「所以？」

「誰都可能。」

「是這樣嗎？」

「康妮也許曾經和那裡的朋友或鄰居提起過你，發生這起謀殺和自殺事件後，她朋友整理她的東西，找到她的通訊錄，也想讓她這位異鄉朋友知道這件事。」

「然後這個朋友就這樣直接剪下報紙寄來？隻字片語都沒有？」

「信封內沒有短柬？」

「沒有。」

「說不定這個朋友寫了信，卻忘了一起放進信封裡，這種糗事誰都有過。」

「而且連回信住址也忘了寫嗎？」

「信封還在嗎?」

「在另一個房間,是個很普通的白信封,我的名字住址是手寫的。」

「可以給我看一下嗎?」

她點點頭,我坐在椅上欣賞那幅價值五萬元的畫。從前我曾經一度非常想開槍射它。許久沒想起這件事,現在好像又開始想這麼做了。

那個信封正如她所說的,普通信封,到處都買得到,難以追查。以原子筆用印刷體寫上她名字和住址,信封左上角及背面都沒回信住址。

「紐約的郵戳。」我說。

「我知道。」

「所以如果是康妮的朋友……」

「這人必須千里迢迢帶著剪報跑來紐約,然後才丟郵筒裡。」

我站起來走到窗邊,心不在焉的看著窗外,然後轉身面對她說:「還有一種可能就是:凶手另有其人,殺了她,她丈夫還有孩子。」

「沒錯。」

「然後再偽裝成謀殺及自殺,凶手當場撥了通電話假裝自首,等到當地報紙刊登出來以後,剪下報導,帶回紐約,然後寄給你。」

「對。」

「我猜我們倆想的是同一個人。」

「他發誓說他要殺了康妮，」她說，「和我，還有你。」

「他的確這麼說。」

「『你和你所有的女人，史卡德。』他是這麼說的。」

「這麼多年來不少壞人都說了不少狠話，你不能全都當真。」我走上前去又拿起信封，彷彿我能從中讀到一些心電感應似的，不過就算真有感應，也實在微弱到令我無法感知。

「為什麼等到現在呢？老天，多久了，十二年吧？」

「差不多。」

「你真認為是他，對不對？」

「我知道就是他。」

「摩利。」

「沒錯。」

「詹姆士・李歐・摩利，」我說，「老天爺。」

3

詹姆士·李歐·摩利，我第一次聽到這個名字也是在這棟公寓裡，但不是在這間黑白色調的客廳。那天下午我打電話給伊蓮，之後不久就抵達她公寓。她替我倒了一杯波本酒，自己喝的是健怡可樂，數分鐘之後我們便轉到臥室。事後我用指尖輕觸她胸前一片變色的肌膚，問她發生何事造成的。

「那時我真想打電話給你，」她說，「昨天下午我有一個客人。」

「哦？」

「新客人。先前他打電話來，說是康妮的朋友，就是康妮·庫柏曼，你見過，記得嗎？」

「當然。」

「他說康妮把我的電話給他，所以我們聊了一會兒，他說話還算正常，然後他就過來了。但我不喜歡這人。」

「他有什麼地方不對勁？」

「我也不曉得，就是有點怪怪的感覺，大概是因為他的眼睛吧。」

「眼睛？」

「他看人的樣子，超人那種叫什麼？X光透視眼是嗎？我覺得他好像能看透我每一根骨頭似的。」

我伸手抱她，「你一定很想念自己柔嫩的肌膚。」

「而且他的眼神中還有一種冰冷的東西。爬蟲類，彷彿蜥蜴盯住蒼蠅的眼神；或是像蛇，盤成一團隨時準備突襲的樣子。」

「他長什麼樣子？」

「除了像我剛剛說的樣子之外，他長得很奇怪，窄長的臉，鼠色頭髮，髮型很糟，簡直像個馬桶蓋，看起來就和修士沒兩樣，膚色慘白，身體不健康，至少令人感覺如此。」

「簡直一副帥哥模樣。」

「他的身體也很怪，完全僵硬。」

「那不是你們做這一行的人所希望的嗎？」

「我不是指那話兒，是他整個身體，全身肌肉隨時都是緊繃的，好像從不放鬆的樣子。他很瘦但肌肉結實，瘦而強壯。」

「發生什麼事呢？」

「我們到臥室後，我把他弄上床去，因為我希望趕快結束，好讓他盡快離開這兒，同時也想這樣他應該會放鬆一點，我也就不會那麼緊張了。我以後真的再不想見到這個人了，其實我本來想不跟他上床就直接請他離開，但又怕他不曉得會做出什麼事。他是沒做什麼，但實在令人不舒服。」

「他粗暴嗎？」

「也不完全是，而是他摸我的方式。從男人觸摸的方式其實可以看出很多事，他摸我的感覺好像我是他仇人似的。我是說，我幹嘛要忍受這些呢？」

「那你的瘀青怎麼來的？」

「那是後來弄的。事後他去穿衣服，他不想洗澡，我更不想請他去洗，只希望他趕快滾蛋。他用那種奇怪的眼神看著我，說從今以後他要和我常常見面。我心想：你想得美！不過沒說出口就是了。接著他就要出去，但他沒付錢給我，也沒放任何東西在梳妝檯上。」

「你沒事先收錢？」

「沒有，我從不這麼做。我不在事前討論這問題，除非男人自己提起，大部分人很少這麼做；很多男人都喜歡假裝性愛免費，而他們給我的錢是一種禮物，這倒沒關係。結果，他那時準備就這樣走了，不付錢或其他東西，我差點就讓他走了。」

「但你沒這麼做。」

「沒錯，因為我實在很生氣，而且既然要我忍受他那種態度，他多少該付點錢才是。所以我面帶微笑對他說：『你好像忘記什麼事嘍。』

「他說：『忘了什麼？』我回答：『我可是在工作呢。』他說他知道，他分辨得出妓女的模樣。」

「很好。」

「我當下沒有發作，忘記那時怎麼說的，反正大意就是說我做這些事是要拿酬勞的。他於是用那種冷冰冰的眼神瞪著我說：『我不付錢。』

「當時我人整個傻了，其實我可以放他一馬就這樣算了，不過大概是尊嚴問題什麼的吧，我說原本也不期待他會付錢，但是他也可以送我禮物。」

「然後他就打你。」

「沒有。他向我走來，我往後退，他一直逼近，我也退到牆邊；然後他伸手放我身上，那時我已經穿上一件襯衫，他就把手放在這裡，只用其中兩根指頭壓住我，這個部位大概剛好有條神經、還是壓力點什麼的，被他壓得痛得要命。那時沒留下痕跡，一直到今天早上才變成這樣。」

「明天可能還會更糟。」

「太好了。現在開始感到痠痛，不嚴重就是了。不過當他那麼壓住我時，那種疼痛令我完全無法忍受，雙腳無力，眼前一片黑，覺得自己快要昏過去了。」

「他只用兩根指頭就弄成這樣？」

「是啊。然後他放開我，我抓著牆才撐住，他又他媽的咧著嘴笑說：『我們倆以後還要常常見面，我叫你做什麼，你就乖乖照做。』然後他就走了。」

「你沒有打電話給康妮嗎？」

「我一直找不到她。」

「這混蛋如果再打電話來……」

「我會叫他去吃屎。別擔心，馬修，他再別想踏進我大門。」

「你記得他的名字嗎？」

「摩利。詹姆士・李歐・摩利。」

「他把中間名字也告訴你？」

她點頭，「而且他也沒要我喊他吉米，詹姆士・李歐・摩利。你幹嘛？」

「把這名字寫下來，說不定可以查到他住哪兒。」

「中央公園某塊大石頭下面。」

「我還可以查查看他有沒有案底，照你說的這副嘴臉，我猜一定有。」

「詹姆士・李歐・摩利，」她說，「你如果把記事本掉我這兒，儘管打電話過來。他這名字我大概永遠也忘不了。」

8

我查不到他的住址，不過倒是找出他的前科資料。他曾經被逮捕過六七次，大都是以攻擊女性收場，這些案子最後都是被害人撤回告訴，所以控訴罪名也遭取消；還有一次是在范偉克快速道路上，在一起汽車檔泥板被撞彎的車禍事件中，他狠狠揍了另一部汽車車主一頓，鬧上法庭，摩利被控一級攻擊罪，但是目擊證人的證詞卻指出，打架可能是由另外那位車主引發的，那名車主拿著修車工具，而摩利則是徒手抵抗，倘若真是如此，摩利那雙手簡直是太強壯了，竟足以將對方送進醫院。

被逮六七次，沒一次定罪；這些控訴都與暴力事件有關。我感覺不妙，心想一定得聯絡伊蓮，好讓她知道這些事。但是我一直抽不出時間打電話給她。

大約一個禮拜之後，她撥電話給我，我正在值班室，所以她不必自稱為親戚法蘭西絲。

「他剛來過，」她說，「他傷害我。」

「我馬上過去。」

∞

她已經找到康妮，一開始康妮不肯說，最後終於承認過去幾個禮拜以來她一直與詹姆士・李歐・摩利見面。他不知從哪裡拿到她的電話號碼，第一次去找康妮的情況也沒比伊蓮上次好多少，他說他不但不會付錢，而且以後還要常和她見面，後來他也讓康妮受了傷，雖然不嚴重，但也足以引起康妮的戒心。

從那次之後他一週出現好幾次，然後開始向康妮要錢，他一直虐待她，事前事後都傷害她，他總是不停的說他知道康妮喜歡什麼，她只是個廉價妓女，活該得到應得的待遇。「現在我是你的男人，」他對她說，「你是屬於我的，我擁有你，擁有你的身體和心靈。」

不難想像，伊蓮聽完這段故事之後有多沮喪，她原本打算告訴我，就像我一直想告訴她我對摩利的發現。她決定再也不讓那混蛋進門，但又覺得暫時不會有什麼危險，所以她打算等到我們見面時再說。就在她與康妮談話之後第二天，他果然又打電話來，她回說她很忙。

「撥時間出來給我。」他說。

「不行，」她說，「摩利先生，我不想再見到你。」

「你以為這是你能決定的嗎？」

「你這個混蛋，」她說，「聽著，去做一件對你我都有好處的事，就是把我的電話號碼丟掉。」

兩天之後，他又打電話來說：「我想還是給你一個機會改變心意。」她叫他去死，然後把電話掛斷。

她告訴大樓所有門房，沒有先撥對講機上來給她之前，不要讓任何人上樓來；雖然這本來就是大樓的標準程序，但是她想讓他們知道現在必須有特別的安全警戒。她將幾個新客戶的約會取消，唯恐他們替摩利開路；當她出門時，總覺得好像有人跟蹤她或監視她，那種感覺令人不安，所以除非必要她也不出門。

這樣過了幾天，她再也沒聽到他任何音訊，所以她開始放鬆。她原本想要打電話給我，也想要再打電話給康妮，不過最後她誰也沒聯絡。

那天下午她接到一通電話，一個從西岸來的攝影室製作人，這人她大約每隔幾個月就會見面。她搭計程車去玩樂幾個小時，再去那人的旅館套房消磨半個小時，他告訴她各式各樣的演藝界新聞，和她做愛兩次，然後給她一兩百元，不管究竟多少錢，總是遠遠高於計程車費。

當她回到家時，摩利正似笑非笑的坐在她皮革沙發上，她想立刻退出門外，但她進門時並沒瞧見他，所以順手上了鎖且掛上鍊條，她還來不及再度打開門鎖，就被摩利制伏；不過，即使她奮力開鎖，他也一定會抓住她，她描述當時情景，「不是在電梯邊，就是我自己在走廊跌倒或什麼的，我不但自己逃不掉，他也不會讓我逃掉。」

∞

他把她拖到臥房，剝掉她的衣服，出手打傷她。他前一次弄出來的瘀青已經消褪，但他再度用手指戳壓同一位置，那種疼痛如同刀割一般；他還找到另一個痛點，在她大腿內側，那種痛楚真讓她以為這一次會因此喪命了。

他一直不停用手指戳壓玩弄來傷她，直到她的意志力與抵抗力完全消磨殆盡，然後他把她臉朝下摔床上，脫下褲子強行肛交。

「我從不這麼做的，」她說，「那樣真的很痛，而且也令人做嘔，我不喜歡，所以我現在都不這麼做，我已經好多年沒這麼做了。不過比起他用指尖對我的凌虐，這種痛苦還比較沒那麼糟糕；那時候我幾乎沒知覺了，我原本怕他會殺我，但後來我連害怕的感覺都喪失了。」

當他對她強行雞姦時，他一邊告訴她說她既沒用又愚蠢，而且骯髒，他說她這一切全是活該，她心裡其實在暗爽，他說她喜歡如此。

他還說他總是給予女人她們心裡最想要的，他說大部分女人都希望被傷害，還有人希望被殺害。

「他說他一點也不在乎殺了我，他說不久之前才剛殺了一個和我長得很像的女孩。他說，他先殺了她，然後再強暴她，他還說強暴死人不比活人差，如果在她體溫尚存、還沒開始發臭之前，他說，那滋味甚至還更好。」

後來他翻遍她的錢包，拿走所有的現金，包括她不久前剛賺的錢。他告訴她，她現在是他的眾多女人之一了，她必須要盡自己本分。意思是，當他來看她時，她應該要準備錢給他；而且她再也不許拒絕見他，不許對他出言不遜，或用髒話罵他，問她是否了解他所說的話，她回答說她懂，他又再問一次她是否完全了解，她則回答說她真的了解了。

他似笑非笑，伸手拂過他那可笑的頭髮，然後輕敲他那長下巴，「我要確定你真的明白。」他邊說邊摀住她的嘴，另一隻手在她的胸前搜尋那個痛點，結果這一次她真的昏倒，而當她甦醒時他已經離開了。

∞

我第一件事便是帶她到第十八分局，警員克來柏招呼我們坐下，她填寫申訴單控告摩利攻擊、毆打及強行雞姦。「等我們逮捕他以後，他的罪名將不只這些了，」我說，「他拿走她皮包裡的錢，所以這又構成搶劫或強奪；而且他還趁她不在時擅自闖入她的公寓。」

「有沒有證據顯示他是強行進入的？」

「好像找不到證據，不過他的確非法進入。」

「你已經控訴他強行雞姦了。」克來柏說。

「所以說呢？」

「強行雞姦和非法進入，你把兩項控訴寫在一起，會把陪審團搞混的，他們會以為這是用兩種說法來說明同一件事。」後來，伊蓮到洗手間去，克來柏靠到桌邊問我：「馬修，她是你女朋友還是什麼？」

「不妨說她是過去幾年來，一個有價值的線索來源。」

「好吧，我們就把她稱之為線民。不過，她是上班的吧？」

「所以呢？」

「所以不用我說你也知道，當原告本身是娼妓時，這類攻擊罪名實在很難成立；不要說是強暴或雞姦，陪審員只會想到，她只不過是把平常拿來賣錢的東西免費送人罷了。」

「我知道。」

「我想你也是明白人。」

「反正我也沒期待拘捕令會有什麼成效。資料上他最後的住址是時代廣場飯店，但他離開至少已經一年半以上了。」

「哦，原來你已經開始在查這傢伙了。」

「稍微查了一點。他現在可能搬到城中某家便宜旅社，或和哪個女人同居，無論是何種情況，反正都很難找到他。我只是想將她的申訴登入報案記錄，這也不會有什麼壞處。」

「了解。」他說：「好，那就沒有問題了。我們還是會發出拘捕令，說不定他在街上閒晃剛好可以手到擒來。」

∞

我打電話回家給安妮塔，我告訴她說我手上正有案子抽不開身，接下來這幾天我都得留城裡；這種事我以前也做過，有時候真的是公事，有時只是我不想出城回長島罷了。而一如往常，她相信我的說詞，或者她是假裝相信。然後，我整理手邊的案子，一些是撤銷處理，還有一些則是推給其他人，我想把所有的精力都集中在一起，逮到詹姆士·李歐·摩利，讓他束手就擒。

我告訴伊蓮，我們可能必須用她做為誘餌，才能讓摩利掉入陷阱。她並不十分喜歡這個主意，因為她根本不想再和那人同處一室，不過她的個性相當堅強，願意完成該做的事。

我搬到伊蓮家一起等待，她將所有的約會取消，並告訴所有找她的人，說她罹患感冒，一整個星期都沒空。「這麼做真讓我損失不少生意，」她抱怨說，「有些傢伙可能再也不上門找我了。」

「這樣使你變得不容易得手，他們反而會更想要你。」

「可不是，看看上次這一招對摩利多有效。」

我們一直待在她的公寓。她曾開伙一次，其他全靠叫外送食物，不是披薩就是中國菜；酒鋪送波本酒來，她還叫街角熟食店的人送一箱水來。

這樣過了兩天，摩利就打電話來了。她在客廳接電話，而我則在臥室接聽分機，他們倆的對話大致如下：

摩利：嘿，伊蓮。

伊蓮：噢，你好。

摩利：你知道我是誰吧？

伊蓮：知道。

摩利：我有事想問你，我想知道你好嗎？

伊蓮：嗯。

摩利：怎樣？好嗎？

伊蓮：好什麼？

摩利：你好嗎？

伊蓮：大概吧。

摩利：很好。

伊蓮：你……
摩利：我怎樣？
伊蓮：你要過來嗎？
摩利：幹嘛？
伊蓮：我只是想知道。
摩利：你希望我去嗎？
伊蓮：嗯，我一個人，有點無聊。
摩利：你可以出去。
伊蓮：我不想。
摩利：對啊，你這幾天都一直待在家裡沒出去吧？你不敢出去嗎？
伊蓮：大概吧。
摩利：你怕什麼？
伊蓮：我不曉得。
摩利：大聲一點，我聽不清楚。
伊蓮：我說我不知道自己在怕什麼。
摩利：你怕我嗎？
伊蓮：怕。

摩利：很好，我很高興你這樣。我現在不過去。

伊蓮：哦。

摩利：這一兩天我會去找你，我會給你你想要的，伊蓮。我給你的都是你最想要的，對不對？

伊蓮：我希望你趕快過來。

摩利：快了，伊蓮。

他掛斷後我回到客廳，伊蓮疲憊的癱在皮革沙發上，她說：「我覺得自己好像一隻被毒蛇所迷住的鳥，我當然是在演戲，好讓他以為他已經磨盡我的精神，甚至以為他真的擁有我的身體和靈魂。你猜他相信嗎？」

「不曉得。」

「我也不曉得，聽起來他好像相信，不過說不定他也是在演戲，在和我玩遊戲。他知道我這幾天沒踏出家門，他有可能在監視我。」

「可能。」

「說不定他拿了副望遠鏡躲什麼地方，搞不好還能看透我的窗戶。你相信嗎？剛剛我是假裝的，不過到最後自己好像也被催眠了，中了邪似的，竟然這麼容易就喪失意志力，就這樣被淹沒了，你知道我意思嗎？」

「大致能體會。」

「你猜他是怎麼進來的？那天啊，當我和那個叫什麼名字的傢伙在旅館交易那天，他騙過門房進了門，他是怎麼進來的？」

「要騙過門房很容易。」

「我知道，不過這裡的門房其實都相當盡職。那麼大門呢？你說找不到他強行破壞闖入的痕跡。」

「他可能有鑰匙。」

「他從哪裡弄到鑰匙呢？我當然沒把鑰匙給他，而且也沒弄丟過。」

「康妮有沒有你的鑰匙？」

「我為什麼要給她？好幫我澆花嗎？沒有，我沒有把鑰匙交給任何人，連你也沒有鑰匙，對吧？我也沒把鑰匙給你，不是嗎？」

「沒有。」

「我當然沒把鑰匙拿給康妮。他到底怎麼進來的？那扇門上的那把鎖是把好鎖。」

「你出門時是不是用鑰匙上鎖？」

「應該是啊，我一向都這樣上鎖。」

「因為你若沒有鎖上門栓，說不定他就能用信用卡弄開彈簧鎖；另一種可能就是他有足夠的時間，將鑰匙在蠟或肥皂上做模子。或者他會開鎖。」

「說不定他光用手指頭，」她猜想，「這樣一伸手就把門推開了。」

∞

我住在那兒的第四夜清晨將近四點時，電話鈴突然響了。我才睡了兩個鐘頭，由於長期待在室內，我的內臟甚至整個身體都翻騰不已。我聽到電話鈴聲，強迫自己起來，不過意志力顯然不夠堅強到足以恢復神智，我以為自己已經醒來，結果身體竟仍賴在伊蓮床上，而腦袋還在神遊。後來伊蓮拚命把我搖醒，我才丟開棉被坐起身來。

「剛才是他打電話來，」她說，「他要過來。」我問她現在時間，她回答說：「我請他給我一個小時，我說我想打扮一下用最美的樣子歡迎他，他只肯給我半個鐘頭，說這樣的時間就足夠了。他已經在路上了，馬修，我們現在該怎麼做？」

我叫她通知門房說她在等客人，請摩利先生直接上來，要門房在他上樓時一定要通知她。她與門房說完之後便走進浴室，淋浴兩分鐘，然後擦乾身子穿衣服，我記不得她最後選了哪一套衣服，不過她換了好多件，還邊抱怨難以下決心。

「這實在太可笑了，」她說，「你一定覺得我像要去約會。」

「可能正是。」

「對啊，跟命運的爛約會。你還好嗎？」

「還沒完全恢復正常，」我承認，「你若煮杯咖啡給我可能會好一點。」

「沒問題。」

我把兩個鐘頭之前才脫下的衣服再度穿上，這件衣服我已經穿了幾乎一星期了。以前我在上班時間通常都穿西裝——我現在還是如此——我弄了半天，領帶一直打不好，試兩次之後，發現這真是一件無聊的事，所以就乾脆拉下領帶丟椅子上。

我把局裡發的制式點三八手槍放脅下槍背帶中，試著拔槍一兩次，又把槍套背帶取下，然後把槍插在背後腰際，槍托剛好卡在腰後凹處。

兩百毫升小瓶裝的波本放在床頭櫃上，瓶中大約還剩半品脫，我旋開瓶蓋，直接對瓶嘴喝了一口，這樣喝一口可以讓我那顆老引擎重新開始轉動。

我叫伊蓮，但她沒回答。我重新穿上外套練習拔槍，做這個動作的感覺很奇怪，當你練習一種致人於死的動作時，都會有此感覺。我把槍移到左腹側邊，練習反手拔槍動作，不過感覺更不順手，所以又考慮把槍放回脅下槍背帶中。

或許我根本用不著拔槍，乾脆拿著槍等他也可以；我們還沒計畫好這一幕，尚未決定她讓那傢伙進門時，我應該站的位置。我想最簡單的方法，就是當她開門時，我直接躲在門後面，然後他進門後就直接拿好槍對著他。不過比較好的方法可能是先讓他和伊蓮兩人說話，而我則躲在廚房或浴室裡等待適當時機；這種做法在心理上準備比較妥當，但是出錯的機會也比較大：她的焦慮或緊張可能使他產生警覺，或者他可能突然決定做一些更詭異的事情；畢竟這種瘋子淨是做一些瘋狂事，這就是他們之所以為瘋子之處。

我叫伊蓮，不過她顯然沒把水關掉，所以聽不到我喊她。我把槍插回腰際，然後再拔出來，拿著槍穿過短廊走到客廳。如果咖啡已經煮好，我想喝杯咖啡，然後和她好好討論接下來的情節。

我走進客廳轉到廚房，然後停下腳步，因為他背靠窗戶就這樣站那兒，而伊蓮站在他身旁前方，他一隻手抓住伊蓮手肘上方，另一隻手則緊抓她的手腕。

他說：「把槍放下！現在放下，否則我扭斷她手。」

我的槍既沒有瞄準他，而且拿槍的姿勢完全不對，手指距離扳機十萬八千里：我正以端著一盤開胃菜的方法拿槍。

我把槍放下。

8

她對他的描述十分中肯，瘦骨嶙峋的身軀上幾乎沒肉，全身緊繃得彷彿盤繞上緊著的彈簧，狹窄的臉孔，奇特的髮型，好像有人用剪刀沿著湯碗邊緣胡亂修剪，那髮型在他頭上看起來像是一頂無邊便帽似的；他的鼻子很長，鼻端肥大，雙唇飽滿，前額向後斜傾，雙眼深陷在突出的眉骨之下，眼睛的顏色是渾濁的棕色，我完全無法從中讀到任何訊息。

他全身的特徵再加上那髮型，看起來有點像是個中世紀邪惡的修士，可惜他的服裝是唯一不像的部分。他穿了一件橄欖色的橫紋運動夾克，袖口、領口和手肘處都有皮革綴補，卡其褲子上還有刃形短劍，腳上穿著一吋高跟的蜥蜴皮靴，靴子前端還有銀色金屬鞋尖，他身上的襯衫則是西部風格，鈕釦是按式的而非打洞鈕釦，此外他還打了一條土耳其藍的斜紋領帶。

「你就是史卡德，」他說，「拉皮條的條子。剛剛伊蓮一直想讓你知道我來了，不過我覺得還是給你一個驚喜比較好。我跟她說你一定是個喜歡驚奇的人，我叫伊蓮不准發出聲音，即使在我弄痛她時，她也乖乖沒發出一點聲音，我要她做什麼她就照做。你知道為什麼嗎？」

「為什麼？」

「因為她現在開始明白，只有我才知道她最需要的是什麼，只有我知道。」

他的膚色非常蒼白，彷彿他的體內沒有一滴血。而伊蓮站在他身旁，兩人彷彿配對一般，她的臉上完全沒有血色，而她全身的力量和意志似乎也消磨殆盡，像是恐怖片裡的僵屍。

「我知道她需要什麼。」他重複，「而她不需要的，就是一個愚蠢的條子幫她拉皮條。」

「我沒幫她拉皮條。」

「是嗎？那你是幹嘛的？她忠實的老公？惡魔情人？一出生就分離的孿生兄弟？失散多年的龜兒子？你自己說你是哪根蔥啊？」

人的注意力真奇怪，我一直看著他的手，他的雙手仍舊緊緊抓住她的手腕和手肘。先前伊蓮已經告訴過我他的手勁很大，我當然相信她的話，不過摩利那雙手，看起來實在不像有那麼大力氣的模樣；他的手掌很大，手指很長，關節有突瘤，指甲極短，應是隨意快剪出來的結果，指甲底端白色月形極明顯。

「我是她朋友。」我說。

「我才是她朋友。」他說：「我是她朋友和她的家人。」他停頓了一會兒，似乎在細細品嘗這段宣言，好像他很欣賞自己這句話，「她不需要任何人，她當然更不需要你。」他一笑正好露出那突出的牙齒，他的牙齒大且外暴。他神采奕奕的說：「她以後不需要你的服務，你已經被解僱了，你這混蛋以後最好靠你自己，她不希望你再出現，別站在那兒不動，垮著一張臉好像晾衣架上的破布一樣。快滾！」

「告訴他，伊蓮。」

「呸，怎麼說呢，」我說，「我來這裡是伊蓮邀請我來的，不是你。所以如果她要我走的話……」

「馬修……」

「告訴他。」

「馬修，你還是離開好了。」

我看著她，試著透過眼神向她打暗號，「你真的要我走？」

「我想你最好走。」

我猶豫一下，聳肩說：「就照你說的。」我逐步移向先前放槍的那張桌子。

「不准動，你幹嘛？」

「看起來像幹嘛？我拿我的槍。」

「不行。」

「那我怎麼能走呢？」我理智的說：「那是我的配槍，如果留這裡，我的麻煩可大了。」

「我會把她的手扭斷。」

「你把她脖子扭斷我也無所謂，可是除非把槍帶走，否則我哪兒也不去。」我想了一會兒，「聽著，我從槍身拿起來，沒有要拿槍來射誰，只是想帶著我的槍一起離開而已。」

趁他還在考慮的時候，我又走了兩步，從槍身拾起槍。我把槍拿在他的視線內，好讓他知道自己並沒有危險；反正我無法向他開槍，他讓伊蓮擋我們中間，緊抓的手指似乎深深陷入她的皮膚，不過就算有何痛苦，我想她也未感受到，她臉上的表情只有害怕與絕望。

我握著槍向自己的右前方調整位置，我一面靠近他，一面設法使咖啡桌介於我們之間，那是一個鋪著麗光板之類的夾板矮櫃。我邊移動位置邊說：「我老實告訴你好了，你實在讓我覺得自己很蠢。你是怎麼通過門房的？」

他逕自微笑不答。

「然後怎麼進來的？」我說：「這道門鎖很牢的，而且她說你沒有鑰匙，你有嗎？還是她幫你開門的？」

「把槍拿開，」他說，「然後快滾。」

「你是說這把槍？你覺得不舒服嗎？」

「你把它拿開就對了。」

「如果你覺得不舒服，」我說，「拿去！」然後把槍丟給他。

他所犯的錯誤就是太用力抓她，以至於反應時間不夠，他必須先放開她，然後才能進行下一個動作，而他緊抓的手一鬆開，她反倒忍不住叫了出來。他放開之後便伸手去接槍，這時我便一腳朝咖啡桌踢去，非常用力的踢過去。桌子撞上他的脛骨，而我也飛身朝他撲去，我們兩人一起撞上牆壁，險些撞出窗外，他幾乎喘不過氣來。他摔得四腳朝天，我則壓在他身上，等我從他身上擺脫開來時，他仍躺在地上動彈不得；我狠狠一拳擂在他的下巴上，他雙眼轉為呆滯，我抓著他的衣服領口，將他再朝牆上摔去，然後又三次狠擊他的腹部，他全身都是堅硬的肌肉，不過我使盡力氣將拳力貫穿進去。他身子癱軟下來，我再把力道全部灌注在右肩，猛地將右手揮出去，我的手肘擊中他的下巴，接著他就不省人事了。

他像個破布娃娃般躺在地上動彈不得，頭和肩膀剛好卡在白色牆邊，一隻腳還勉強撐著，另一隻腳則完全癱直。我喘著氣站旁邊瞪著他，他一隻手垮在地上五根指頭全攤開來，我還記得那幾根手指狠狠抓住伊蓮的情景，我忍不住想將我的腳再移動幾吋，踩在那隻手上，把全身的重量都加在上面，看看能不能影響他那鋼鐵般的手指。

不過我沒有這麼做。我把槍收起來，插在腰帶上，回到伊蓮身邊。她臉上已恢復些微血色，看起來雖然仍舊很糟糕，不過比起先前被抓住時，已經好多了。

她說：「當你說他若扭斷我的脖子你也不在乎時……」

「噢，少來了，你也知道我是在轉移他的注意力罷了。」

「對，我知道你一定有計畫，不過我還是很害怕萬一你的計畫失敗，我很怕他可能會出於好奇，為了想看看你是不是真的不在乎，而扭斷我的脖子。」

「他不會扭斷任何人的脖子，」我說，「不過現在我可得好好想一想要如何處置他。」

「你不逮捕他嗎？」

「當然要，不過我怕他最後還是會逍遙法外。」

「你沒開玩笑吧，他做了這種事還能逃得過？」

「這種案子很難起訴，」我告訴她，「你是應召女郎，而陪審團通常不太關心妓女所遭到的暴力脅迫，除非當事人因此身亡。」

「他說他殺過一個女孩。」

「他可能只是隨便說說，而且就算是真的，事實上我猜也是，我們又不知道究竟是哪個女孩，還有這是什麼時候發生的事情，更別提要用那個案子逮他了。現在我們只有拒捕和攻擊警方兩項，而隨便哪個沒道德一點的被告律師，就可以使別人懷疑我們倆的關係。」

「怎麼會？」

「他可以讓別人認為我是替你拉皮條的，這樣他一定會無罪開釋。就算他們朝最好的方向去想，我是個已婚的警察，卻和上班小姐來往，你也想得出來，這在法庭上會被他們說成什麼樣，而且還是寫成白紙黑字。」

「你說他以前也被逮捕過。」

「沒錯，而且也是犯下類似的案子，不過陪審團不會知道這些。」

「為什麼？因為那些控訴都已經撤銷了嗎？」

「就算他以前曾經被定罪甚至服刑坐牢過，陪審團也不會知道，因為從前的犯罪記錄在刑事法庭上一律不能提出來。」

「到底為什麼不能？」

「我不曉得，」我說，「我從來都不懂這些，好像是說會造成偏見，不過這不正是這人特性的一部分嗎？為什麼不能給陪審團知道呢？」我聳聳肩，「康妮可以作證，」我說，「他傷害她而且威脅你，但是她願意站出來嗎？」

「我不知道。」

「我想她可能不肯。」

「大概吧。」

「我來看看。」我邊說邊彎腰檢查摩利，他仍未恢復清醒，他可能有個玻璃下巴是致命弱點；有個拳擊手包伯．沙特費也是這樣，他能承受最重的拳仍屹立不搖，不過如果你打中他下巴，他就會臉朝下側倒在地，十秒鐘都爬不起來，所以這樣一拳，就能讓他在中國鞭炮聲響中還睡得著。

我在他的夾克口袋裡翻搜，然後坐起來，轉身把我找到的東西拿給伊蓮看，「這玩意兒就可以幫大忙，」我說，「一支小型自動傢伙，大概是點二五口徑的，他一定沒有登記，而且保證他一定也沒有執照。這樣他就是二級刑事非法持有致命武器，這是丙級重罪。」

「這樣夠重嗎？」

「沒什麼用。重點是，我希望他的保釋金額高到他無法負擔，而且他的罪要夠重，這樣他的律師就算承認有罪放棄抗辯也不能免掉多少刑責。我要他坐進牢裡，這王八羔子，最好別再出現在這世界上。」我看著她，「你願意站出來嗎？」

「什麼意思？」

「你願意作證嗎？」

「那當然。」

「不只如此，你願意在宣誓後說謊嗎？」

「你要我說什麼？」

我仔細的觀察她一陣子，「我猜你願意出來作證，」我說，「我要冒個險。」

「你想說什麼？」

我用厚紙巾將那把槍上的指紋擦拭乾淨，藉手撐在牆上的力量，把摩利的肩膀頂起來，讓他坐起呈半蹲姿勢；他雖然那麼瘦，但體重卻比外表看來重的多，我還能感覺到他全身組織的僵硬，即使是在喪失意識的狀態下，他的肌肉仍然緊繃著。

我將槍放進他的右手掌內，用他的食指深入扳機處扣住，打開保險，然後我以自己的手握住他的手，將他的身體再稍微撐直起來，檢查槍口所指的角度。我讓槍對準牆上的一幅畫，後來這幅畫價值變成只剩五十元，我向左做了些許調整後，捏住他的食指扣動扳機，在牆上開了一個洞；我將第二槍角度調高一些，而後第三槍則幾乎射進天花板。然後我放開他，讓他跌回地上靠在牆邊，而手槍則從他手裡滑落到地上。

我說：「他握槍瞄準我，我踢開咖啡桌去撞他，他被桌子撞到失去平衡，不過他在跌倒那一刻，還是開了三槍，然後我撲到他身上，把他打昏了。」

她點著頭，一臉專注的模樣，即使她先前受到槍聲的驚嚇，也已經恢復鎮定。那槍響當然不會製造很大聲音，那些小子彈也未造成很大損傷，只是在牆上留下幾個小洞罷了。

「他開槍射擊，」我說，「試圖殺害警察，這可不是能夠隨便打發的罪名。」

「我會作證發誓。」

「我知道你會，」我說，「我就知道你會站出來。」我將她深深擁入懷中，然後再走到臥室拿起那瓶波本酒，喝了一口之後才撥電話。在等待警方人員到達的這段時間，我把剩下的波本都解決掉。

4

結果她並沒有上法庭作證，但她提出一份宣誓證詞，輕鬆愉快的在紙上作偽證，她這方面的文采實在無懈可擊，基本上使用實情的架構，再巧妙接上我們編造出來的情節。我這方面提供相同的故事，再輔以物證的支持，他們在槍正確的位置上找到他的指紋，顯示他確實曾開槍射擊；那把槍的確沒登記，而他也真的沒有執照准許他擁有或隨身佩帶槍械。

他發誓說從來沒見過那把槍，更別提曾經用那把槍射擊過。他的故事版本是說他在事前曾透過電話與伊蓮約定，請她提供應召服務，然後他才來到五十一街這棟大樓，他說自己在案發當晚之前，從來沒見過她，他原本要和她進行性交易，結果我突然闖進去，憑著警徽想要欺凌敲詐他，勒索不成就主動攻擊他。沒有人相信他的故事，因為如果當晚是他第一次與伊蓮見面，那她怎麼可能會在一個星期之前就對他提出告訴。雖然陪審團在法庭上無法知道這傢伙從前的記錄，不過檢察官和法官當然知道這檔事，所以法官後來將他的保釋金訂為二十五萬美元。他的辯護律師提出抗議，聲稱被告從未遭判決有罪，但是法官看到他先前的逮捕記錄，都是使用暴力脅迫女性，再則康妮·庫柏曼也被說服而提出一份支持我們的證詞，所以最後法官還是駁回律師降低保釋金的請求。

所以摩利蹲在牢裡等待審判，檢方列出一卡車罪名給他，其中試圖殺害值勤警官名列罪刑榜首。他的辯護律師仔細端詳這案子，證據顯然對他不利，於是準備好願意向檢方承認有罪以求減少刑責；其實檢方也希望低調處理這個案子，一方面社會大眾並沒有投入關注的輿論，另一方面倘若真的鬧上法庭，伊蓮和我經過一連串的交叉質詢之後，可能兩人都會灰頭土臉名聲掃地，所以檢方也樂於和被告交換條件，順便可以節省檢方的時間和金錢。他們將罪刑減至違反刑法第一百二十條十一款，蓄意攻擊警員未遂，並將其他控訴罪名都撤銷，交換條件是詹姆士·李歐·摩利在上帝及眾人面前承認他自己的確犯下被控罪刑，法官評估他先前未遭判刑的記錄，明智判他一年以上十年以下囚禁在州立監獄的有期徒刑。

法官下達判決後，摩利要求說幾句話，法官表示同意，但同時提醒他在判刑之前即有機會可表達意見。若非他狡猾的等到判決之後才說話，否則法官聽了他的話之後，可能就會判他最重的刑責。

當時他說：「那個警察栽贓陷害我，我知他知，那傢伙是個拉皮條的龜兒子。等我出去之後，他和那兩個賤貨就給我等著瞧，」他轉向左側，用那長下巴斜指著我，「我是說你和你所有的女人，史卡德，我們還沒了結，你和我。」

口出威脅狂言的歹徒不在少數，就好像他們個個都自稱清白無辜、遭到陷害一樣，他們個個都想要你好看，照他們的話說來，進監獄的人沒一個是有罪的。

他的話聽起來確實夠狠，不過威脅的話哪句不狠毒，只是從來沒有一句成真。

這段往事距今大概有十二個年頭了，這事發生後我在警界又待了兩三年便辭職，離開的原因與伊蓮・馬岱和詹姆士・李歐・摩利皆無關聯。雖然並非主因，但引致我離職的導火線，是有天晚上發生在華盛頓高地的事。那天晚上我在當地一家酒吧喝幾杯小酒，恰好兩名歹徒進門搶劫、逃離並射殺酒保，我緊追出去，開槍阻止他們，其中一人中彈身亡，但我另外一槍射偏，意外擊中一個六歲小女孩，真不知她為何會在那個時間出現在街上，不過你大概也可以問我同樣的問題。我並沒有因為這件事而遭到責難，事實上我還得到局裡的獎勵，不過從此之後，我再無心於工作或是自己的生活。我辭去警局職務，這段日子中我也放棄努力，不想再試圖扮演丈夫和父親的角色，所以我搬進城裡，找到一家旅館住進去，同時還在街角找到一家酒吧。

接下來的七年在記憶中似乎都是模模糊糊的，可能只有上帝才知道這段日子確實存在過。曾經很長一段時間中，酒精麻醉的確發生一些作用，後來當它不再神奇之後，我仍舊繼續酗酒，因為覺得自己好像沒有其他選擇。我陸續進過幾次戒酒中心及醫院，曾經昏迷長達三四天，中風一次，然後很多事就這樣發生了。

從前的日子，發生的事，以及現在的情況……

∞

∞

「他就在附近。」她說。

「不可能，他幾年前就出獄了。當時我很不高興那個法官判他那麼短的刑期。」

「可是你那時什麼話都沒說。」

「我不想讓你擔心。不過他的刑期是一年以上十年以下，說不定關不到一年就又回到街上混了。不過我猜一定不可能，他看起來不像那種討人歡心的傢伙，假釋委員應該不會讓他坐滿最低刑期就出來。但即使如此，他待個三四年，最多五年也差不多了，不過這已經算很長的刑期，足夠他培養出滿肚子的仇恨怨懟。不過，就算他真的在牢裡蹲了五年，他被放出來呼吸自由空氣也已經七年，為什麼他要等那麼久才對康妮下毒手？」

「我不知道。」

「你想怎麼做，伊蓮？」

「我也不曉得。大概想把行李收一收，叫輛計程車開到甘迺迪國際機場。我猜我想這樣吧。」

我能夠了解這種衝動的心理，不過我說她這樣有點不太成熟，「我明天早上撥幾通電話，說不定他又幹了什麼好事，已經再回牢裡數饅頭。如果他還在綠天監獄裡，而我們卻飛到巴西去，這豈不很蠢嗎？」

「事實上我正在考慮一路飛到巴貝多去呢。」

「說不定他已經死了，」我說，「我覺得他是那種隨時都有可能送命的傢伙，他很容易與人為敵，許多人可以不為什麼原因就隨便捅你一刀。」

「那是誰寄的剪報？」

「在還沒確定是否能將他排除之前，我們先不要擔心那件事。」

「好吧。馬修，你今晚留在這裡好嗎？」

「那當然。」

「我知道這樣很蠢，不過有你在的感覺好多了。你不介意吧？」

「不會。」

∞

她將沙發鋪上床單、放上毯子和枕頭，她原本提議要讓我分半張床，不過我覺得睡在沙發上會比較舒服，其實我並不累，而且這樣也不用擔心自己翻來覆去會吵到她。「你不會吵到我，」她說，「我待會兒要吃巴比妥鎮定劑，我一年大概吃四次，只要一吃那種藥，在那段時間裡，除非芮氏七級地震，否則誰都吵不醒我。你要不要試試看，如果碰上興奮過度時，這種藥保證有效，在你還沒準備放鬆之前，這藥就能使你完全冷靜下來。」

我把藥遞還給她，還是選擇睡沙發。她進臥房後，我脫下衣物只穿了短褲躲進被窩裡。我根本無法闔眼入睡，一直不停張開眼睛眺望河對岸皇后區的燈光，有幾次後悔而忍不住想起被我拒絕的巴比妥鎮定劑，但其實我還是不會選擇吃藥。身為一個戒酒者，我不能吃任何強過阿斯匹靈的安眠藥、鎮定劑、精神安定劑或其他止痛藥，因為這些藥物都會干擾我戒酒，而且似乎會阻撓一個人努力恢復正常的決心，使用這些藥物的人通常最後還是回頭開始喝酒。

雖然感覺上似乎整夜沒睡，但我大概還是勉強睡了一陣子，沒多久之後太陽便緩緩升起，從客廳窗戶斜斜射入室內。我到廚房煮壺咖啡，然後烤塊英式鬆餅，配了兩杯咖啡吃掉。

我探頭進臥室，看到她還在睡，側臥蜷成一團，臉則埋在枕頭中。我躡手躡腳走過床邊，到浴室去洗個澡，沒把她吵醒，擦乾後回到客廳穿上衣服，差不多是可以撥幾通電話聯絡的時間了。

有好幾通電話必須打，在某些情況下，我還得過五關斬六將才能找到我想聯絡的人。我耐心打完這些電話，得到必要的情報之後，又進臥室去探視伊蓮，她仍保持同樣的姿勢。那一瞬間我瘋狂的情緒全湧上來，我心想她已經死了，他可能在幾天前就混入屋內，把她的巴比妥鎮定劑浸泡在氰化物中；或者他在幾個小時前潛入，像鬼魂一般飄過牆壁經過我身邊，趁我在皮革沙發上打盹之時，一刀刺入她的心臟，然後又神不知鬼不覺逃走。

這些幻想當然是無稽之談，因為我單腳跪在她的床沿便聽到她淺而穩定的呼吸聲。不過這倒讓我給自己嚇了一跳，顯示出我的心理狀態。於是我回到客廳，翻開電話簿，又再撥了幾通電話。

鎖匠大約在十點到達，我先前已經告訴他我所需要的門鎖類型，所以他帶來數種不同的門鎖來讓我選擇。他先去廚房工作，當他經過走道時，我聽到她輾轉醒來的聲音，於是我走進臥室。

她說：「那是什麼聲音？起先我還以為你在用吸塵器呢。」

「是電鑽的聲音，我請人來裝鎖，大概要花四百元左右，你要用支票付嗎？」

「我寧願給他現金，」她走到衣櫃打開最上層抽屜取出一個信封，她數著鈔票，「四百元？我們裝的是什麼，保險庫嗎？」

「警察鎖。」

「警察鎖。」她訝異的一抬眉毛，「是把警察擋在門外，還是把警察關在裡頭？」

「看你高興。」

「這裡有五百元，」她說，「記得要拿收據。」

「遵命，女士。」

「我是不知道我的會計師到底怎麼處理這些收據，不過他逢收據必吃就是了。」

我離開臥室去看鎖匠工作時，她起床去洗澡。門鎖安裝完成後，我付了錢拿到收據，和找回來的錢一起放咖啡桌上。她洗完澡出來，穿了一件香蕉共和國的鬆垮垮工作服和短袖的紅襯衫，上面還有肩章和金屬釦子。我向她介紹新門鎖的功能，客廳門上裝了兩個，廚房也裝了一個。

「我想這就是他十二年前闖進這兒的方法，」我指著廚房的貨運專用出口，「我猜他是從大樓的貨物出入門進來，然後從運貨樓梯上來的，所以他根本不用經過門房那一關，你那扇門有喇叭鎖，不過那時可能沒有鎖上，不然就是他有鑰匙。」

「我從來沒用過那扇門。」

「所以你根本不會注意到那扇門是否上鎖了。」

「可能如此。這門通往貨運電梯和焚化爐，以前有一次心血來潮我經過那扇門要去焚化爐，不過拖著垃圾從冰箱旁邊擠過實在不太好玩，所以後來我都是走前門再繞過去。」

「他第一次來的時候，」我說，「可能就溜到廚房去把那扇門的門鎖打開，然後他偷闖進來時門鎖就都是開著。後來你自己走那扇門時也都沒上鎖，可能你根本沒有想到。」

「不會吧，我大概會以為是自己上一次忘了上鎖。」

「總而言之，目前你都不會用那扇門。」我示範那個鎖的用法，鋼條橫跨門板固定在門框上的鐵釦上，「這把鑰匙可以鎖上、打開，」我說，「不過我建議你最好隨時鎖上，這個鎖沒有辦法從外頭打開，我叫鎖匠不用在門的另一面裝門把，反正你自己不會從這裡進來吧？」

「不會，當然不會。」

「所以為了安全起見，這門現在是永久封閉。當然，如果你在緊急狀況下，可以用鑰匙打開門鎖出去，不過這樣的話，你就無法出去之後再鎖上門。你可以鎖上你的喇叭鎖，可是沒辦法鎖上這個警察鎖。」

「我根本不曉得那個鎖的鑰匙放哪兒。」她說：「別擔心，我會記得隨時上鎖，喇叭鎖和警察鎖兩個都鎖好。」

「很好。」我們回到客廳。「現在看看這裡，」我說，「我叫他裝了兩個警察鎖，一個是和廚房一樣的，只能從家裡面鎖上或打開，門外沒有門把，這樣別人就無法從外頭偷開你的鎖，而你在房子裡的時候，如果兩個鎖都鎖上，外人一定得破壞門栓才可能進來。你出去時，可以用鑰匙把另一個警察鎖鎖上，鑰匙在這兒，上面有一個凸起標示。這個門鎖理論上是防盜的，而鑰匙則無法用一般工具複製，所以你如果不把鑰匙弄丟的話，你家將固若金湯，任何人，包括你自己，沒有鑰匙都無法進來。」

「真好。」

「你現在有的保全裝置還不止如此，」我說，「他幫你門把上的鑰匙孔裝了一個鎖眼蓋，這樣外人就無法從外面窺視，而且這門把是用某種高科技合金材質，根本無法在上面鑽洞；剛剛我在原來的海鷗牌喇叭鎖上也加裝同樣的保護裝置。如果你還打算飛到巴貝多群島，這些裝備的威力可能就太過強大了，不過我想你應該負擔得起這些費用，而且不管有沒有摩利這傢伙，你確實也該換幾個像樣的鎖。」

「說到……」

「他還沒死，而且他也不在牢裡。」

「他是什麼時候放出來的？」

「七月，十五日。」

「哪一年七月？」她張大眼睛看著我，「今年七月嗎？他被判刑一年以上十年以下，但卻待了十二年？」

「他不是我們所謂的模範犯人。」

「他們可以超過最長刑期，還把犯人繼續關在牢裡？這樣不違反正常程序嗎？」

「如果你不是乖寶寶，他們的確可以這麼做。這種事情時不時會發生，你可能被判刑九十天，卻在牢裡頭待了四十年。」

「我的天，」她說，「我猜監獄一定沒能感化他。」

「顯然如此。」

「他七月出來，所以他有充分的時間尋找康妮的下落，還有……」

「我想時間是差不多。」

「還有足夠的時間可以剪下報紙寄來給我，足夠的時間慢慢等待我開始產生恐懼，他就是要我害怕，你知道嗎？」

「還是有可能是巧合。」

「怎麼巧合法？」

「就像我們昨天晚上說的那樣，康妮的某個朋友知道你是她朋友，所以想讓你知道發生的事情。」

「但是沒附上短柬或回函地址？」

「有時候人家不想扯進這些事情裡。」

「那麼紐約的郵戳怎麼說呢？」

昨晚躺沙發上看著長島夜景時，我為這件事想了一個合理的解釋，「或許那個朋友沒有你的住址，所以她把剪報放信封裡整個寄來給紐約的朋友，請她朋友查詢你的住址後再寄來。」

「你不覺得聽起來實在很牽強嗎？」

我那時伸直了腿躺在沙發上看日出時，這解釋好像還挺有道理的，不過現在的確有點說不過去。

不到一小時後，我回到旅館房間。郵箱裡沒有任何留言，不過倒是有一些昨晚留下的信件，其中有垃圾郵件、信用卡帳單、還有一封信，上面沒回函地址，我的名字和住址則是以原子筆用印刷體寫上。

裡面是從同一份報紙上剪下來的同一個事件，沒有附上短柬，剪報周圍也沒有眉批。我不由自主的從頭讀到尾，一字不漏，就像你在看一部哀傷的老電影，心裡盼望這一次會有快樂的結局。

5

聯合航空一點四十五分有一班直飛班機從拉瓜迪亞機場飛克利夫蘭，抵達時間是兩點五十九分。我在行李箱內放了一件乾淨襯衫，幾雙替換的襪子，還有一本飛機上讀的書，然後坐計程車到機場。我到達的時間距離飛機起飛尚早，不過等我在自助餐館吃過東西，把報紙讀完，再打電話給伊蓮後，候機時間也就沒剩多少了。

飛機準時起飛，抵達克利夫蘭霍普金國際機場時還比預定時間提早五分鐘。赫茲租車公司已把我預定的福特汽車準備好，辦事員還給我一份地圖，上面用黃色螢光筆將我要去馬西隆的路線標示出來，我按照她指引的路線，不到一個小時就抵達目的地。

路途中，我突然想到，開車也是一件學會之後就不會忘記的事，因為這幾年來，我幾乎沒有開過幾次車，除非我記憶力有問題，否則至少有一年的時間沒開車了。去年十月我和珍・肯恩租車度假，開車到賓州蘭卡斯特附近的阿米許人聚落，享受秋葉變色、鄉村旅社，以及賓州的荷蘭烹調。假期一開始還好，不過那時我們之間已有問題存在，我想那個假期大概就是企圖解決我們的問題。想用鄉間的五天假期來解決問題，實在是過高的期望；結果的確如此，回程中，我們倆非但悶悶不樂且彼此嫌惡，兩人都知道事情已經結束了，而且不只是假期結束而已。或者你也可以當做這趟旅程達成它的使命了，只是完成的方式並非我們原先預期的那樣。

8

馬西隆的警察總局位於城中心特蒙街一棟現代建築物中，我把車停街上一處停車場，走進警局請櫃檯值班警員幫我找一位哈利哲警官。哈利哲身材壯碩，淺棕色平頭，腹部和下巴顯示出他過重的體重，他穿了一套棕色西裝，領帶則是棕色與金色條紋，手指上戴了一只婚戒，另一隻手上帶了一只共濟會會員戒指。

他自己有一間辦公室，桌上放著妻子和子女的照片，牆上懸掛公民團體的鑲框褒揚狀。他問我咖啡裡加什麼，然後自己端來給我。

「早上你打電話來的時候，我手邊正有三件事搞在一起，讓我想一下，你是紐約市警局的人？」

「以前是。」

「現在是私家偵探？」

「在可靠偵探社工作。」我把名片拿給他，「但這次的事情和偵探社無關，也沒有客戶。我之所以來這兒，是因為我認為司德凡家的凶殺案，可能和我以前辦過的一件案子有關。」

「多久以前？」

「十二年前。」

「你還在警局時？」

「沒錯。當時我逮捕一個傢伙，他有暴力脅迫女性的前科，他用點二五手槍對我開了幾槍，因此被起訴了，最後他認罪減刑變成蓄意攻擊警員未遂，法官判給他的刑期比我認為他應得來得短，不過他在牢裡惹了一些麻煩，所以直到四個月前才出來。」

「你一定覺得把他放出來很可惜。」

「丹摩拉監獄的典獄長說他殺了兩個獄友，而且還可能是其他三四件兇殺案的嫌犯。」

「那他為什麼還能自由在街上混呢？」他自己回答自己提出的問題，「知道某人做過某件事，和是否能夠證明他確實做過這件事，這兩者之間有很大的差距。這種矛盾的情況在州立監獄可能只會更難辦吧。」他搖搖頭，喝了一口咖啡，「不過他究竟是怎麼跟菲力普．司德凡和他老婆扯上關係的？他們倆的世界和那傢伙似乎八竿子打不著。」

「司德凡太太在結婚之前曾經住在紐約，她曾是摩利暴力脅迫的受害者。」

「那是他的名字？摩利？」

「詹姆士．李歐．摩利。司德凡太太，那時是庫柏曼小姐，曾提出一份控告摩利攻擊勒索的證詞，他在判刑之後發誓說他將會要她好看。」

「相當薄弱的證據。僅僅如此嗎？十二年前。」

「差不多就是這樣。」

「她只是提供證詞給警方？」

「還有另一位女士也這麼做，他也同樣威脅她。昨天她在郵件中收到這個東西。」我把剪報拿給他，其實那是我自己收到的那一份，不過我認為這應該不會有任何差別。

「噢，沒錯。」他說，「這是在《紀事晚報》上刊登的。」

「這剪報就這樣直接放在信封裡寄來，信上沒回函地址，郵戳卻是紐約的。」

「郵戳是紐約，不一定表示在紐約寄出，而是表示信寄到紐約。」

「沒錯。」

他仔細思考這個問題，「好吧，現在我明白為什麼你覺得這件事值得你坐一趟飛機，」他說，「不過我還是不懂，為什麼你的這位摩利先生要對前幾天胡桃坡事件負責。除非他能透過收音機廣播催眠，而司德凡就用補牙填料接收到這個訊息。」

「當場狀況很明顯嗎？」

「看起來確實如此。你想看看命案現場？」

「可以嗎？」

「有何不可。那房子鑰匙不知被我們放在哪兒，我找找看，再帶你過去瞧瞧。」

∞

司德凡家位於一條死巷底，沿著整條巷子都是占地半畝以上的豪華宅邸，他家是一層樓建築，傾斜的屋頂，原石和杉樹的外觀，房屋四周遍植常綠樹木，產業邊界則種植一排樺樹。

哈利哲把車停在車道上，用他的鑰匙打開前門，我們穿過玄關進入寬敞的客廳，其上是有樑的教堂式天花板，長型的火爐延伸於遠端牆壁，看來是與房屋外觀相同的石材建造而成的。

客廳整個鋪滿素色寬幅地毯，還有一些東方風味的毛氈散置在地毯上，其中一塊長氈子放置在火爐前方，氈上有粉筆畫出的人形圖樣，其腿部伸展到素色地毯上。

「他就躺在那兒。」哈利哲說：「我們推測當時狀況，他掛斷電話後走到火爐前，你可以看到那裡有個槍架，他收藏一支獵鹿用的來福槍，還有一把點二二，再加上一支他自殺時用的十二口徑散彈槍；當然，除了那支散彈槍之外，我們也把另外那兩支來福槍一起帶走以策安全。他當時應該是站那兒，把散彈槍管放進嘴裡然後扣下扳機；你還看得到這一槍造成的殘局，鮮血、骨頭碎片和其他東西，由於衛生的考慮，現在已經清理掉一些了，不過如果你要看的話，我們有檔案照片。」

「那是他摔下去的地方。他倒地時臉朝上嗎？」

「對。槍就掉他身邊，差不多就在你所想像的位置上。你不覺得這地方有太平間的怪味嗎？走，我帶你去看其他人的陳屍處。」

小孩子在床上被殺害，他們各自有各人的房間，我在每個房間都得看一次鮮血浸潤的床褥和一個粉筆描繪的人形，而這些身型一個比一個小。主臥室的浴室內尋獲一把菜刀，三個小孩和他們母親都是被同一把刀殺害的，康妮．司德凡便陳屍在這主臥室內。床褥上的血跡顯示她在床上遇害，但是粉筆描畫的人形卻在床尾地上。

「我們推測他在床上刺殺她，」哈利哲說，「然後把她丟到地上，她身上穿著睡衣，所以顯然她已經睡著，或者已經上床準備入睡。」

「司德凡身上穿什麼？」

「睡袍。」

「腳上穿拖鞋？」

「赤腳，我猜，我們可以去看照片。為什麼問這個？」

「只是想了解狀況。他用哪一支電話打給你們？」

「不知道。這房子裡到處都有分機，不管他當時用哪一支電話，他講完話後都有掛好話筒。」

「你們在哪支電話上找到血手印嗎？」

「沒有。」

「他手上沾著血跡嗎？」

「司德凡？老天爺，他全身都是血啊！他在客廳把自己最重要的器官轟個稀爛，這樣是會流出大量鮮血的。」

「我知道，全都是他自己的血嗎？」

「你想說什麼？噢，等等，我知道你在想什麼了。你是說他身上應該會有他們的血。」

「他們看來確實流了很多血，不難想像他身上一定也會噴染到他們的血。」

「浴室的浴缸內有血跡，他一定在那裡洗過手。至於他身上洗不掉的血跡，譬如說，睡袍上的，呃，我不知道，我甚至不曉得是否能把他們的血液區分出來，據我所知，他們可能都是同一血型。」

「這年頭還有別的測試方法。」

他點頭同意，「例如比對DNA，這個我當然知道，不過當時並不覺得需要這種全面性的法醫分析。我現在知道你的意思，如果他身上只有自己的血跡，那麼他究竟如何能殺了那麼多人而不弄髒自己雙手？但是他的手確曾弄髒，而且我們也發現他試圖清洗之處。」

「所以他身上一定有外來血跡。」

「所謂外來血跡是指非他本人的血液。為什麼？噢，因為我們已經知道他身上沾到血液，所以他想清洗，但是再怎麼洗也無法完全洗淨，所以倘若我們在他手上或衣服上找不到家人的血液，而在浴缸找到他們的血液，這便表示凶手另有其人。」他蹙眉沉思，「如果命案現場當時有任何偽造線索，如果當時有任何理由讓我們懷疑這命案並非表面的模樣，哎，我們一定會更仔細研究所有的證據。不過實在不是我要強辯，老兄，他自己打電話來給我們，承認自己做了這些事，等我們派車到達他家時，他已經氣絕身亡。當你聽到凶手的自白，而且發現他自戕後，查的意願也就不那麼高了。」

「我明白。」我說。

「今天我也還沒看到任何能改變我想法的證據。你看看前門的掛鎖，那是後來我們裝上去的，因為當我們抵達現場之時，我們必須破壞它才能進入室內；當時他已掛上鏈條，就像一般人晚上就寢前的做法。」

「凶手可能從另一扇門出去。」

「後門也一樣，從裡頭上栓鎖起來的。」

「他可以從窗戶出去，然後再從外面把窗戶關上，這樣應該不難吧。凶手撥電話給你們時，司德凡可能已經死了。你們總局有沒有自動電話錄音？」

「沒有。我們只做記錄沒錄音，你們紐約都錄音嗎？」

「撥到一一九的電話會錄音。」

「真可惜他不是在紐約犯案，」他說，「不然就留下記錄了，好比你們的驗屍官就可以說出每個人早餐吃了什麼東西一樣。恐怕我們這裡比較落伍吧。」

「我可沒這麼說。」

他想了一下。「對，」他說，「你是沒這麼說。」

「紐約的各個轄區分局也沒有電話錄音，至少我在那兒時是如此。而且他們也只在接線生應付不來的時候才錄音。警官先生，我並不是來這裡比較城鄉差距的，你們對這件案子已經竭盡心力；事實上，我認為你們與紐約之間有一項非常大的區別，你們對我非常客氣而且盡力協助，如果換成一個來自外地的警察或曾經是警察的人，到紐約去請人幫忙，保證處處吃閉門羹。」

他當時不發一言，回到客廳之後才開口，「我想，針對撥進來的電話進行錄音也許是個不錯的主意，實行起來也並不會很困難。就此案例來說，這麼做對我們有什麼好處呢？你是指聲紋測試，不過要這麼做，你先得有司德凡的錄音，才能進行比對。」

「他有電話答錄機嗎？說不定他曾經留下電話錄音。」

「可能沒有，我們這一帶並不流行用這種東西。當然，他很可能會在某處留下聲音記錄，家庭用的攝影機之類。我不確定那種錄音效果能否拿來進行聲紋比較，不過試試無妨。」

「如果當時曾將那通電話錄音下來，」我說，「至少不難確定一件事，你可以知道那是不是摩利。」

「嗯，是可以。」他說：「我們根本沒想到這一點，不過當你心中有可疑嫌犯時，情況就不太一樣了？如果當時錄下電話，而且發現聲紋與摩利相同，你大概很想把他送上斷頭台吧？」

「等我們換一位新州長再說吧。」

「這倒沒錯，你們州長一向反對死刑是吧？不過換個角度來看，你們能讓凶手無所遁形。」他搖頭，「說到聲紋，你大概也猜得到，我們並沒有採指紋吧？」

「為什麼要找指紋？這案子看起來這麼明顯。」

「就算案子沒什麼疑點，我們通常還是會進行一連串的例行搜證。可惜這次沒採指紋。」

「我覺得摩利不會留下指紋。」

「雖然如此，查一查還是比較好。我現在就可以調一組人過來，不過直到現在為止已經有太多人在這裡進進出出，我們的運氣可能不會太好。而且，這麼做等於是要重開這個案子，我必須坦白說，你並未給我一個充足的理由，」他將大拇指插在腰帶上然後看著我，「你真的認為是他幹的？」

「沒錯。」

「你是否能指出任何確切的證據？夾在郵件中的剪報和一個紐約郵戳，的確能引人聯想，但是仍然不足以改變這個案子在此地的觀點。」

我們離開那棟房子時，我一邊思考這個問題，哈利哲將大門關起來，咔的一聲扣上掛鎖。天氣已經轉涼，樺樹在草坪上投下長長的影子。我問他命案發生的時間，他答星期三晚上。

「所以事情發生已經一個星期了。」

「其實還差幾個小時，那通電話大約是午夜撥進來的，如果你覺得很重要的話，我還可以準確的告訴你幾點幾分，因為我也說過，我們有記錄。」

「我只是想知道日期，」我說，「剪報上沒標明日期。我猜這則新聞是刊登在星期四晚報上。」

「沒錯，然後接下來一兩天都還有後續報導，不過其實已經沒有什麼看頭了。因為沒發現新線索，所以報紙上也沒什麼好寫的。大家都感到非常驚訝，完全看不出來他像是那種承受了那麼多壓力的人。所以報紙上寫的都是一些街頭巷尾的傳言罷了。」

「你們這裡的法醫人員進行哪些解剖研究？」

「醫院的病理科主任幫我們進行檢驗，我想他大概也沒做什麼研究，頂多就是看看屍體，確認那些傷口和我們所推測的情況一致而已。」

「屍體現在還在你們手上嗎？」

「應該還在，我想他們根本搞不清楚屍體應當轉到哪個單位。你心裡在盤算些什麼呢？」

「我只是在想法醫不知有沒有檢查精液反應。」

「我的老天爺，你認為他強暴她？」

「有此可能。」

「沒有任何掙扎的跡象。」

「呃，他相當壯碩有力，她可能無法掙扎抵抗。你方才提到確切證據，如果實驗室能查到精液，並且發現那些精子並非司德凡所有，那麼……」

「那麼就是確切證據了，說不定還能對照出是你說的那名嫌犯的。老實說，就算我沒想到去要求他們進行那話兒的檢查，我也不會為此道歉，真的是打死我也不會想到這種事。」

「如果屍體還在你們那裡……」

「現在就可以請法醫檢驗，我也打算這麼辦了，我猜這幾天內她應該不會跑去洗澡吧。」

「我想也是。」

「好吧，就讓我們來看看吧。」他說：「看看是否能在醫生下班回家吃晚飯之前找到他。老天，幹他那一行的，可真是倒盡人吃飯的胃口，警察的工作已經夠差的了，不過我還適應的不錯是吧？」他用手拍拍肚子，露出一臉苦笑，「走，」他說，「說不定我們運氣不錯。」

那位病理學家當天已經下班，「他明天早上八點會進來。」哈利哲說：「你說過要留下來過夜是吧？馬修。」

我倆現在已經直呼對方名號稱兄道弟，我回答已經訂了第二天下午的飛機離開。

「大西部旅館的住宿服務最好，」他說，「在城東的林肯路上，如果你喜歡吃義大利菜，千萬別錯過帕督拉餐館，它在第一街上，剛剛那家汽車旅館的餐廳也不錯。有一個更好的主意，我先打個電話回家，看我太太能否多準備一人份晚餐。」

「你太客氣了，」我說，「不過還是請你原諒，我昨晚大概只睡了兩個鐘頭，恐怕會在餐桌上睡著。改成明天我請你吃午餐如何？」

「到時候再來看看誰搶得到帳單，一言為定。你要不要一大早和我一起去找那位醫生？八點會不會太早？」

「八點剛好。」

8

我從停車場取回車子，然後開到他建議的汽車旅館。我要了二樓的房間，洗過澡後便打開電視看CNN新聞；這家旅館裝了有線電視，可以看三十個頻道的節目，新聞看完，我玩著選台器，竟然找到一個從未聽說過的職業拳擊比賽。兩個西班牙裔的輕中量級選手，花了冗長的時間扭住彼此，我就這樣一直盯著螢幕，後來才突然發現自己根本心不在焉，於是我到餐廳吃了一客小牛排、烤馬鈴薯和咖啡，然後回到房裡。

我撥電話給伊蓮，起先是她的答錄機留話，但等我報出姓名後，她就關掉答錄機拿起話筒。她說她一切安好，端坐在她的堡壘中等待；截至目前為止，都還未接到奇怪的電話或是郵件。我把今天所做的事情都告訴她，另外就是明早要去找那位病理學家，請他檢查精液反應。

「記得提醒他檢查肛門。」她說。

後來我們又再聊了一陣子，她的聲音聽起來都很正常，我告訴她，等我回到紐約會再打給她。掛掉電話，我再度拿起電視選台器把玩，不過找不到能夠吸引我的節目。

我從行李箱中拿出帶來的書，羅馬皇帝馬可·奧勒利烏斯寫的《沉思錄》，這本書是我在戒酒無名會的輔導員吉姆·法柏介紹的，那時他引述書中一些相當有趣的字句，後來有一天我經過書店時，就進去找了一本當代圖書系列的二手舊書，只花了幾塊錢而已。這本書我看得很慢，我很喜歡他的一些觀念，但卻常常無法完全理解他的論述，一旦遇到能夠引起我共鳴的字句，我就會把書本置於一旁，花上半個鐘頭甚至更多的時間仔細思考這個句子。

這一次我大約讀了一兩頁，就看到下述字眼：「汝等倘若細細觀察，將見萬事之發生，乃如其所應當之勢。」

我闔起書本放在身邊桌上，試著想像一星期前發生在司德凡家的事件。我無法確定摩利殺人的順序，不過為了方便整個推理過程，我想他第一個下手的對象可能就是司德凡，因為司德凡是家中最有可能造成威脅的人。

然而，散彈槍的聲響很可能會驚醒四周鄰居；所以，他可能先到小孩子的房間，沿著走廊一間一間開殺戒，連續殺死兩個小男孩和那個小女孩。

然後是康妮嗎？不會，他一定是把她留在最後，然後到主臥室的浴室清洗。假設他先使她不能動彈，以槍尖或是刀尖抵著她丈夫到客廳，用散彈槍殺死他，然後回來處理康妮，並同時強暴她？如果事發一週後還能查到精液反應，我明天就會知道一切了。

他撥通電話，接著迅速清理房內四處的指紋，最後靜悄悄俐落的從窗戶離開，一身輕鬆。總共五人死亡，其中有三名幼童，一個家庭就這樣毀滅，一切只因為十二年前，一個女人提出一份證詞，控訴一個男人強暴她。

我想到康妮，應召為妓其實並不見得一定生活悲慘，至少就她和伊蓮的方式來說確實如此，她們有東岸的公寓，客戶都是經理級的人物。不過她選擇嘗試更好的生活方式，住到胡桃坡的房子去。

然後一切都結束了。但是，老天爺，那結束的方式……

「汝等倘若細細觀察，將見萬事之發生，乃如其所應當之勢。」或許當我真正明白這個道理時，心裡會覺得好過些，不過我還沒到達那種境界，也許是我的觀察還不夠仔細。

∞

早上接到旅館的叫醒電話後，吃了早餐便辦理退房。八點整，我向值班警員報出姓名，他已經知道我會來，所以立刻讓我進入哈利哲的辦公室。

今天他穿了一套灰色西裝，打一條紅色與海軍藍相間的條紋領帶。他離開座位走到桌前和我握手致意，並問我要不要咖啡，我說已經喝過。

「那麼我們就去探望華慕醫師吧。」

我原本以為馬西隆至少該有一些比較古老的房子，但是在我短暫的逗留期間所看到的每一件東西，幾乎都是在過去十年內建造的。醫院是一棟新建築，雪白的牆壁還留有新漆的痕跡，地板消毒得乾乾淨淨。我們搭乘一台安靜無聲的電梯，沿走廊走了一段，哈利哲知道路，我跟著他。

不知何故，我把華慕醫師想像成一個已過退休年紀、脾氣暴躁的糟老頭，沒想到他竟然年約三十五，一頭閃亮金髮，收緊的下巴，一張開朗而孩子氣的臉龐，彷彿出自插畫家諾曼·洛威爾筆下的人物。哈利哲向他介紹我時，他伸出手來和我握手，然後一副鼓起勇氣的模樣站著，好像準備好接受這一回合警察與病理學家之間的挑戰。當哈利哲問他是否在康妮·司德凡身上發現任何精液的痕跡或是其他顯示近期內會有性行為的證據時，他毫不掩飾的表現出對這個問題的驚訝。

「天啊，」他說，「我根本沒想到應該去檢查這個。」

「這件案子有可能比原先設想的情況來得複雜，」我說，「屍體還在你這兒嗎？」

「那當然。」

「你可否進行這項檢查？」

「當然可以，反正她又跑不掉。」

他走到門邊時，我突然想起伊蓮的話，「除了陰道之外，也要檢查肛門。」我提出建議。

他跨出半步後突然停住，不過他沒有回頭，我無法得知他臉上的表情。

「好的。」他說。

湯姆．哈利哲和我兩人坐著消磨時間等他。華慕桌上放了一個合成樹脂方框，裡面是幾張家人的快照，湯姆看到之後，便告訴我華慕和他妻子的感情很好。我欣賞著他妻子的相片，然後他問我是否已婚。

「以前是，」我說，「結果不成功。」

「噢，真可惜。」

「那已經是很久以前的事情了，後來她又再婚，我兒子現在也很大了，一個還在學校，另一個已經在工作了。」

「你和他們還常常聯絡嗎？」

「少於我所希望的次數。」

這句話成了休止符，一陣沉默之後他再度提出話頭，談論起他的子女，女孩男孩各一，兩個都在念高中。從家庭說到警察工作，我們就像一對老警察似的訴說各自的精采故事，當我們講得正樂，華慕一臉嚴肅的走進來，說他們在司德凡太太的肛門查到精液痕跡。

「讓你說中了。」哈利哲說。

華慕說他原未預期查到任何東西，「她沒有任何抵抗的跡象，」他說，「完全沒有，她的指甲中沒有皮膚組織，雙手或手臂上也沒有任何瘀青。」

哈利哲急著想知道，究竟能不能辨識出那精液是否屬於司德凡。

「有可能，」華慕說，「我不確定，畢竟時間已經過了這麼久。我只能告訴你，我們無法在這裡分析，我想把這些顯微鏡夾片和樣本、組織，全部送到克利夫蘭的布斯紀念醫院去，他們那裡能夠進行更精密的分析。」

「我實在很想知道答案。」

「我也是。」華慕說。我問他屍體是否還有其他特別的地方，他答說她看起來身體很健康，我總覺得這樣形容死人實在很奇怪。我問他是否看到毆打的痕跡，尤其是在胸骨附近。

哈利哲問道：「我不懂，馬修。那裡的瘀青又代表什麼？」

「摩利的雙手非常有力，」我說，「他很喜歡用手指戳壓人胸骨的某個位置。」

華慕說這一點他倒是沒有發現任何異常之處，不過，倘若受害者在受到凌虐後立刻死亡的話，瘀青會變得不明顯，經過一天之後，受傷的部位也不會像那樣變色。

「不過你可以自己去看看，」他提議，「你要看嗎？」

其實我實在不想去看，不過我還是很忠實跟隨著他走過大廳，穿過門後進入房間，這個房間好似藏肉的冷凍庫一般的冰冷，連房門都大同小異。他帶我走到一張桌前，桌上躺了一具屍體，上面覆蓋著一張透明的塑膠布，然後他把塑膠布掀開。

正是康妮沒錯。即使她還活著，我也無法確定自己一下就能認出她來，更何況她現在過世了，不過在已經知道她身分的情況下，我因而能夠想起十二年前見到這個女孩的模樣。一陣不舒服的感覺湧上我的胸口，並不完全是想嘔吐，而是一種來自內心的心酸。

我想要看看有無毆打的痕跡，但我實在無法用雙眼去冒犯她赤裸的軀體，更別提伸手去觸摸她。華慕沒有受到這種良心的譴責，對於他所從事的行業來說，這樣比較好。他毫不客氣的推開她一邊乳房，針對她的胸腔進行觸診，然後他的手指發現了一些東西。「就在這兒，看到了嗎？」他說。

我實在看不到任何東西，他抓住我的手，將我的手指引導至某個位置。想當然耳，她的軀體摸起來冰冰冷冷，肌膚鬆軟無力。我明白他究竟找到什麼；有一個地方的肌膚特別鬆軟，比較沒有彈性，不過表面上看不出有變色的現象。

「你說還有大腿內側？我們來檢查一下。噢，有了，我不曉得這裡是否為特別敏感的疼痛壓力點，這塊區域不是我專精的領域，不過這兒的確有外傷。你要不要看看？」

我搖頭，我實在不想看她岔開雙腿的內側，要我去觸摸更是不可能。我什麼都不想看了，只想趕緊離開這個房間。哈利哲顯然也有同感，而華慕感覺到這股氣氛，於是讓我們回他的辦公室。回去之後他開口，「我，呃，在小孩子身上也檢查了有無精液反應。」

「老天！」哈利哲喊道。

「沒有找到任何東西。」華慕很快的回答，「我只不過是認為應該也要查查看。」

「多做無害。」

「剛才你看到刀傷了吧？」

「怎麼可能看不到。」

他略微猶豫，「沒錯。嗯，這些傷口顯示凶手是從正面刺殺，三刀都穿過肋骨、刺進心臟，任何一刀都可致命。」

「所以呢？」

「他怎麼……將她雞姦之後，把她翻過身，然後再殺死她嗎？」

「有可能。」

「你們發現她的時候是什麼樣子？躺著嗎？」

哈利哲皺眉回想，「躺著。她癱在床腳，刀子刺穿睡衣，睡衣覆蓋到膝蓋位置，或者那精液是在更早以前殘留的。」

「無法判定。」

「也有可能是後來發生的，」我提出建議，他們盯著我瞧，「我們來猜猜看，她仰身躺床上，他刺殺她，然後再把她翻過身背朝上，掀起她的睡衣，他將她稍微拉離床鋪，這樣才方便他辦事，他雞姦她之後再把她翻身向上，拉下睡衣，可能在這個過程當中，她整個人就滑落床下。然後他走進浴室清洗自己，順便洗刀子。這樣就可說明，我們為什麼找不到明顯的抵抗跡象，不是嗎？人死之後是不太可能抵抗的。」

「沒錯。」華慕同意，「而且也不會要求前戲。我完全不了解你所說的這個人，這些和你所知道的他行為一致嗎？因為我認為這種說法與我們的具體證據不相違背。」

我回想起他對伊蓮說過的話。他曾說，如果趁著屍體還溫熱之時，死去的女孩不比活人差，

「一致。」我答。

「總之，你說的傢伙是個禽獸。」

「哎，我的老天爺，」湯姆·哈利哲說：「總不會是聖法蘭西斯殺了那些小孩子吧。」

6

「詹姆士・李歐・摩利，」哈利哲說道，「說說他的事情吧。」

「他的前科和入獄經過你都已經知道了，還想知道些什麼？」

「他多大年紀？」

「四十或四十一歲，他被我逮到那年是二十八歲。」

「你有他相片嗎？」

我搖頭，「我大概可以翻出幾張，只不過已經是十二年前的了，」我將記憶中摩利的模樣描述給他聽，包括他的身高、體格、臉部特徵，還有他的髮型，「不過我不曉得他現在的樣子是否仍和從前一樣；但是他那張特別的臉，我想大概變不了多少。他在牢中有可能變胖、可能變瘦、也有可能維持同樣體重，那種髮型可能已經沒有了，提到這一點，時間已經這麼久，我猜他說不定沒頭髮了。」

「有些監獄會在釋放犯人時替他們照相。」

「我不知道丹摩拉監獄是不是會這麼做，我會去查一查。」

「他們把他關哪兒？丹摩拉嗎？」

「那兒是他最後服刑的監獄。一開始他是在亞提加監獄，不過幾年之後，他們就把他轉監了。」

「亞提加就是那個發生暴動的監獄是吧？不過那是發生在他入獄前，時間好像一年過得比一年快，不是嗎？」

我們去他前晚推薦的義大利餐館吃飯，食物相當不錯，不過裝潢太過民族風味，以至令人覺得彷彿置身於電影《教父》的場景之中。湯姆謝絕了服務生建議搭配的葡萄酒或雞尾酒，他對我說：「我是不太喝酒的，不過你儘管點沒關係。」

我說現在時間還太早。接著他又向我道歉，遺憾昨天離開醫院之後竟讓我獨自一人，「希望你沒有感到太無聊。」他說。我說我終於找到時間看報紙，然後又在鎮上逛了逛。「我昨天應該先跟你說，」他說，「我們這兒有一個職業美式足球名人堂，就在甘頓區的七十七街上，如果你剛好是美式足球迷，可千萬別錯過。」

就這樣，我們整頓飯的話題全轉到美式足球上。一直談到飯後喝咖啡和吃甜點起司蛋糕時，他說馬西隆就好比南北戰爭時代的堪薩斯市，一旦碰上布朗隊和孟加拉隊對峙，兄弟之間也是會鬩牆的；今年兩隊的陣容都不錯，而且如果高薩爾保持最佳的體能狀況，兩隊不打到最後是無法得知輸贏的，屆時整個鎮上將會達到最沸騰。這兩隊從來沒有在超級盃交手過，從來沒有同時出現在一個擂台上，這一次他們就要爭奪冠軍盟主寶位，豈不令人興奮。

「今年我們那兒可真是低沉，」我說，「大都會隊和洋基隊，結果大都會隊竟在終點時輸了，而洋基隊最後也輸得一塌糊塗。」

「我真希望有時間去看棒球，」他說，「可惜實在沒辦法。而美式足球，我星期天都可以看，而且還能看星期一的晚場比賽呢。」

喝過咖啡，我們又轉回正題。「我之所以問你照片的事，」他說，「是因為直到目前為止，你還沒有給我足夠的東西，讓我能夠重新開案；我們必須等待克利夫蘭布斯紀念醫院的檢驗結果。如果他們確實可以證明那精液來自其他人，或許就能調整我們的立場。但是現在，我們所有的只是一封從紐約郵局遞送的信件，而這些對於我在馬西隆的上司而言，實在沒有多大意義。」

「我了解。」

「現在先讓我們假設你的推論沒錯，你的嫌犯就是凶手，這場凶殺案發生在整整一星期前，我猜他必須在事前幾天就進城來，說不定一星期前就來了。理論上他當然有可能當天來就幹下這樁慘案，不過我覺得他比較可能先花一點時間觀察情勢。」

「我也這麼認為。他是一個深思熟慮的人，而且他還有十二年的時間將計謀醞釀成熟，他一定知道必須小心行事，慢慢進行。」

「而且他離開這裡時，還帶著星期四的晚報，所以當此事件成為頭條新聞那天下午，他必定還在此地。城中心有個書報攤，大約在下午四點就可以拿到晚報，不過大部分的人都得在五六點左右才能買到晚報。所以他必須在鎮上待到那個時候，說不定他還留下來過夜。那郵戳是什麼時候的？」

「星期六。」

「這麼說來他星期四在馬西隆剪下晚報，星期六在紐約寄出，然後你們星期一收到？」

「星期二。」

「噢，還不錯嘛。有時候信件得花一個星期才能收到，你知道郵局和佛洛翰鞋店有何共同之處嗎？」我表示不曉得。「他們想下放一大堆懶人（懶人鞋），但是沒有人要接手。我之所以問郵戳的事，是因為他如果在星期五寄信，我們就幾乎可以斷定他是搭飛機從這兒飛到紐約；當然這也不是百分之百，因為若是勉強趕路，他還是有可能開車，在十個小時內回到紐約。不曉得你知不知道他是否有車？」

我搖頭，「我連他住在哪裡、出獄後幹了些什麼事都不知道。」

「我在想，我們可以去查查航空公司，看他的名字是否出現在旅客名單上，你猜他會用真名？」

「不會，我覺得他會付現金用假名。」

「或是用偷來的信用卡付錢，上面也不會是他的名字。他在這兒時可能會住在旅館之類的地方，不過我想我們在任何房客登記簿，一定查不到詹姆士．李歐．摩利這個名字。所以如果我們有他的相片可以讓人家看，說不定會有人能認出他來。」

「這我會想辦法找找看。」

「如果他是搭飛機，他還是需要一輛車代步；當然他可以搭乘公車從克利夫蘭來，不過他在馬西隆這裡還是需要車子，而租車一定要有駕照和信用卡。」

「他可以去偷一部車。」

「有可能。有很多事情必須查，不過我實在不曉得能從中查出什麼線索，而且我也不知道局裡能夠撥出多少人力來查這個案子；如果布斯紀念醫院傳回來有力的證據，那麼也許我們真的能做點事，否則我們能做的實在有限。」

「我明白。」

「當你只有這些人力可用，」他說，「這個案子又似乎簡單明瞭，可以在案發後半個小時之內就結案；那麼，你也看得出來，為什麼大家不肯急著再重新開案。」

8

後來他又把去甘頓名人堂的路線詳細告訴我，我心不在焉聽著，我相信名人堂一定很有看頭，不過我實在沒有心情去那兒，隔著平板玻璃觀賞班克納．古斯基的舊運動衫，或是席德．路克曼的皮革頭盔。更何況我必須把租來的車開回克利夫蘭去還，否則赫茲租車公司會多算我一天租金。

我將車子退還之後竟然還有剩餘的時間。結果我那班飛機的機票超賣，登機前航空公司徵求願意改搭較晚班次的志願者，他們將贈送飛往國內任何地區的免費機票；我實在想不出來有任何地方我會想去，不過顯然有許多人想得出來，所以航空公司不一會兒就找到足夠的志願放棄者。我繫上安全帶，翻開我的書，開始閱讀馬可．奧勒利烏斯的文章，沒多久書本擱在腿上就睡著了。

飛機即將降落在拉瓜迪亞機場時我才醒來。

坐我隔壁的女士，戴了一副老祖母眼鏡，身穿西部印第安保留區的運動衫，她指著我的書問那是不是超覺靜坐之類的書，我回答說，有點類似。

「我想這本書一定很有用，」她羡慕的說，「你剛剛好像真的神遊九霄雲外去了。」

∞

我搭乘公車和地下鐵回到曼哈頓，因為那個時間正是交通最繁忙的尖峰時段，這樣會比坐計程車快，而且還便宜了二十元。我直接回我的旅館，過濾信件和留言，不過都是些無關緊要的。我上樓去洗澡，打電話給伊蓮，將最新消息轉述給她，我們短暫交談；下樓吃過東西後，便走去聖保羅教堂參加聚會。

今天的演講者是協會的長期會員，戒酒已經多年，今晚他並沒有演說情節動人的酗酒故事，而是報告他最近所經歷的事情；他在工作上遇到困境，而且他的一個小孩竟同時嗑藥又酗酒，他轉為討論一些「接納」的問題，最後這個問題就成為聚會的非正式主題。我想到馬可．奧勒利烏斯那些跟這個主題相關的智慧哲語，他所說的萬事發生皆如其所應當發展的方向，我在討論會中原本打算提出他的觀念，還想提到發生在俄亥俄州馬西隆市，那件故事書般情景中的事件，不過聚會在我還沒來得及舉手發言之前就結束了。

到了早上，我打電話到可靠偵探社，告訴他們我今天無法進辦公室上班，前一天我也做了同樣的事，接聽電話的人要我稍等一下，然後由我的上司接聽。

「我今、明兩天都有工作要給你做，你明天會來嗎？」他說。

「我不確定，可能不會。」

「可能不會？怎麼，你這會兒自己有案子正在處理嗎？」

「只是一點私事。」

「私事？那麼星期一如何？」我還在猶豫，他又開口說：「你知道的，外頭還有一缸子人可以勝任這份工作，而且人家都還搶著要做。」

「我知道。」

「這雖然不是固定時間上班的工作，你也不是領薪水的，不過都是一樣的，我需要的是有案子時，我有把握他確實可以進來工作的人。」

「我明白，」我說，「不過我想最近這一陣子，你可能最好不要把我算進去。」

「最近這一陣子？多久？」

「我不知道，那得看事情進展如何。」

電話那頭沉寂許久，然後突然爆出一陣狂笑，他說：「你又在喝酒了，對吧？老天爺，你為什麼不一開始就老實說，等你擺脫噩夢之後再打電話來，到時候我再看看有什麼事情可以給你做。」

我的心中湧上一股憤怒，無法遏止的暴怒，不過我還是忍住，等他掛掉電話之後，我才摔下話筒。我跺腳離開電話機，遭受這種污衊，我全身的血脈都因著強烈的憤怒而沸騰，腦中浮現一堆話想回他。第一，不，我要先去他辦公室掀了他的桌子，把椅子丟出窗外，然後，我再告訴他，他可以把我每日津貼全部換成鎳幣，然後吞下肚去，然後……

不過，我只做了一件事，打電話給正在上班的吉姆．法柏。他認出我聲音，取笑我的遭遇。

「你要知道，」他理智分析，「如果不是因為你以前曾經是酒鬼，聽了這話根本就不會當一回事。」

「他沒有資格認為我喝醉酒。」

「他怎麼想關你什麼事？」

「你的意思是說我沒有權利生氣？」

「我是說你沒有那個本錢生氣，你還差多少就要再度拿起酒杯呢？」

「我不會再喝酒。」

「對，不過你和那混蛋談話之後，自信心一定比較薄弱了，其實你心中很想這麼做，對吧？在你還沒撥電話來給我之前？」

我的確這麼想過。「也許吧。」我說。

「不過你拿起電話，所以現在比較冷靜下來了。」

我們的談話延續幾分鐘，當我掛斷電話時，我的憤怒已經降到最低點。我究竟是在生誰的氣？可靠偵探社那個傢伙，他說願意在我戒酒之後再度聘請我，我在生他的氣嗎？大概不是。

摩利，我想。摩利，就是他開啟這一連串事件。

或許，是我自己，竟然沒有能力去克服這一切。

不管這些了。我再度拾起電話筒，打了幾通電話，然後出發到中城北區分局，和喬・德肯見面。

8

雖然我和喬・德肯曾於同一時期都在警界服務，不過那時我並不認識他；現在我和他已經有三四年的交情，他也成為我在紐約市警局之中真正算得上是朋友的人。這幾年來，我們彼此為雙方都盡了不少心力，有時候他暗中幫我引介客戶，有時候我則會提供一些有用的線索給他。

我第一次見到他時，他已經服務將近二十年，正在數饅頭等著時間一到就遞出退休申請。他總是說實在等不及想要趕緊擺脫這份工作，早日遠離這個爛城市；他現在還是這麼說，不過既然二十年的里程碑已成往事，他所期待的事如今已經變成第二十五個年頭的來臨。

歲月不但在他身上堆疊了一圈肚子，還使他橫梳過頭頂的黑髮愈顯稀疏，他的臉色紅潤，而且還有重量級拳擊手那種血絲遍布的面容。有一陣子他曾經試圖戒掉雪茄，不過他現在又開戒了。菸灰缸的菸灰已經溢到桌上，而他手上卻還有一支雪茄燃著；我的故事還沒說一半，他已經抽完一支，等故事將近結束時，他已經點燃另一支新雪茄了。

他聽我說完故事，靠在椅背上往後仰身，一連吐出三個煙圈；今天早上整個刑警辦公室的空氣似乎停滯不動，那三個煙圈形狀不變的直直飄向天花板。

「夠精采的故事。」他說。

「可不是。」

「這個俄亥俄州的傢伙聽來好像相當正直，你說叫什麼名字來著，哈利哲嗎？塞爾提克隊裡是不是有個傢伙也叫這名字？」

「對。」

「我沒記錯的話，也叫湯姆吧？」

「不是，我記得是約翰。」

「真的嗎？搞不好你說的對。和你那朋友是親戚嗎？」

「我沒問他。」

「沒問？噢，你正在擔心別的事情。馬修，你想怎麼做？」

「我想把那混蛋踢到他該去的地方。」

「對啊，你以前已經讓他在裡頭待很久了，那種傢伙就是一副絕對會老死在牢裡的德性。你說他們在馬西隆能不能找到他的把柄？」

「不曉得。你也知道的，他們把這個案子視為畏罪自殺，當場就這樣結案，他可真是逮到了逃脫的大好機會。」

「如此聽來，我們這兒大概也會和他們一樣的反應吧。」

「都有可能。至少，我們會將他的電話錄音存檔，這樣就有機會可以對照他的聲紋，而且我們的法醫在程序上，一定會針對五位被害者進行比較詳盡的解剖研究。」

「不過除非你想到要特別去檢查，否則還是不見得會在她的肛門找到精液。」

我聳肩，開口說：「那還不打緊，老天，至少我們還會去判別那個丈夫身上是否有其他人的血跡。」

「這倒沒錯，我們應該會進行這項檢查。不過，別忘了我們也常常把事情搞砸，馬修。你離開我們這兒太久，竟忘了我們也有這種時候。」

「大概吧。」

他傾身向前捻熄雪茄，「我每次只要戒了菸又回頭再開始抽時，就會抽得更凶，我認為戒菸有害我的身體健康。如果那個精液檢查出來不是她丈夫的，你覺得他們會重新開案嗎？」

「不曉得。」

「對於起訴這個天方夜譚人物，他們那兒根本就摸不著頭緒，你根本無法證明他那時人在俄亥俄州。你知道他現在人在哪兒？」

我搖頭，「我打電話去監理所查詢，結果他既沒有車子，也沒有駕照。」

「他們這麼簡單就把資料給你？」

「他們可能以為我有某種公務身分。」

他瞪著我，「你可不是假冒警察吧？」

「我沒這麼說。」

「你最好再去看看法令，上面規定你的言行不可以誤導別人，使人誤認你是執法人員。」

「那是指蓄意欺騙，不是嗎？」

「都一樣，欺騙，或是使人為你提供正常狀況下不肯做的服務。算了，我這是在找你麻煩。沒車、沒駕照，不過他當然可能無照駕駛一輛沒車籍的車子。他現在住哪兒？」

「不曉得。」

「他現在並不是假釋中，所以他不必向任何人報告。我們所知道他最後的住址在哪裡？」

「在上百老匯一家旅館，不過那已經是十二年前的事情了。」

「我猜他們大概不會替他保留房間吧。」

「我已經打電話去問過，」我說，「試試運氣。」

「然後他沒有登記。」

「沒用真名。」

「對啊，又出現另一個問題，」他說，「假造的身分證明，他說不定有一整套完整的身分資料。在牢裡蹲了十二年，他一定認識一堆壞胚子。你說他什麼時候出獄的，七月？現在他可能從美國運通卡到瑞士護照，什麼都有了。」

「我也想到這一點。」

「你確定他現在人在城裡？」

「一定的。」

「而且你認為他會去對另一個女孩不利？叫什麼名字來著？」

「伊蓮・馬岱。」

「然後他會揪出你那時做的帽子把戲，」他略做思考之後說，「如果我們能夠得到馬西隆當局的公文請求，也許可以派幾個制服警員出來，看看能否把他逼出來。不過這必須他們先重新開案，然後通緝那混蛋傢伙。」

「如果哈利哲能通過他上司那一關，」我說，「我覺得他應該願意這麼做。」

「你們倆一起吃義大利麵、討論美式足球的時候，他當然願意。不過你現在距離他那兒可有五百哩遠，而他手邊還有數不完的事情要做，他若改口說管他去死豈不容易。沒人喜歡重新開案的。」

「我知道。」

他從盒子裡取出一支雪茄，對著大拇指背彈一彈，然後又放回盒中，他說：「相片呢？丹摩拉監獄有幫他拍照嗎？」

「八年前他轉入面談時拍過照。」

「你是說十二年吧？」

「八年。他剛開始是在亞提加監獄服刑。」

「對噢，你說過。」

「所以他唯一的照片是八年前照的，我問他們是否可以影印一張寄給我，對方有點猶豫，不知道該怎麼做。」

「我猜他該不會也以為你是警察吧？」

「不會。」

「我可以打電話，」他說，「我不確定可以幫多少忙，那些人通常都會合作，不過都不是十分熱忱積極，動作老慢吞吞的。不過，在你那個俄亥俄州的朋友尚未重新開案之前，相片倒還派不上用場，這一切都還得等到法醫的報告出來才行。」

「或許不必等到那時候。」

「或許不必等到那時候？不過反正到時候，你可能已經有丹摩拉監獄寄來的相片；除非，他們決定不寄相片給你。」

「我不想等那麼久。」

「為什麼？」

「因為我希望能自己找到他。」

「所以你一定得有相片拿給人指認。」

「或素描也行。」我說。

他盯著我說：「有趣的主意，你想找我們的素描畫家？」

「我猜你可能認識一些願意接額外工作的畫家。」

「你是說兼差，畫一幅畫，賺點外快？」
「沒錯。」
「我想也是。那麼你是打算找個畫家來，請他幫你畫一個你已經十二年沒見過面的人。」
「不可能有人會忘記那人的臉孔。」
「噢。」
「而且當時逮到他，報紙上登過他的照片。」
「你該不會留有影印本吧？」
「沒有，不過我可以去圖書館查看微卷，恢復我的記憶。」
「然後和畫家坐下來研究。」
「沒錯。」
「你當然不曉得那傢伙現在是不是和從前一樣，都經過這麼多年了；不過至少你還有一張他當年的照片。」
「畫家可以將他畫的老一點，這難不倒他們。」
「他們會做的事可多呢。也許你們三個人可以一起討論，你、畫家、還有那個叫什麼名字來著？」
「伊蓮。」
「對，伊蓮。」

「這我倒沒想到，」我說，「真是個好主意。」

「嗯，對啊，我可是無人不知無人不曉的超級智囊團呢。現在我就可以提供三個能替你做這件事的人。有一個人，我想先打個電話看看能不能找到他。這事大概得花掉你一百大洋，你能承受嗎？」

「行，必要時我願意花更多。」

「一百元應該夠，」他拿起電話。「我現在說的這傢伙相當在行，」他說，「更重要的一點，我想他應該會喜歡這種挑戰。」

7

雷・蓋林戴斯看起來比較像警察，不像藝術家。他身高中等，體格健壯，一雙柯卡狗似的棕色眼睛，還有濃濃的眉毛。剛開始我猜他年約四十，後來發現是由於他的體重和嚴肅的態度所引起的誤解，幾分鐘之後我就把原先推算的年紀降低十至十二歲。

他準時在晚上七點半抵達伊蓮家與我們見面。我較早到，恰好在伊蓮煮好一壺咖啡後，先喝了一杯。蓋林戴斯不想喝咖啡，伊蓮改問他要不要來瓶啤酒，他說：「也許晚一點再喝吧，女士。現在如果方便給我一杯水，那就真是感激不盡。」

他以先生、女士稱呼我們。當我向他說明整個事件的原委時，他則在素描本上隨手亂畫，然後我又順應他的要求，簡略描述摩利的模樣。

「這件事應該辦得成，」他說，「你所描述的人真有相當獨特的外貌，這樣對我來說就容易多了。最糟糕的情況就是遇到目擊證人說：『噢，那人很普通，長得很平常，就像大部分人一樣。』這種話代表兩種意義，要不是嫌疑犯那張臉實在沒什麼特點，要不就是這個目擊證人根本沒看清楚。尤其是遇到不同人種時，這種情況常常發生；當一個白人目擊者看著一個黑人嫌疑犯時，他看到的往往就只是黑人而已，人往往只看得出膚色，卻認不出那張臉。」

在他尚未落筆畫圖之前，蓋林戴斯先引導我們閉上雙眼，在腦中嘗試想像。「現在你所看到的他愈清楚，」他說，「我們待會兒在紙上就能畫得愈像。」接著他讓我仔細描述摩利，我說話的同時，他拿起炭筆及素描用橡皮擦開始素描。下午我已經先去四十二街的圖書館，找到兩張摩利的新聞照片，一張是他被捕時，另一張則是他在受審時的照片。我覺得自己的記憶其實相當清楚，不過這兩張照片確實有助於一些印象的釐清，就好像撫去舊畫作上經過歲月所累積的塵垢。

素描本上所畫出來的容貌真令人不禁嘖嘖稱奇，他要我們兩人一起指認畫像上不符之處，然後再用橡皮擦做局部修改，一次又一次，那幅畫像便逐漸吻合我們的記憶，最後，我們實在找不到任何可以改正的缺點，他就將畫像定稿。

「我們這幅畫像的主角，」他說，「看起來已經大於二十八歲。這可能是因為我們三個都知道，實際上他現在已經四十或四十一歲，所以腦袋裡不自覺的稍微修正我們的記憶。然而，我們能做到的不止這些，人年老的時候，特徵都會變得更加明顯；你如果找一個年輕人來，用誇張的漫畫筆觸畫下他的特徵，十年二十年後，看起來就一點也不誇張了。以前我有一位女老師，她曾經說過，我們每個人長大後都是自己特徵的誇張化面貌。現在我們要做的就是，把鼻子稍微畫大一些，再讓眼睛更加凹陷一點。」他在這兒添加一點陰影，在那兒做些許更改，就達到他所說的效果，真是場精采的演出。

「地心引力也會對人產生一些作用，」他繼續說明，「把你四處都往下拉，」橡皮擦一抹，炭筆一揮，「還有髮際，現在因為我們沒有足夠的資訊所以不甚確定，他的頭髮是否仍然那麼多？還是已經禿得光光了？實在不曉得。不過就讓我們假設他和大多數人一樣，我是說，和大部分的男人一樣，他開始禿頭，髮際向後退，我不是說要讓他變成禿頭或是怎樣，只是表示他的髮際會有改變，額頭變得比較高，大概就是這個樣子。」

他在眼眶周圍補了幾條陰影線，嘴角添加一些皺紋，強調突出的顴骨，然後他伸長了手臂拿著素描本端詳，再用橡皮擦和炭筆做了些細微的修改。

「怎麼樣？你們認為如何？可以去裱框了吧？」他說。

∞

他結束工作之後，接過一瓶海尼根啤酒，伊蓮和我則平分一瓶沛綠雅礦泉水。他稍微談了一些自己的事，剛開始他不太情願說，不過伊蓮很有辦法打開話匣子，我想這大概是她的職業才能。他告訴我們繪畫一直是他最拿手的事情，不過他從來沒想到要賴以維生，其實他一直很想當警察，他有個親近的舅舅在局裡做事，所以他讀完兩年京士堡社區大學後就去參加警察考試。

他以素描為興趣所以一直持續在畫圖，替他的同事畫些人像畫和誇張漫畫。然後有一天，局裡的專任畫家缺席，他剛好被逮去替一個強暴犯畫素描；現在這反而成為他的主要任務，他喜愛這份工作，不過總覺得自己似乎脫離了警察勤務。曾經有人對他說，他在藝術領域裡的發展潛力遠遠大於執法工作，他自己仍不甚清楚這種說法的正確性。

他婉拒伊蓮的第二瓶啤酒，感謝我遞去的兩張五十元紙鈔，然後說希望我們能將事情發展的結果告訴他，「當你們抓到他的時候，」他說，「我希望能有機會親眼看看他長什麼模樣，不然他的照片也好，只是想看看我猜得準不準。有時看到對方真正的面貌後，發現跟自己畫的一點也不像；但也會有看到的人說我一定是找到那個人來當模特兒。」

∞

他一離開，伊蓮便關上門，隨手鎖上所有的門鎖，「總覺得這麼做有點愚蠢，」她說，「不過我還是都會全部鎖上。」

「這城市裡不知有多少人，都裝設了好幾道門鎖、警報器，還有其他各種設施；而且他們並沒有遭到別人的威脅。」

「我好像該為這種消息感到欣慰是吧？」她說，「雷這小夥子還不錯，不曉得他會不會繼續當警察。」

「難說。」

「除了當警察，你曾經也想做什麼其他的事嗎？」

「我根本從來沒想過要當警察，我是不小心進去的，警校還沒畢業之前，我就知道自己天生是塊當警察的料。不過小時候我還不了解，我曾想過長大以後要當喬．狄馬喬，他是每個小孩的偶像，不過我一直缺乏實行這種想法的驅動力。」

「那樣你就可以娶到瑪麗蓮．夢露了。」

「還可以在電視上賣咖啡機，饒了我吧。」

她把空杯子拿到廚房，我跟著走進去，她將杯子洗淨後放在網架上，開口說道：「我最近一直待在房子裡，都快發瘋了，你今天晚上有什麼計畫？有約會嗎？」

我看看錶，通常星期五我都會去聖保羅教堂，參加八點半的聚會，不過現在太遲了，活動已經開始，而且今天下午我曾到城中參加了一個午間聚會。所以我告訴她今晚並無計畫。

「那麼，去看電影好嗎？這主意如何？」

好主意。我們走過十六街和第三大道，來到一家首輪戲院，因為是週末所以隊伍排得很長，結果是一部還不錯的精緻喜劇片，凱文．柯斯納和蜜雪兒．菲佛主演。「蜜雪兒．菲佛其實不美，」後來伊蓮說，「不過她有一種韻味，你不覺得嗎？如果我是男人，我會很想和她共赴雲雨一番。」

「不只一番。」

「噢，她對了你的胃口嘍？」

「她還不錯。」

「不只一番。」她輕聲笑著重複我的話。第三大道上擠滿了年輕人，喧嚷熱鬧的景象，彷彿共和黨製造出來的國內繁榮畫面。伊蓮以宣告的口吻說道：「我餓了。你要不要去吃點東西？我請客。」

「好啊，不過為什麼要讓你請客？」

「電影是你付錢。你有沒有想到什麼好地方？星期五晚上的這一帶，無論走到哪兒，都會擠滿了一堆堆的雅痞。」

「我住的那附近有一家店，漢堡和薯條都很棒。噢，等一下，你不吃漢堡對嗎？那兒的魚也不錯，不過我忘記你到底吃不吃魚了。」

「現在不吃了。他們的沙拉如何？」

「沙拉也很好。不過這樣你吃得飽嗎？」

她說如果可以從我這兒偷吃一些薯條，就夠了。大街上一輛空計程車也沒有，而且還有一大票人都在等著叫車，所以我們決定走路，然後在五十七街搭公車到第九大道下車，我想去的那家巴黎綠餐廳，距離城中心有五條街。我們一踏進餐館，名叫蓋瑞的酒保便朝著我們猛揮手，他的身材瘦長，棕色的落腮鬍看起來彷彿金鶯的巢穴。幾個月前他幫了我一個忙，當時我受僱尋找一個女孩，結果她曾在那兒喝過酒。餐館的經理是布萊斯，當時他並未幫上任何忙，不過今天他倒還挺熱心的，面帶微笑迎接，並選了一個好桌位給我們。穿著短裙的長腿女侍上前來替我們點酒，隨後為我帶回一瓶沛綠雅礦泉水，給伊蓮一杯處女瑪麗。大概是我一直盯著那女侍離開，伊蓮拿起她的飲料輕輕敲著我的杯子，然後建議我對蜜雪兒．菲佛專情一些。

「我正想到她。」我說。

「我想也是。」

那女孩回來後，伊蓮點了一份大的田園沙拉，我則點了平常在那兒吃的丹麥起司漢堡和炸透的薯條。食物送來之後，我突然感到一種似曾相識的感覺，然後才想到星期二晚上，我和東妮在阿姆斯壯也吃了一頓類似的宵夜；兩家餐廳並不相同，同桌的女子也不同。大概是起司漢堡的關係。

我吃到一半，才想到問她是否介意我吃漢堡，她驚奇的看著我，彷彿我昏了頭似的，然後問為什麼她該介意。

「我不知道，」我說，「你不吃肉，所以我只是猜想。」

「你別開玩笑了，不吃肉只是我個人的選擇，如此而已。我的醫生並未禁止我吃肉，而且這也不是什麼難以戒除的癮。」

「你也不用去參加聚會？」

「什麼聚會？」

「禁肉食協會。」

「多虧你想得出，」她笑著說，瞇起眼睛打量我，「這是你的做法嗎？戒酒無名會？」

「嗯。」

「我就知道你會這麼做。馬修，如果我剛才點了酒，你會介意嗎？」

「你已經點了。」

「最好是啦，不過是杯處女瑪麗。如果……」

「你知道英國人怎麼稱呼這種調酒嗎？除了處女瑪麗以外？」

「血腥恥辱。」

「沒錯。不會，如果你點真正的酒，我也不會介意。你若想要，現在就可以點。」

「不要。」

「所以你剛才點處女瑪麗，是因為你怕我覺得不舒服嗎？」

「事實上，我根本沒想到。最近，我幾乎不太喝酒。我之所以這麼問，是因為你先這麼問我起司漢堡的事。而且當我們在討論酒肉時，我已經偷偷吃了你的薯條。」

「該說是當我的注意力放在別的事情上時。要不要替你也點一客？」

她搖頭說道：「偷來的總是比較好吃，小時候媽媽沒有這麼告訴你嗎？」

∞

她堅持不讓我付帳，也拒絕我提議的兩人平分。「是我邀請你，」她說，「而且，我還欠你錢呢。」

「這話怎麼說？」

「雷・蓋林戴斯。我欠你一百元。」

「胡說。」

「明明就是。有個瘋子想要殺我，而你是來保護我。我應該要付你鐘點費，不是嗎？」

「我不收鐘點費的。」

「反正，我應該像其他客戶一樣付錢請你，我更應該負擔所有的支出。說到這一點，你飛到克利夫蘭又飛回來，你還住在旅館……」

「我負擔得起。」

「我知道你可以，但那又怎樣？」

「我這麼做也不只是為了你，」我繼續說道，「至少我和你一樣，都是他的目標。」

「你這麼覺得嗎？他大概不怎麼想要和你肛交吧。」

「我們怎麼知道他在監獄裡學到什麼。我是說正經的，伊蓮，我這麼做是為了我自己的安全。」

「你也是為了我。而且這樣使你失去收入，你也說過你不去偵探社，以便處理這件事。如果你貢獻你的時間，我唯一能做的就是負擔這些支出。」

「為什麼不讓我們兩人來平分？」

「因為這樣不公平。只有你一個人必須跑來跑去，只有你必須在這段日子中把日常工作丟下。況且，我的經濟狀況比你好；拜託你別鬧彆扭了，這並不是貶低你們男人的自尊，只是事實情況如此，我的錢很多。」

「噢，那是你辛苦賺來的。」

「我和史密斯．巴尼，我們用最傳統的方法滾錢，我賺錢、存錢、然後投資，親愛的，我並不富有，不過我也永遠窮不了。我擁有不少房地產，擁有自己的房子，這房子當初一變成可以承購時，我就買下來了，我在皇后區還擁有許多房屋和複合住宅，大部分都在傑克森高地，另有一些在伍德賽大道上。我每個月都可以從管理公司收到支票。有時候，會計師還會說我金錢往來帳戶裡的餘額太多，所以我還得出去再買一塊房地產才行呢。」

「真是個獨立生財的女人。」

「現在才知道。」

8

結果由她付帳。我們離開時，在吧台停了一下，我把她介紹給蓋瑞認識。他想知道我是否正在辦案，「有一次他讓我扮演華生，」他告訴伊蓮，「我現在時時等著有機會再來玩玩這遊戲呢。」

「最近應該會有吧。」

他把瘦長的身軀依靠在吧台上，壓低聲音，「他把嫌犯帶來這裡拷（grill）問，」透露情報似的，「我們用木柴來烤（grill）他們。」

她驚訝的翻了白眼，他因而道歉。我們離開那裡之後，她開口說：「老天，出來走走真好。這種天氣不曉得可以持續多久。」

「就我看來，端賴老天爺高興與否。」

「實在很難相信，離聖誕節只剩下六個星期了。我還不想回家，有沒有什麼地方我們可以去？走路到得了的地方？」

我想了一下，「附近有個我挺喜歡的酒吧。」

「你也上酒吧？」

「通常不。我現在所想的，是個比較屬於低下階層的地方，那裡的老闆，我本來想說他是我的朋友，不過這樣說好像也不對。」

「你這麼一說可引起我的興趣了。」她說。於是我們走到葛洛根酒吧。選好桌位後，我到吧台去點飲料，這家酒吧並沒有服務生，一切都得自助。

負責調酒的酒保大家都喊他柏克，就算他有名有姓，我也從沒聽過。他說話時嘴巴幾乎沒有張開。「你若是在找老大，他剛剛還在這裡。我也不曉得他還會不會出現。」

我端了兩杯蘇打水回座，趁著一邊喝飲料時，我找了幾個米基．巴魯的故事告訴她。其中最精采的是有關於佩第．費樂里這個人，他做了一些令巴魯憤怒的事情；然後一天晚上，巴魯幾乎走遍西區的所有愛爾蘭酒館，他們說他提著一個保齡球袋子，到處打開來給人家看，裡頭裝的正是佩第被搬家的腦袋。

「我聽過那個故事，」伊蓮說，「報紙上好像也有登。」

「大概是某個專欄記者寫過這件事。巴魯拒絕置評，不管事實究竟如何，那個佩第確實再也沒有出現了。」

「你認為他真的做了這件事嗎？」

「我想他是殺了佩第，這應該是確定的，也確實提著保齡球袋到處給人看；至於他是否曾經把袋子打開，或是袋子裡到底有沒有東西，這就不太能確定了。」

她考慮之後開口說道：「你的朋友都相當有趣。」

我們的蘇打水還沒喝完，她終於有機會見到這人的廬山真面目。巴魯走進來，身邊跟隨著兩名保鑣，兩人穿著一式的牛仔褲和飛行皮夾克。他帶領兩人穿越整個酒吧，走進後面的一扇門內，途中對我略微點頭致意；不到五分鐘，他們三個人又再度出現，那兩人走出酒吧沿著第十大道朝南離去，巴魯則在吧台停留片刻，手裡捧著一杯十二年份的蘇格蘭威士忌，走到我們這一桌來。

「馬修，」他說，「好兄弟。」我指著一張空椅請他坐，不過他卻搖頭說，「不能坐，自己當老闆的人，最後總是被自己壓榨得不得休息。」

我說：「伊蓮，這位是米基·巴魯。這是伊蓮·馬岱。」

「榮幸見到你，」巴魯說道，「馬修，我老說你一定要過來坐坐，結果現在你終於來了，我卻得離開。下次記得再來，好嗎？」

「沒問題。」

「我們可以說一整夜的故事，然後早上再一起去望彌撒。馬岱小姐，希望下次有機會再見到你。」

他轉身，彷彿突然想起什麼事，一口喝光杯子裡的飲料，把杯子放在旁邊的空桌上離去。

他一走出酒吧大門，伊蓮說：「我壓根兒沒想到他是這種體型，相當巨大，不是嗎？看起來好像是復活節島上的大雕像一樣。」

「我知道。」

「一塊未經雕琢的花崗岩。他說早上去望彌撒是什麼意思？是某種暗語嗎？」

我搖頭，「他父親以前在華盛頓街從事屠宰生意，有時候巴魯會穿上父親的圍裙，到聖本納德教堂參加早上八點的彌撒。」

「你和他一起去嗎？」

「去過一次。」

「你總是帶女孩子去一些怪地方，」她說，「然後再介紹她認識一些怪人。」

∞

我們出來之後，她又說道：「馬修，你住在這附近不是嗎？你只要送我上計程車，我自己回去就可以了。」

「我送你回家。」

「不必麻煩了。」

「沒關係。」

「你確定？」

「確定。」我說：「更何況，我需要蓋林戴斯畫的那張素描。我想明天一大早拿去影印，然後就可以開始拿給人家指認。」

「對噢。」

這個時間計程車很多，我揮手招來一輛，然後兩個人在沉默中坐車穿越市街。她的門房替我們拉開車門，又趕在前面替我們打開大樓的門。

我們搭乘電梯上樓時，她說：「你剛剛應該請計程車司機等你。」

「現在滿街都是計程車。」

「這倒也沒錯。」

「再叫一輛車還比付錢請他等待來得划算，況且，我可能會走路回家。」

「這種時候？」

「對啊。」

「走起來很遠吧。」

「我喜歡走遠路。」

她將門鎖、海鷗牌門閂和福斯牌警察鎖，兩道都打開，然後等我們進去之後，她又再度鎖上門鎖，除了先前打開的兩道鎖之外，她還鎖上那個只能從裡頭開關的警察鎖。雖然我在幾分鐘之內又要出去，而且這一道一道的上鎖程序既耗時又耗力，我還是很高興看著她這麼做。我正希望她能夠養成習慣，每次一進入房內就記得鎖上所有的鎖，不是想起來才鎖，而是每次都記得上鎖。

「別忘了計程車的事。」

「計程車怎麼了？」

「你最好把所有的計程車資都記錄下來，這樣我以後才能還錢給你。」她說。

「老天。」我說。

「怎麼了？」

「我可不想去操心那種事，」我說，「就算是客戶的案子，我也沒有這樣算錢的。」

「那你都怎麼做？」

「我自己訂定收費標準，其中就包括我所有的開銷。我沒有辦法保留那麼多收據，或是每次搭地鐵都把車費寫下來，這樣我一定會瘋掉的。」

「那你幫可靠偵探社做一天工作怎麼算錢？」

「那我就必須盡量將所有的花費記錄下來，真的令人受不了，不過這不得不，只能忍受。反正從今天早上和其中一個老闆談過那通電話之後，我以後大概不跟他們做了。」

「發生什麼事？」

「不是什麼重要的事。我想請一陣子假，他不太高興，我不確定這件事結束之後他還要不要我回去；不過反過來說，我也不確定自己還想不想回去。」

「到時候你自然就知道了。」她一邊說著一邊走到咖啡桌，拿起一隻銅製小貓，把它轉過身放在手上，開口說道：「我不是要你保留收據，也不是要你把每筆支出幾毛錢都記下來，我只是想把你自掏腰包花的錢還給你罷了，我不管你如何算出那些金額，只要你覺得信得過自己就好了。」

「我了解。」

她走到窗邊，手裡仍舊把玩著那隻銅貓，我移到她身旁，一起欣賞皇后區的景致，「有一天，」我說，「這些都會是你的。」

「你真有趣。今晚真謝謝你啦！」

「沒什麼可謝的。」

「有很多值得道謝的事。你將我從嚴重的密室幽閉症之中解救出來，我一定得離開這兒才行；而且不只如此，我真的玩得很高興。」

「我也是。」

「反正，我真的很感激，你帶我去你那附近的好地方，巴黎綠、葛洛根酒吧。你原本不必那樣辛苦讓我進入你的世界。」

「至少我和你一樣都玩得很高興，」我說，「而且手裡挽著一位美女出現，更不會損我形象。」

「我不美。」

「怎麼不美？你想要我怎麼說才相信？你又不是不知道自己的模樣。」

「我知道自己不是個醜女，」她說，「不過我真的一點也不美。」

「噢，拜託。那你是怎麼得到對岸那麼多房地產的？」

「老天爺，你應該明白，人不必長得像伊麗莎白．泰勒，也是可以弄到這種生活的，你只要裝出某種樣子，令男人喜歡和你在一起就可以了。告訴你一個祕訣，這全是一種心靈上的功夫。」

「隨你高興怎麼說。」

她轉過身，把貓放回咖啡桌上，背對著我問道：「你真認為我美麗嗎？」

「我一直這麼認為。」

「你的嘴好甜。」

「我不是在假裝甜蜜，我只是……」

「我知道。」

兩人一時之間都沒再開口，整個房間陷入一片靜默中，有段時間好像在看電影時，音樂停止了，電影音效也轉成無聲；就我印象所及，這樣可以增加懸疑效果。

我開口說：「我還是去拿那張素描好了。」

「對啊。不過我最好找個東西來裝它，免得弄髒了。我先去看看有什麼可以用，好嗎？」

她離開之後，我站在房間中，盯著雷．蓋林戴斯所繪製的詹姆士．李歐．摩利的畫像，努力研究他的眼神。這樣做實在沒什麼道理，畢竟這是幅畫家畫出來的作品，而不是張真實相片，況且，摩利那雙眼睛就算是在真人身上，也一樣曖昧難解。

不曉得他現在外頭做什麼，或許他正躲在哪個廢棄的房子裡嗑藥，或許他與女人住在一起，正用他的手指尖傷害那女人，奪取她的錢財，還教訓她說她喜歡這種事；或許他已經出城，正在亞特蘭大賭博，或是躺在邁阿密海灘享受日光浴。

我一直盯著那張素描，試著想讓體內古老的動物本能發揮作用，告訴我他究竟身在何處、告訴我他正在做什麼。這時伊蓮回到房間來，站在我身旁，我感覺到她的肩膀靠在我身側的輕微壓力，而且呼吸著她的清香氣息。

她說道：「我想到一個卡紙圓筒，有了這個東西，畫就不會被折到，把畫捲起來，這樣就不會弄壞了。」

「你手頭上怎麼會剛好有卡紙圓筒呢？我還以為你什麼東西都不留的。」

「我的確不留東西。不過如果我把剩下的衛生紙從捲筒上拿下來，那麼我們就有一個圓筒了。」

「聰明。」

「我也這麼認為。」

「不過這樣值得嗎？」

「一個捲筒衛生紙值多少錢？差不多一塊一毛九吧？」

「我不知道。」

「反正大概是這個價錢，這當然值得了。」她伸手指著那張素描說：「等到這件事結束之後，我要這張畫。」

「做什麼用？」

「我想加框裱好。記得他說過的話嗎？『可以去裱框了』？他是在開玩笑，不過那是因為他沒有正經看待這幅作品，這真的是藝術品。」

「你這話當真？」

「那當然。我剛剛應該請他簽名的，或許我以後可以和他聯絡看看，問他願不願意簽名，你覺得呢？」

「我想他一定高興得不得了。聽著，我本來打算影印一兩張就好，現在你倒給我一個主意，我打算去印個五十張，然後編號。」

「很好笑。」她一邊說著，同時伸手輕輕搭在我手上，「好笑的人。」

「正是在下。」

「嗯。」

在那沉默之中似乎另有意涵，我清清喉嚨打破沉寂，「你灑了香水。」

「沒錯。」

「剛剛灑的？」

「嗯。」

「聞起來很香。」

「很高興你喜歡。」

我轉身把素描放桌上，回過身來摟著她的腰際，將手放在她臀上。她輕輕歎息一聲，然後倚著我，將頭靠在我肩上。

「我覺得自己很美。」她說。

「本來就是。」

「我剛才不只灑了香水，」她說，「而且還脫了衣服。」

「你現在穿著衣服。」

「是沒錯。不過先前我本來還穿了胸罩和內褲，現在都沒有了，所以，在這件衣服下就只有我而已。」

「只有你而已。」

「只有我和一點香水而已。」她轉過身來面對著我說：「而且我還刷過牙了。」她歪頭仰望我，雙唇微啟，雙眼凝視我一會兒才閉上。

我將她擁入懷中。

∞

那經驗相當美妙，熱切而不急迫、熱情而且舒服、熟悉卻又充滿驚喜，我們擁有舊情人的自然，以及新戀人的熱情。我們從前一直就配合得很好，幸好歲月也對我倆都很仁慈，這次的滋味更勝從前。

事後她說：「整個晚上我一直在想這件事，我心裡想：老天，我真喜歡這傢伙，我一直都很喜歡他。如果能再試試這身機器還管不管用，那該有多好。所以呢，換句話說，這一切都是我計畫好的，不過都只在心中。你知道我的意思嗎？」

「我大概懂。」

「我心裡想到這件事就很高興。然後你告訴我說我很漂亮，突然之間，我站在那兒褲子都溼了。」

「真的？」

「對啊，立即的興奮，就像魔術一樣。」

「贏得女人心的方法就是⋯⋯」

「就是經由她的內褲。你沒發現自己展開了一個新世界嗎？你只要誇獎我們美麗就可以了。」

她把手放在我的手臂上，「我想這種方法能夠成功的原因，是因為你讓我相信了。不是我真的美，而是你令我相信自己美麗。」

「你的確很美。」

「那是你說的，」她說，「而且你一直這麼說。你聽過皮諾丘的故事嗎？那個女孩坐在他臉上說：『快說謊，快說謊。』」

「我什麼時候對你說過謊？」

「噢，寶貝，」她說，「我就知道這麼做一定很有趣，而且我也知道這件事遲早都會發生。不過，誰料得到我倆對於彼此都是這麼熱切渴望呢？」

「我明白。」

「我們倆上一次這樣在一起，是什麼時候的事情了？你上次來是三年前，不過那時我們並沒有上床。」

「對啊，那又已經是好幾年以前了。」

「所以可能是七年前嘍。」

「說不定有八年了。」

「這倒說得通。人家不是說，我們體內的細胞七年一大轉變嗎？」

「是有人這麼說。」

「所以我們兩個人體內的細胞，從來都沒有見過面。我以前一直都弄不懂，細胞七年一變到底是什麼意思？如果你不小心弄來一個疤痕，好幾年以後都還看得到啊。」

「刺青也是一樣，細胞雖然改變，不過墨水還是留在裡面。」

「細胞自己怎麼知道要怎麼做呢？」

「不曉得。」

「這就是我想不通的地方，細胞怎麼知道呢？你身上沒有刺青吧？」

「沒有。」

「虧你還說自己是酒鬼。人們不就是喝醉了才會跑去刺青的嗎？」

「呃，我也從來不覺得那是一個人清醒時會做出的舉動。」

「嗯，我也這麼覺得。我不知在哪兒讀過一篇報導，說是有非常高比率的殺人犯都有很多刺青。你聽過嗎？」

「聽起來好像有點耳熟。」

「不曉得為什麼噢？這和自我形象有關嗎？」

「可能吧。」

「摩利有嗎？」

「自我形象？」

「刺青。你這笨瓜。」

「抱歉，你是說他有沒有刺青嗎？我不記得了，你應該比我還清楚他的身體，你看到的部分，遠多於我所看到的。」

「多謝你的提醒。我不記得他有刺青，不過他背上有疤痕，以前我有告訴你嗎？」

「印象中好像沒有。」

「他的背上有好幾條疤痕，小時候可能受到虐待吧。」

「有可能。」

「嗯，你想睡覺了嗎？」

「有一點。」

「我才不要讓你打瞌睡。做愛這件事就是這樣，總是讓女人精神亢奮，而男人卻想睡覺。你是一隻老熊，我才不讓你冬眠呢。」

「嗯。」

「我很高興你身上都沒有刺青。現在就放你一馬吧。晚安，寶貝。」

∞

我睡著了，中途醒來過幾次。我在做夢，不過還沒想出內容時就醒來了。她的身體緊靠在我身邊，我感覺到她的體溫，呼吸著她的氣息；我伸手探到她的側腹，感受她那滑嫩的肌膚，被自己突然而來的身體反應嚇了一跳。

我將她抱入懷中輕輕撫摸，不久她發出類似貓咪的呼聲，翻身向上配合我的姿勢，我輕跨在她身上進入她體內，我們的身體配合著韻律一起舞動。

後來她在黑暗中輕聲笑著，我問她因何而笑。

「不只一番。」她說。

∞

早上我溜下床，洗澡穿衣，然後把她叫醒，讓她在我離開後，立刻再把門鎖上。她想確定我是否帶了那張素描，於是我拿起那個從衛生紙中抽出來的卡紙捲筒，蓋林戴斯的辛苦作品就捲在其中。

「別忘了我還要那張畫噢。」她說。

我說我會好好照顧這幅畫。

「還有你自己，」她說，「保證？」

我向她保證。

8

走回旅館的路上，我發現一家週末也營業的影印店。我在那裡印了一百張詹姆士・李歐・摩利的畫像。然後把原版和大部分的影印本留在房間裡，只拿了約一打左右的影本和一疊名片。名片是吉姆・法柏印給我的，上面除了我的名字和電話別無他物。

我搭車沿著百老匯大道到上城去，在八十六街下車。第一站是布瑞登會館，那是摩利被捕前最後停留的地方。我早料到他不會用真名登記，但是我仍然嘗試拿摩利的畫像給櫃檯的人看。他鄭重其事的端詳了一會兒，搖搖頭。我留了一張畫像和我的名片給他，「如果能提供線索，我一定會給你好處的。」

我順著百老匯大道東側一路走到一百一十街，拜訪沿途和路旁小巷中的旅館，然後穿過大街，沿著原路走回八十六街，同樣一家家探訪那些旅館，再繼續走到七十二街附近。我在家混合古巴、中國菜式的小店，吃了一盤墨西哥黑辣豆飯，又再跨回百老匯東側往回走到先前下車的地方。我發出的名片比畫像多，但還是把所有的畫像都發出去了，最後只剩下一張；真希望當初多帶一些出來。影印一張只花費我五分錢，照這種價格，即使要在整個城市都貼滿他的畫像，我也負擔得起。

確實有人看到畫像後，告訴我摩利看起來挺眼熟。在九十四街的一家廉價旅館「班傑明・戴維斯之家」的接待員一眼就認出他，「我見過他，」他說，「他今年夏天在這裡待過。」

「記得日期嗎？」

「這實在說不上來。他在這裡住了好幾個星期，但我記不清楚他什麼時候來，什麼時候離開。」

「有記錄可查嗎？」

「如果我記得名字的話，也許可以。」

「他的真名是詹姆士・李歐・摩利。」

「這裡的客人不一定都用真名，我想應該不必提醒你這一點。」他翻身跳進櫃檯去看房客登錄本，但是這一本只登錄到九月初。於是他走進後面房間，拿出上一冊的登錄本。「摩利，」他喃喃自語，開始翻閱本子，「找不到，我想他不是用這個名字。我不記得他用什麼名字，但如果聽到他的名字我一定認得出來，你知道我的意思嗎？可是當你說摩利這名字時，我卻沒有任何印象。」

他逐頁翻閱登錄本，指尖一一劃過投宿者的名字，口中唸唸有詞。這些過程引來其他人的注意，一些房客或常客逐漸聚攏來看我們在忙什麼。

「你也認識這傢伙，」接待員問其中一個人，「他在這裡待了一整個夏天。他說他叫什麼來著？」

這個人拿起畫像就著光線打量著說：「這不是照片，好像是人家幫他畫的肖像。」

「是啊。」

「嗯，我認得他，」他說，「畫得可真像。你說的名字是什麼來著？」

「摩利。詹姆士．李歐．摩利。」

他搖搖頭。「不是摩利，也不是詹姆士什麼的。」他轉身問他的朋友，「瑞迪，這傢伙叫什麼名字，你記得他吧？」

「嗯，記得。」瑞迪說。

「那他叫什麼？」

「畫得還真像他，」瑞迪說，「只是頭髮不太一樣。」

「怎麼不一樣？」

「短一點，」瑞迪說，「上面短一點，旁邊短一點，整個都短一點。」

「非常短，」他朋友也同意，「就好像他以前待在那種會把你頭髮理得很短的地方。」

「那個地方都用舊式的推剪，從你頭的一邊推上去，再從另一邊推下來。」瑞迪說：「我發誓我認得他，如果聽到他的名字我一定會知道。」

「我也是。」另一人說。

「科爾曼。」瑞迪說。

「不是科爾曼。」

「不是，但很像科爾曼之類的名字，科爾頓？克普蘭！」

「好像是。」

「雷諾．克普蘭，」瑞迪得意洋洋，「我為什麼會提到科爾曼，你知道以前有個演員叫做雷諾．科爾曼？這傢伙卻是雷諾．克普蘭。」

果不其然，房客登錄本上載有這個名字，登記寄宿的日期是七月二十七日，他出獄後的第十二天；住處欄裡他登記的是愛荷華州梅森市。我實在無法想像他之所以這麼寫的原因，但還是很盡責的記錄在我的筆記本裡。

班傑明．戴維斯之家的房客登錄系統相當奇特，登錄本裡竟然沒有他的退房記錄，接待員必須在一疊卡片檔案裡尋找他的退房日期。結果查出他在這兒整整住了四個星期，退房日期是八月二十四日。他沒留下聯絡地址，而接待員記得在他離開之後，沒有任何必須轉寄給他的東西；即使在他住宿期間，也從未接到任何信函或電話。

這些人都記得他們從未和他說過話。「那傢伙總是獨來獨往，」瑞迪說道，「只有在他正要出門或正要回房間的時候才看得到他。我是說，他從來不會四處串門子。」他的朋友說道：「他有點奇怪，反正就是不會讓你主動想和他說話。」

「他看人的那種感覺。」

「說得對，沒錯。」

「他盯著你瞧的時候，」瑞迪說，「準叫你打從背脊底涼起來。那眼神不是嚴厲，或是存心不良，而是徹底的冷酷無情。」

「冷酷到極點。」

「彷彿他可以沒來由就殺了你。你想知道我的看法嗎？這傢伙是個不折不扣的冷血殺手。就我所知，凡是用那種眼神看人的傢伙，都是那種人。」

「我以前認識一個女人就有那種眼神。」他的朋友說。

「我絕不會想認識這種女人。」

「這一輩子最好也別再遇到這種人。」他的朋友說。

∞

我和他們聊了一會兒，然後給他們每人一張名片，告訴他們如果知道摩利的下落，或者他再度出現在這附近時，通知我一聲，我一定會給他們報酬。瑞迪認為先前的談話已經值得某種回報，我沒有興趣和他爭論，於是瑞迪、他的朋友、旅館的接待員，每人各給十元。瑞迪原本有意抱怨認為該得更多的錢，不過當他拿到十元的時候，也並未顯出驚訝的模樣。

「你看電視裡那些傢伙，」他說，「他們總是這裡給個二十元，那裡給個二十元，即使那些一個子兒也吐不出來的人，也拿得到錢。怎麼我們就碰不到那種人呢？」

他的朋友說：「因為那種人還沒走到我們這裡，就已經把所有的錢都花光了。眼前這位先生，懂得控制他的錢包。」

我走遍了百老匯大道，這還是第一次有機會把錢花出去。雖然就差這麼一步，但這一趟已經算是有所斬獲。我可以確定他在八月二十四號之前，曾在紐約待了四星期；我還知道他用了假名，而且依此推斷，他一定又犯了什麼案子，若他是清白的，何必用假名？

更重要的是，現在我確定蓋林戴斯的畫與摩利目前的長相非常相近，他以前是留短髮，但現在離開監獄這麼久，可能又留長了；他也有可能開始蓄鬚或留鬢角，但是他入獄前並無此習慣，即使在班傑明．戴維斯之家住宿期間，出獄六週後，也並未開始蓄鬚，所以推想此可能性不高。

這樣轉了一圈回到布瑞登會館時，我開始感到舉步惟艱；那倒不算什麼，這種工作的代價還不只這項，你還必須和數不清的人重複相同的對話，而且大部分的時候，簡直是對牛彈琴，毫無反應。今天在班傑明．戴維斯之家是唯一的收穫，在那之前和之後都只是白費工夫。這種現象是很正常的，當警察的都把這種勤務稱之為「挨家挨戶敲門調查」，只不過這次我是無門可敲。做這種工作時，心裡清楚得很，其中百分之九十五的時間都是白費的，但除此之外，似乎也沒有更好的方法；為了要得到那有用的百分之五，其餘的努力是必經的程序。這就好像拿散彈槍打鳥。

這真是累人的差事。我搭公車回到旅館房間，打開電視，電視正在轉播晚場的大學杯美式足球聯賽，其中一隊的四分衛最近正被媒體吹捧為海曼．杜非再世。我坐下來開始觀賞，終於了解這小子是怎麼回事，他也是一個白種男孩，身材壯碩，已經足以加入職業隊；我猜他未來十年內的收入肯定比我高。

大概是看著電視時，不知不覺睡著了，電話響起時，以為正在做夢。於是我張開眼睛，把電視音量轉小，然後拿起話筒。

是伊蓮來電。她說：「哈囉，親愛的。我之前打過電話，他們說你不在。」

「我沒看到留話。」

「我沒有留，只是想向你道謝，但不想用留言的方式。你是一個很體貼的男人，一定很多人跟你說過。」

「並沒有很多人這麼說。」我說：「我今天和一堆人講話，其中沒有一個人對我這麼說。大部分的傢伙甚至一個字都沒說。」

「你今天做了些什麼事？」

「找我們的朋友。我找到他出獄後待過的一家旅館。」

「在哪裡？」

「在西區九十幾街一家廉價旅館，叫班傑明．戴維斯之家。我想你大概沒聽過。」

「我應該聽過嗎？」

「應該沒有。我們那幅畫像很好，這是我勉強歸納出來的結論，大概也是今天得到最重要的資訊。」

「你把原稿拿回來了嗎？」

「你還是想拿去，對不？」

「我當然想要。今晚有什麼打算？要不要把畫帶過來給我？」

「有些地方還要跑。」

「我賭你八成有雙強壯的腿。」

「我想去參加聚會，」我說，「如果還不太晚的話，結束後再打電話給你。如果你晚上想要有人陪，也許我可以過來。」

「太好了。」她說：「馬修，知道嗎？你真體貼。」

「我自己也想這麼做。」

「你一向這麼羅曼蒂克嗎？嗯，我只是想讓你知道，我很感激你為我這麼做。」

我掛上電話，把電視聲音轉大。球賽已經進入最後一節，所以我確實是睡著了。比賽到此階段，已經沒有多少戰鬥力了，但是我還是看完結果，再出去吃點東西。

我拿了一疊摩利的畫像影本和至少一吋厚的名片出去，吃完東西後就往市中心走。我走遍喬爾西區的旅館和出租公寓，再往下走到格林威治村。我算好了時間，趕上了派瑞街的聚會。七十多個人擠在僅可容納四十人的房間裡，我到的時候座位已滿，只剩下少許寶貴的站位。聚會的內容相當精采。中場休息的時候人潮漸退，我才占到了一個座位。

聚會十點結束。然後我又繞到一些比較低俗的酒吧轉了一圈，克里斯多福街的「靴子與馬鞍」，格林威治街的「牛仔廚房」，西街上沿河的無照酒吧等等。同性戀酒吧裡總是瀰漫著煙霧朦朧的氣氛，在現在這種愛滋病風行的年代，我發現那裡的氣氛更顯得不安。可能是因為那裡的人，儘管大都穿著優雅的厚棉上衣和牛仔靴，抽著萬寶路香菸，輕酌小飲，但人人都像顆定時炸彈，隨時都面臨著遭病毒傳染或發病的可能。不論他們自己清不清楚這種狀況，我卻一眼看穿他們每一個人。

我是憑著一絲微弱的靈感到同性戀酒吧。第一次在伊蓮公寓看到摩利時，他的穿著就像那些城市牛仔打扮一樣，腳上也穿了一雙有金屬鞋尖的靴子。我不得不承認，這仍不足以證明他是一個喜好牛仔打扮的同性戀；但也不難想像他混跡在同性戀酒吧裡的情景：斜倚著身子，強壯而修長的手指握著啤酒瓶，那無情的雙眼冷冷打量著四周。就我所知，女人是摩利攻擊的對象；但卻無法確定他是否歧視女性。如果他不在乎性伴侶的死活，也應該不會在意其性別。

所以，我四處展示他的畫像，打探他的消息。有兩個酒保覺得摩利看起來相當眼熟，但卻無法確實指認。西街一家酒吧，週末時有服裝規定，必須穿厚棉衣或是皮衣。身穿兩者兼備的保鑣把西裝筆挺的我攔了下來，指著說明告示。

看看四周穿著牛仔褲和飛行夾克的人亦不得其門而入，他們的門禁果然森嚴。「我不是來找樂子的。」我告訴他，並把摩利的畫像拿給他看，問他是否認得此人。

「他做了什麼？」

「他傷了一些人。」

「我不會白白提供線索。」

「我也不會讓你吃虧。」

「讓我瞧瞧。」他拿下太陽眼鏡，把畫像湊到眼前仔細打量，「對了，就是他！」他說。

「你認識他？」

「我見過他。算不上是常客，不過我認人的功夫特別好。」

「他來過幾次？」

「記不得了，四五次吧。第一次見到他，大概是在勞工節前後，也許比那更早一點。之後他還來過，呃，四次。也許他現在來的時間比較早，我沒有再見過他了。因為我九點才開始上班。」

「他的打扮如何？」

「他嗎？我不記得了，實在沒有什麼印象，大概是牛仔褲靴子之類的吧。我從來沒有攔過他，所以不論他穿什麼，一定是合乎我們規定的。」

我又問了一些問題，把名片給了他，並讓他留著畫像。我告訴他，若是不會嚴重影響他們的服裝規範，我想進去給酒保看看摩利的畫像。

「凡事都有例外，」他說，「你是條子，沒錯吧？」

「便衣。」我答，自己也不知道怎麼會冒出這句話來。

「嘿，便衣警察！那更好了，不是嗎？」

「是嗎？」

「沒問題！」他戲劇化的歎了一口氣，然後開口說道：「老兄，就算你穿了龍袍，我也讓你進去。」

8

我跑完所有的酒吧，正好過了午夜。其實還有很多地方我可以去試的，俱樂部的宵夜時間才剛剛開始。但是，我所知道的都關門大吉了，都是受了世紀黑死病的影響；當然其中也還有一兩家仍然健在，而且今晚我也知道了幾家新開的。我相信，摩利這時候一定在其中一家，等待別人邀請他到俱樂部後頭的廂房一聚。

但是時間已晚，我也累了，實在沒有精神再去找他。我徒步走了十幾條街，企圖清除鼻腔裡混合的變質啤酒味、下水道的廢水、皮革、硝酸水以及地下室裡灰塵的腐臭味。走路的確有幫助，如果不是白天已經走了一大段路，我會一路走回家去。最後還是跳上一輛駛近的計程車，搭車回家。

回到房間我才想起伊蓮，但時間已太晚，不好打電話給她。我花了很長時間沖澡，然後上床睡覺。

9

教堂的鐘聲將我驚醒，我一定睡得不深，否則不會聽見鐘聲。不過，既然已經醒了，便掙扎起身，坐在床沿。心裡總是覺得有些牽掛，但卻不知道究竟是什麼事。

我撥電話給伊蓮，電話占線中。刮完鬍子，又再撥了一次電話，還是不通，於是決定等吃完早餐後再試。

我常去吃飯的餐館有三家，但其中只有一家星期日開門。等我走到那裡，發現已經客滿；我不想等，便又走了幾條街，到一家最近才開張的店，之前從未來過這裡吃飯。我點了一份全餐，但是只吃了一半，食物不但不合胃口，而且還令我食慾盡失，結果當我離開餐館的時候，已經完全忘了要打電話給伊蓮這回事。

我繼續沿著第八大道走，開始查訪時代廣場附近的旅館。現在這種小旅館的數量比以前少了很多，許多樓房都已經拆除，改建成更大的大樓，大部分的地主都樂得坐擁漁利。近年來，市政府為了避免遊民問題惡化，提供大量延期償還的貸款，以協助重建或拆除這些老舊建物。

愈靠近四十二街的旅館，大廳裡的氣氛愈是顯得污穢，走在路上都可以感受到一股蠢蠢欲動的慾望。即使在一些每晚收費五六十元的中級旅館裡，也瀰漫著腐敗絕望的氣味。隨著旅館等級往下降，櫃檯或櫥窗玻璃上張貼的規定也愈來愈多：晚上八點以後不准會客、房內不得烹調、不准攜帶槍械、長期住宿不得超過二十八天，這是為了避免有人企圖成為長期房客，藉以獲得房租調漲的豁免權。

我在那一帶逗留了幾個鐘頭，送出不少畫像和名片。那些櫃檯的接待員，不是懷著戒心，就是漠不關心，有些甚至集兩者之大成。最後等我終於走到港務局巴士總站的時候，那裡每一個人在我看來，都像是吸食毒品的癮君子。如果摩利待在這種地方的話，我又何必花力氣把他從這裡揪出來？我只需要袖手旁觀，這個城市自然會毀了他。

我找到一個公用電話，撥通伊蓮家的號碼。聽到是我之後，伊蓮關掉答錄機，拿起話筒。

「我昨天回家時已經很晚了，」我說，「所以沒有打給你。」

「沒關係，我很早就上床了，睡得跟豬一樣。」

「你大概很累，這一覺正合你的需要。」

「也許吧。」對話中斷了一會兒，「你送的花很漂亮。」

我保持平靜的口氣，「是嗎？」

「是啊，我覺得那就好比自己煮的湯一樣，第二天的味道更好。」

對街兩個年輕人斜靠在一家軍需用品店的鐵捲門邊，不時觀察街上情勢，偶爾瞄我幾眼。我說：「我想過去。」

「好啊。給我一個鐘頭好嗎？」

「我就知道。」

她笑著，「不過，你聽起來不像很高興的樣子。好吧，現在是十一點四十五分，你可不可以一點鐘到，或者晚一點也可以。這樣可以嗎？」

「沒問題。」

我掛上電話，對街那兩個男孩仍然盯著我瞧。我突然很想衝過去，問他們到底在看什麼，那只會替自己找麻煩，但我還是很想那麼做。

我最後還是轉身走開。走了約半條街遠之後，我回過頭看他們。他們還待在同樣的地方，並沒有移動的跡象。

或許，他們根本不是在注意我。

∞

我遵照伊蓮的指示，等了一個小時又十五分鐘；大半的時間，我就像第八街那兩個無聊小夥子一樣，埋伏在伊蓮公寓對街一棟大樓的門口，窺伺著大街。來來去去的人裡沒有一個是我認識的，我也不知道自己在尋找什麼，也許在找摩利吧，但是他沒有出現。

一直等到一點整，我才走到伊蓮的住處，向門房表明身分。他撥了對講機，把話筒交給我。她問我畫像是誰畫的，我一下子反應不過來，停了一會兒才說，是蓋林戴斯。我把話筒交還給門房，讓她告訴門房我可以上樓。上去之後，敲了門，她從門上的窺視孔確認是我，才打開所有的門鎖。

「對不起，」她說，「這些程序大概很可笑！」

「沒關係。」我走到茶几旁，花朵絢爛的色彩和室內黑白裝潢恰成對比。我只認得其中幾朵，有一些外國的品種，天堂鳥和蕨類。我猜這一把花起碼價值七十五元。

她靠過來，親了我一下，身上穿了一件黃色的絲質上衣，黑色的寬管褲，光著腳。她說：「你看我說得沒錯吧？這些花比昨天還漂亮！」

「隨你怎麼說。」

「有些花苞開了，我想，就是因為這樣，所以今天比較美。」然後，她大概發現我的口氣不太對勁，看著我，問我發生什麼事。

「這束花不是我買的。」我說。

「你選的花不是這些嗎？」

「我沒有送你花，伊蓮。」

她很快就會意過來。我看著她的臉，感覺到她心情的變化。她說：「天哪！你不是在開玩笑吧，馬修？」

「當然不是。」

「上面沒有留言。但我壓根兒也沒想到，竟然不是你送的。我昨天還特地打了個電話向你道謝，記得嗎？」

「你沒有提到花。」

「沒有嗎？」

「沒有特別提到，你只是謝謝我的浪漫。」

「你以為我指的是什麼？」

「不知道，那時候我有點迷迷糊糊的，正在電視機前打瞌睡。我以為你是指我們前天晚上在一起的事。」

「我是啊，」她說，「有一點這個意思。我心裡把花和那晚的事情都聯想在一起。」

「沒卡片嗎？」

「當然沒有！我想，你一定認為不需要卡片，我也會知道是誰送的。我的確想到是你，但是……」

「但不是我。」

「顯然不是。」先前聽到這消息時蒼白的臉色，現在已經恢復正常。她說：「我有點沒辦法接受這事實。一整天以來，我都沉浸在這束花所帶來的幸福感中，而現在卻發現，花不是你送的。是他送的吧，對不對？」

「除非還有別人會送花給你。」

她搖頭，「我想，我的男性朋友們不會送花給我。天哪！我真想把它扔出窗外。」

「這還是十分鐘前的那束花。」
「我知道，可是……」
「花是什麼時候送來的？」
「我什麼時候打電話給你的？大概五點？」
「差不多。」
「大約比那早一兩個小時吧。」
「誰送來的？」
「我不知道！」
「花店的小弟嗎？記不記得花店的名字？包裝上有任何線索嗎？」
她搖頭否認，「沒有人送來。」
「什麼意思？它們總不會自動出現在你門口吧？」
「就是這樣啊！」
「你打開門，然後這些花就放在那裡？」
「差不多。那時我恰好有一個訪客，我開門讓他進來，然後他就把花交給我。一開始，我還以為是他送的。但又覺得不可能，接著他告訴我，他到這裡的時候，花就已經在門口的布墊上。那時，我立刻認為是你送的。」
「你覺得我會把花放在門口，然後走人？」

「我想你可能是叫人送來的。我之前在洗澡，大概沒有聽到門鈴。所以花店的人就把花留在那兒，還有可能他是交給門房，門房以為沒有人在，就把花放在門口。」她伸手放在我的手臂上。

「老實說，」她說，「我沒有想那麼多，只是覺得很感動，很訝異。」

「因為我送花而感動？」

「是的。」

「我希望這些花真的是我送的。」

「噢！馬修，我無意……」

「我真這麼希望。不可否認，這些花真的很美。我剛才應該閉嘴，讓你以為是我送的。」

「你這樣想嗎？」

「是啊，送花的確是很浪漫的事。我終於了解，為什麼有人說鮮花能夠贏得美人心。」

她的臉色轉為柔和，雙手圈著我的腰。「噢，親愛的，」她說，「你覺得你需要對我用鮮花攻勢嗎？」

∞

完事後我們在靜默中並肩依偎了一會兒，沒有睡著，也不完全清醒。我突然想起一件事，自己輕聲笑了起來。顯然聲量不夠低，因為她接著便開口，問我什麼事情那麼好笑。

我說：「素食者。」

「什麼？噢！」她轉身面對我，張開那雙明亮的眼睛看著我，「完全不吃葷的人，」她說，「時間久了，會有維他命B_{12}不足的問題。」

「很嚴重嗎？」

「會造成致命的貧血症。」

「聽起來好像很糟糕。」

「是啊，會致命的。」

「真的？」

「他們是這樣說的。」

「你可不會拿自己的生命開玩笑吧？」我說：「吃全素會導致這麼嚴重的後果嗎？」

「就我所知確實如此。」

「難道不能從乳製品中攝取B_{12}嗎？」

「應該可以吧。」

「你不吃乳製品的嗎？我記得冰箱裡有牛奶和優酪乳。」

她點頭。「我吃乳製品，」她說，「人可以從乳類製品中補充B_{12}。我想，小心一點總是比較保險，你知道我的意思嗎？」

「我想也是！」

「何必拿自己的性命開玩笑？沒有人會想得到致命的貧血症！」

「而且，一盎司的預防（譯註：原句是An ounce of prevention is worth a pound of cure，也就是預防勝於治療的意思）……」

「不用到一盎司，」她說，「我想差不多一湯匙的量就夠了。」

∞

我一定又睡著了，等我醒來時，發現只剩我一人獨自癱在床上，浴室裡傳出蓮蓬頭的水流聲。過了幾分鐘後，她從浴室出來，圍一條毛巾。接著我也沖了澡，擦乾身體，穿好衣服。回到客廳時，咖啡已經準備好了，還有一盤切好的生菜，和一盤切塊起司。我在餐桌旁坐了下來，用手拿起司吃。午後和煦的陽光裡，濃郁的花香充滿整個屋內。

我說：「那個把花送到你手上的人。」

「怎麼樣？」

「他是誰？」

「一個男人。」

「如果是摩利派他送花給你，那就是一條線索。」

「他不可能。」

「你怎麼這麼肯定？」

她搖頭說道：「相信我，不可能的，我認識這個人已經好幾年了。」

「他剛巧經過這裡？」

「我們約好的。」

「什麼約會？」

「我的老天哪！」她說，「你以為會是什麼樣的約會？他來和我討論一個鐘頭維根斯坦的哲學嗎？」

「他是你的恩客？」

「那當然！」她嚴厲的看著我，「有問題嗎？」

「我會有什麼問題？」

「我不知道，有嗎？」

「沒有！」

「這是我的職業，」她說，「我靠這行生意維生也不是什麼新聞。我們認識的時候，我就已經幹這行了。」

「我知道。」

「那麼為什麼我覺得你對這件事有意見？」

「我不知道。」我說，「我只是以為……」

「什麼？」

「嗯，以為最近這段時間你都沒有做生意。」

「沒錯。」

「這樣啊。」

「我的確沒有，馬修！我沒有接任何旅館的生意，還拒絕了好幾個常客，更別提讓新客人上門來。昨天下午來的這傢伙已經是多年的固定客戶，每個月總有一兩個星期六會來找我。他不會有問題，我為什麼不能讓他來？」

「沒錯。」

「那麼，你有什麼問題？」

「沒有問題。女人也得賺錢才能過活，不是嗎？」

「馬修……」

「得多存點錢，多買幾棟房子，是不是？」

「你沒有資格說這種話！」

「什麼話？」

「你沒有資格這樣！」

「對不起。」我邊說著話同時拿起一片起司，這算是乳製品，維他命B_{12}的來源，於是我又把它放回盤子裡。

我說：「早上我打電話過來的時候，」

「怎麼樣？」

「你不讓我立刻過來。」

「我要你給我一個鐘頭。」

「應該是一個鐘頭又十五分鐘。」

「你說了算。怎麼樣？」

「那時候有別人在這裡嗎？」

「如果有客人在，我就不會接電話。我會把聲音關掉，讓答錄機接電話。就像剛剛我們一起到臥室去的時候那樣。」

「為什麼要我一個鐘頭以後再來？」

「你一定要追根究柢是嗎？我約了一個客人中午過來。」

「所以你的確有客人要來。」

「我剛剛才告訴過你的。事實上，他是在你打電話來之前的幾分鐘打給我的。他約了中午過來。」

「星期天中午？」

「他總是星期天來的，多半是近午的時候，或早或晚。他就住這附近，他告訴他老婆說是去買報紙。離開這裡之後，大概會在回家的路上買一份《紐約時報》。我想，在他老婆面前演戲，大概是他尋求刺激的方式。」

「所以你要我……」

「一點鐘再來。我知道他會準時，並且在半小時之內辦完事離開，他總是這樣的。我多安排了半個鐘頭，可以沖個澡，整理一下，然後……」

「然後怎樣？」

「然後好好服侍你！」她說：「你到底想怎樣？為什麼要這樣傷害我？」

「我沒有。」

「才怪！我為什麼要替自己辯護？這才是重點！為什麼我非得要替自己辯白不可？」

「我不知道。」我拿起咖啡杯，但已杯底朝天，於是我放下杯子，拿起一片起司，但又放回去，然後開口，「那麼你今天已經補充過維他命B_{12}了。」

她沉默了好一陣子，我開始後悔說了那句話。然後，她說：「沒有，我沒有。我們沒有那麼做，怎麼樣？你想知道我們做了什麼嗎？」

「不想。」

「我偏要說，我們像往常一樣，我坐在他臉上，他舔我的下體，然後他自慰。他喜歡那樣，我們總是這樣辦事。」

「不要說了。」

「我要說。你還想知道什麼？我有高潮嗎？沒有，但是我假裝有，那會使他興奮。你還想要我說些什麼？你想知道他的老二多大嗎？你休想打我，馬修．史卡德！」

「我沒有要打你。」

「你想要這麼做。」

「天哪，我連手都沒有拿起來！」

「你想要這麼做。」

「我沒有。」

「你有。我要你這麼做。不是要你真的打我，而是心裡想要這麼做！」她睜大雙眼，眼角閃著淚光，然後口氣轉緩不解的說：「我們是怎麼了？為什麼要這樣傷害彼此？」

「不曉得。」

「我知道，」她說，「我們都在生氣。你生氣，因為我還在當妓女。而我生氣，只是因為你沒有送花給我。」

∞

她說：「我大概了解這究竟是怎麼回事，我們兩個人都承受了極大的壓力，這使我們比自己所想像的都來得脆弱很多；而且，我們還把對方塑造成對方無力扮演的角色。我把你當成了圓桌武士裡的卡拉漢爵士，不知道你把我想成什麼人。」

「我也不知道，也許是夏洛特公主吧。」

她看著我。

「那首詩是怎麼說的？美麗的伊蓮，可愛的伊蓮，伊蓮，亞士托拉的蓮花仙子。」

「別說了！」

窗外天色已經轉暗，皇后區的天際，一架閃著紅燈的飛機正朝拉瓜迪亞機場降低高度。

過了一會兒，她說：「高中的時候念過那首詩，但尼生。我曾經幻想那首詩說的是我。」

「你說過。」

「有嗎？」她的神情顯現出她正沉浸在回憶裡。然後，她突然說道：「唉，親愛的，我既不是蓮花仙子，你也沒有閃亮的盔甲；更何況和夏洛特公主交往的應該是藍斯洛而不是卡拉漢，我們算哪根蔥？只不過是兩個相濡以沫、願意付出的普通人罷了。這也不算是什麼壞事，不是嗎？」

「當然不是！」

「而且，現在外面有個瘋子要殺我們，所以，現在不是鬧彆扭的時候，對不對？」

「是的。」

「那麼，我們來談談錢的部分，可以嗎？」

我們開始工作。我結算這幾天的花費；她提醒了某些我疏忽的地方，然後還將零頭加為整數，並用嚴肅的眼光阻止我發表意見。接著她走進臥房，再出來時，手裡拿了一疊五十、一百元的鈔票。我看著她數了兩千元推到我面前。

我沒有伸手。「那不是你說的數目。」我說。

「我知道，馬修，你實在不必記錄你花了多少錢，然後再回來跟我算。把這拿去，快用完的時候告訴我，我會再準備給你。不要跟我爭這個，我唯一有的就是錢，而且這是我自己賺來的；如果這種時候不拿來用，那還要錢做什麼呢？」

於是我將錢收下。

「很好，」她說，「這個問題解決了，我一向比較擅長處理生意，至於感情的問題，總是不知所措。目前就別再談這個問題，就相信船到橋頭自然直，你覺得呢？」

我站起來說：「我再喝一杯咖啡就走。」

「你不必這樣。」

「我要去做我的偵探，去花你給我的錢。你是對的，我們就順其自然吧。我很抱歉先前說了那些話。」

「我也很抱歉。」

我端著咖啡回來的時候，她說：「天哪，答錄機裡竟然有六通留言。」

「什麼時候？我們在房間裡的時候嗎？」

「一定是。我倒帶聽一聽好嗎？」

「當然。」

她聳聳肩，按下按鈕，機器開始倒帶，接著傳出一些雜音，然後喀的一聲。「掛斷了！」她說：「每次都是這種電話，很多人不喜歡在答錄機裡留言。」

之後，又是一通沒有留話。接著是一個男人，聲音尖銳而自信，「伊蓮，我是潘．傑瑞，這兩天會再和你聯絡。」然後又是一通掛掉的，下一通電話中，對方艱澀的清喉嚨，拖了很長的時間好像在想該說些什麼話似的，最後還是沒有說話就掛斷。

最後，第六通留言中，有一段頗長的沉默，伴隨著錄音帶的轉動和背景雜音，對方低語：「哈囉，伊蓮。你還喜歡那些花嗎？」

又是一陣沉默，和先前的一樣冗長，只聽到背景的雜音，好像是地鐵電車的噪音，聲量並不大。

之後，他用同樣低沉的聲音再度開口，「昨天我想到你，但是你還不到時候，還得再等一段時間。我要把你留到最後。」一陣短暫的沉默，「我是說倒數第二個，他才是最後一個。」

他只說了這些話，然後等了二、三十秒，他才將電話掛斷。然後答錄機喀的響了一聲，機器自動轉帶，回到預備狀態。空氣似乎停止流動，我們則沉默的坐在那裡。

10

破曉之前我回到旅館，進房時已經過了四點，沒多久，天色就轉亮了。我整個晚上都在城裡奔波，走遍多年來未曾重訪的各個角落，有些地方早已經歇業；我試圖尋訪的部分人士也已不見踪影，不是魂歸西天，就是在牢裡，有些人甚或早已離開國內。不過我還是發現一些新的地點，認識了幾個新角色，並設法使他們願意協助我的搜尋工作。

我在普根酒吧找到丹尼男孩，他個頭矮小，雖為黑人但得了白化症，儀態和禮貌十分講究。他總是穿著剪裁保守的三件頭西裝，只在夜裡活動，生活作息如同吸血鬼，從來不在日出到日落這段時間外出。現在他的習慣仍如以往，還是只喝純的冰的俄羅斯伏特加，對他而言，普根酒吧和頂尖小店等地就是他的家，這些店裡總會隨時為他準備一瓶冰透的伏特加。不過現在頂尖小店已經歇業了。

「現在那裡改成一家法國餐廳。」他告訴我。「高消費又不是頂好，我最近大都來這裡，不然就是去阿姆斯特丹街上的鵝媽媽之家；那裡有一組三重奏還不錯，一星期內有六天都在那裡表演，鼓手一向不用鼓棒而只用金屬刷子，也從來不獨奏。而且，他們把燈光控制得恰到好處。」

丹尼男孩所謂恰到好處，絕對是昏暗至極；無論何時他總是戴著墨鏡，我想即使身在暗無天日的礦坑中，他也還是會戴上墨鏡。「這個世界實在是太吵雜、太明亮了，」我不只一次聽他這麼說，「應該有人設置一個可以調暗光線的裝置，音量也應該降低。」

他不認得我帶去的素描人像，但聽到摩利的名字則似乎有些印象。我試著喚起他的記憶，最後他也漸漸記起這個事件。「你是說他現在回來找你算帳，」他問道，「你為什麼不乾脆跳上飛機，找個溫暖的度假勝地，等他冷靜之後再回來？像他那種傢伙，給他幾個星期，包準他又會捅出樓子，沒多久就得再回去蹲苦窯。如此一來，你又有十來年可以高枕無憂了。」

「他現在變得更狡滑難纏。」

「十年以下的有期徒刑，他竟然還待了十二年，你說他的腦袋能有多厲害？」他一口喝完酒，接著他的手只不過挪動幾吋，竟足以招女侍前來服務。等女侍斟完酒並確定我的飲料仍未喝完之後，他開口說道：「我會傳話下去，隨時保持警覺，馬修，我能做的只有這麼多了。」

「我很感激。」

「不曉得他會在哪一區出沒，和誰混在一起；不過有些地方還是值得你過濾一下。」

他提供一些線索給我，我便循著這幾個方向跑遍了全城。我在里諾大道上找到一家無照酒館，街底另一家酒吧，則有很多有錢有閒的上流階級在那兒喝酒。我還搭了計程車到城中二十街和第三大道附近，一個名為「補綴之家」的店，店外的磚牆上還懸掛著早期的美國式拼布作品。

我告訴酒保，我是來找湯米．文森。「他現在剛好不在，」他答道，「如果你願意稍等一會兒，通常這個時間他也差不多該回來了。」

我點了一杯可樂，在吧台等待。吧台後方有一面鏡子，我不用轉身就可以觀看到門口進進出出的人群。直到我的杯中飲料喝盡只剩下冰塊時，坐在相隔兩個座位的胖男人忽然走近我，伸手搭我肩上，彷彿我們是舊識，他說：「我是湯米．文森，需要我為你效勞嗎？」

我在二十街和公園大道、第三大道後面的十四街、第八街北段靠百老匯大道，及四十七街和第五大道間的萊辛頓大道附近閒逛，這一帶是阻街女郎群聚攬客的地方。她們個個花枝招展，穿著超短熱褲和削肩背心，頭戴金黃假髮。我上前交談的女郎不下數十位，聽任她們誤以為我是警察，反正我否認也沒人會相信。我把摩利的相片拿給她們看，警告說他以傷害阻街女郎為樂，而且是殺人嫌犯；我說他也許會以恩客的姿態出現，但是他常自認為是皮條客，而且很喜歡控制妓女。

第三街上有個女郎頂著一頭金髮，與深色髮根形成雙重髮色的特殊造型，她自稱認得這個人。「不久前才見過，」她說，「只看卻不做買賣，還問了一些奇怪的問題，問我要做什麼、不該做什麼、喜歡什麼、又不喜歡什麼之類的，」她握起拳頭，在胯間比劃著表示不屑，「拿我當傻子耍，開玩笑，我才沒空跟他鬼扯，你懂嗎？後來再遇見他時，就趕緊快步走開。」

另一個在百老匯大道的女郎，身材惹火，滿嘴南方腔，說她也曾在附近見到他，但最近卻都不曾再出現，最後一次看到時，他是和一個名叫邦妮的女孩一同離去。那麼邦妮現在人在哪裡呢？也許去了其他地方，消失了，好幾個星期都沒再見過她。

「也許她去了別的場子，」她說，「也說不定是有什麼事發生了！」

「像什麼事?」

她聳聳肩,「什麼事都有可能。有時候你會見到某些人,有時候她們又消失了,你也不會立刻開始想念她們,頂多無聊時會問起,『嘿,那傢伙上哪兒去了?』然後還是沒有人知道結果。」

自從邦妮和摩利一起離開後,她有沒有再見過邦妮呢?她想了想,似乎無法確定;甚至也不能確定和邦妮一起離去的男人就是摩利。她想愈久,對自己的印象愈沒把握。

途中我抽出時間,趕赴正在艾樂儂屋舉辦的午夜聚會,艾樂儂屋位於西四十六街上一棟老舊辦公大樓三樓,由辦公室改裝成的俱樂部。參與這個聚會的大都是年輕人,其中很多人看來像是剛開始戒酒、信心不甚堅強的樣子,絕大多數除了酗酒之外,還伴隨有長期嗑藥的問題。這些年輕人和在街上的遊民幾乎沒兩樣,唯一的不同是他們現在都有一個目標,人人都努力遠離酒精保持清醒;而在街上的那些人,卻在這個世界的邊緣漸行漸遠。

我抵達會場時已經遲了幾分鐘,正在演說的女孩提到她十二歲時,已經有兩年的酒癮,正要開始抽大麻;她繼續訴說她的過去,內容包括各式各樣的禁藥,海洛因、古柯鹼等等,也提到了在街上當扒手、當娼妓,去黑市販賣她的嬰兒種種。她花了好一會兒的工夫陳述她的經歷,她現在不過十九歲而已。

這個聚會持續了一個小時,我從頭參與到最後,注意力卻隨著演說的結束而暫歇,我在後來的討論會中沒有發表意見,因為會中主題都是關於憤怒的情緒。我沉浸在自己的思考中,偶爾因為某些人太過激烈的談話,才會將我自空想中打斷,帶回現場的主題來。大部分時間,我都隨任自已淨化我的情緒。外面那個世界充斥著邪惡，而過去這幾個小時中，我更是在挖掘其中最醜陋的部分；但現在身處聚會，我只管努力戒酒，就像這裡的每一個人一樣，單純簡單，這使得此地成為一處避風港。

最後我們一起站起來，誦讀祈禱文，然後我又回到外頭邪惡的殘酷大街上。

∞

星期一早上我睡了大約五個小時，醒來時卻如宿醉般頭暈目眩，這真是不公平；只因為前一晚喝了太多品質低劣的咖啡、摻水的可樂，吸進幾百公升充滿二手菸的空氣，難怪我無法像小學生一樣期待這新的一天降臨，只能如同酩酊大醉之後整個早上受苦受難，頭痛欲裂、口乾舌燥，度日如年一般難捱。

我吞了一些阿斯匹靈，淋浴刮鬍，到樓下街角小店喝了一些果汁和咖啡，等阿斯匹靈和咖啡發揮作用後，又走到幾個路口外的商店買份報紙，帶回火焰餐廳，點了一些早餐準備邊吃邊看。早餐送來時，宿醉般的不適終於結束，雖然還是感到很疲憊，但總得調整自己去適應。

報上的內容顯然不怎麼令人振奮。頭版新聞是有關牙買加區的大屠殺事件，一個委內瑞拉家庭遭到槍擊和砍殺，四個大人和六個小孩喪生，住宅付之一炬，連鄰近房舍都遭火苗波及。證據顯示出這個事件可能與毒品交易有關，由於出現這種推論，令一般民眾感到事不關己，警察們也不用日以繼夜費盡心力努力破案。

體育新聞版的新聞也沒有好到哪裡去，紐約兩支球隊都輸。噴射機隊慘敗，巨人隊則以些微差距輸給獵鷹隊。體育新聞最大的好處，就是它在現實生活中的重要性實在微不足道，至少不會要人命，到頭來，誰輸誰贏又有什麼大不了的呢？

我個人就不甚在乎那些輸贏勝負，但話說回來，我似乎對於任何事情都不甚在乎。於是我又翻回社會新聞版，看到另外一件與毒品有關的謀殺案件，這起事件發生在布魯克林區海洋公園，一個曾經數度因為毒品被捕的二十四歲黑人男子，遭到改造散彈槍射擊身亡。這條新聞固然令人不愉快，不過老實說，比起我們球隊輸給費城隊的事，後者還讓我比較難受，雖然輸球本身已經無法引起我任何情緒反應了。

第七版有一則新聞吸引我的注意。

一個名叫麥可·費茲羅伊的二十二歲青年，與女友約好去聖馬拉契教堂望彌撒，他的女友是演員，主演過的幾齣廣告皆頗受好評，她在四十二街和第九大道一帶的曼哈頓廣場擁有一間公寓。他們沿著四十九街手牽手準備散步回她家時，恰好有一個名叫東妮·柯里瑞的女子在這一刻決定要結束自己的生命。

她選擇跳樓的方式自殺，她的住處位於足足有二十二層高的高樓上。她向下一跳，利用我們在學校物理課所學過卻從來記不清楚的加速原理，在這種情況下，這樣的衝撞速度，想要魂歸西天實在一點也不困難；對麥可·費茲羅伊來說也是一樣，就在這一刻間，他正巧走到她落下的命定位置。他的女朋友安德莉雅・道區並未受傷，但報導中說她受到嚴重的精神打擊，她的反應想來也是完全可以理解的。

我快速的瀏覽過其他版面：巴爾的摩市長最近提議讓某些藥品合法化，李歐・比爾針對這個議題發表了一些看法，還有一些不好笑的漫畫。但不知何故，我忍不住又翻回到第七版，重新閱讀關於麥可・費茲羅伊最後一刻的新聞。

我自己也不明白，何以這則新聞竟令我的情緒有所起伏，也許是因為事件發生的地點碰巧離我住處非常近，那名女子住在西四十九街三〇一號，我經過該地的次數不下百次，昨天早上我前往時代廣場一帶，準備走訪附近旅館時才又經過。如果我稍微睡晚一點，說不定正巧可以目睹事情的整個經過。

我忽然想到馬可・奧勒利烏斯書中的話，萬事之發生，冥冥中皆如其所應當之勢。我試著想像麥可・費茲羅伊的命運，他本來帶著一種多麼愉快的心情正要去女朋友家啊！報導中還提到，那個壓死他的女人今年三十八歲，跳樓前甚至脫光了全身衣服。

人人都說上帝的意旨深不可測，我也認為確實如此。天條中大概註明麥可・費茲羅伊只能活二十二年，而且最佳的死法就是被一個從高空急速落下的裸女壓斃。

人生啊！曾有人說過，對於那些靠思考過日子的人像是一齣喜劇，對於那些憑感覺過日子的人來說卻是一場悲劇。對我而言，無論怎麼過日子都是有喜有悲，即使你什麼都不做也逃不掉。

∞

那天中午過後，我打電話給馬西隆的哈利哲，他恰巧正在座位上，「嘿！我正想著要找你呢。」他說：「大蘋果還好嗎？」

已經有好一陣子沒聽人這麼稱呼此地了，「老樣子。」我回答他。

「孟加拉虎隊怎麼樣了？」

我根本沒留意他們的輸贏。

「打得不錯。」我說。

「說得好！你的事情發展如何？」

「他正在紐約，我一直追蹤他，但這城市實在浩瀚。我知道他昨天威脅了一名女子，她是康妮．司德凡的老朋友。」

「這樣啊。」

「是呀！他可真會製造麻煩。不知道克利夫蘭那裡是否有消息？」

「你是說實驗室的結果，」他清了清喉嚨，「我們在精液中找到一種血型。」

「太好了！」

「你先別高興得太早，馬修。結果是A型的血液反應，跟她丈夫一樣。如果這碰巧是你所追蹤的人留下的血型，也並非毫無可能，畢竟這是最常見的血型。事實上他們的三個孩子也都是A型的；換句話說，我們無法判定司德凡死時，身上沾染的血跡究竟屬於什麼人，說不定是三個孩子的，也有可能是他用散彈槍自殺時傷口所流出來的。」

「難道他們不能做更詳細的DNA比對檢驗嗎？」

「倘若在案發後立刻進行檢驗，而不是在拖了一週之後，或許實驗室還能夠檢測出來。按照目前的情況，我們只能證明你的嫌疑犯並未在那女人體內留下精子，而如果他的血型根本不是A型，那麼他就沒有嫌疑了。」他說。

「這只能證明雞姦的部分不是他幹的，但卻仍無法洗刷謀殺的嫌疑。」

「嗯，說的也對。總而言之，實驗報告只能做到這樣，結果只可能洗清他的嫌疑，但卻很難根據這個逮捕他。」

「我懂了。」我說：「真叫人喪氣，但我還是會弄清楚摩利的血型，監獄記錄上應該有。對了，今天早晨我寄了一份快遞郵件給你，明天應該就可以收到。我找畫家繪製了一張摩利的素描，還有他幾個月前在紐約所使用的化名。這樣你們去旅館或機場打探消息時，或許派得上用場。」

他停頓了一陣之後說：「馬修，我實在不確定該不該著手進行這些調查。」

「怎麼說？」

「照這個案子在本地的發展來說，我們還沒有足夠的證據重新開案。即使那個女人體內的精液不是她丈夫的，又能證明什麼？也許她有外遇，也許她的男友是希臘餐館裡的服務生，也許她丈夫發現了這件事，因此引燃這個事件。重點在於，我們根本沒有充分的理由，投入大量人力在這個看來一目了然的案件當中。」

我們又交換了一些意見，我提到只要他能夠弄到一張拘捕令，紐約警方就能在摩利再度行凶前逮捕他。他說他也樂意這麼做，但他的上司絕對不會批准，而即使上司同意，法官也會認為他們沒有證據支持這張拘捕令。

「你提到他威脅某人是嗎？」他問道：「你可以請她提出控告嗎？」

「也許可以。不過他不是直接跟她交涉，而是留話在她的答錄機中。」

「這樣更好，這樣就有直接證據了，就怕她把這段錄音洗掉。」

「這捲帶子已由我保管。但我並不認為這是一個有利的證據，雖然是威脅，語句卻很曖昧。而且也很難證明那是他本人，他當時放低了聲音說話。」

「他是想讓這樣聽起來比較毛骨悚然，還是不想讓她認出他聲音？」

「也不是這樣，他當然要她知道是誰，但我猜他也很小心，唯恐留下聲紋證據。天殺的，十二年前的他是那麼粗心又愚蠢，坐牢讓他變得更難纏了。」

「的確如此。」他說：「牢中生活不見得能感化他們，但肯定會加強他們的犯罪技巧。」

8

下午三點左右，開始下起雨來，我在街上買了一把五塊錢的廉價雨傘，還沒回到旅館前就已經吹壞了，只好隨手把它丟進垃圾桶，在屋簷下躲雨，等雨勢漸弱，才走完最後幾個路口回去。換下濕衣服，打了幾通電話，然後累得癱在床上睡著。

張開眼睛時已經將近八點。八點三十分，我走進聖保羅教堂地下室的會議室參加聚會，才剛開始介紹演講者。我拿了一杯咖啡，找個位子坐下，傾聽悲慘的老掉牙酗酒故事：失業、家庭破裂、數度進出戒酒中心、向酒友乞求賞賜一杯、接觸戒酒無名會，然後有一天，他突然一念醒悟，現在這傢伙穿著西裝，梳著整齊的頭髮站在那兒演說，半點不像經歷過他所說的那些故事。

爾後的討論會採用輪流發言的型態，由坐在後面的人開始報告，所以很快就輪到我。我原本準備放棄不發言的，但他繼續說了很多有關宿醉的事，他說如果戒酒節制是對於宿醉的長期緩刑，那也真是值得的。

輪到我發言，「我是馬修，我是個酒鬼，過去也曾宿醉得厲害。我自以為戒酒成功就不再受宿醉的困擾了，但當今天早上我發現自己依然頭痛欲裂時，真的感到很憤怒。我覺得這是不公平的，以致今天我有一個不愉快的開始。後來我想起自己的生命中曾經有一段時間，每天早上都是帶著這種痛苦醒來，但當時我卻習以為常，甚至不會感到不愉快。天啊！一個正常人如果在清晨有相同的感覺，也許會急著上醫院檢查，而我當時卻只是穿好襪子，上班去。」

其他人也發表了些意見，輪到一個名叫卡蘿的女人，「我自從戒酒以來，就不再有宿醉的情形發生了。」她說：「但我跟馬修一樣有類似的體悟。因為我也想要相信，一旦我們戒酒之後，所有事情都會變得一帆風順了，再也沒有厄運會降臨在我們頭上了。不過卻是事與願違。戒酒的結果不在於使我們活得更好，而是使你在厄運降臨時也得清清醒醒的承受。那些厄運仍然叫我瘋狂，我簡直不敢相信寇迪會得到愛滋病！有節制的人不該有這種待遇的，但事情就是發生了，他們會生病，病了會死，跟任何人一樣。而且，正常人不是不應該想死嗎？以前當我喝醉時，常常想要自殺，現在我不那麼想了，我以為也沒有人會那麼想，尤其是已經戒酒的人。但今天我得知東妮自殺了，我心裡想，這種事不該發生的。不過這世上什麼事都會發生，而我依然是一口酒也不能喝。」

休息的時候，我上前問卡蘿，她說的東尼是不是聚會裡的成員。「她常來，」她說，「三年來滴酒未沾，東妮．柯里瑞。」

「我不記得這位柯里瑞先生。」

「不是先生，是女士。馬修，你也認識她啊，高䠷身材、黑髮、年紀與我相仿，在一家服裝店上班，經常聽她談她和老闆的戀情，現在記不得確實的故事了。我敢說你一定認識她。」

「我的天。」

「我從不覺得她像是個會自殺的人，不過這種事誰又知道呢？」

「前幾天我們一起去皇后區吃飯聊天，我們兩人再加上李奇．吉曼，我們還一路搭車去里其蒙丘，」我一邊說一邊在廳內尋覓李奇的蹤影，彷彿找到他就能證明我所言不虛，但他卻未出現，「她那時看起來很愉快，一切都正常。」

「星期五晚上我也和她見面，當時看來也都沒事，想不起來她那天說了些什麼，但至少完全看不出沮喪或低潮的情緒。」

「聚會結束我們還一起去吃宵夜，她也是充滿自信，對自己的生活感到滿足和快樂。事情怎麼發生的？藥物嗎？」

她搖頭否認，「她從窗戶跳出去，報紙上已經刊登出來，今天的晚間新聞也有報導。挺恐怖的，因為她恰好落在一個從教堂做完禮拜出來的年輕人身上，結果那男孩也死了，真離譜，對吧？」

∞

留言條上寫著：回電給親戚。

這一次沒有經過答錄機的過濾，電話鈴聲才響了一聲，她便立刻拿起話筒答話，「他打電話來了。」

「然後呢？」

「他說：『伊蓮，我知道你在家。把答錄機關掉，來接電話。』於是我照做。」

「為什麼？」

「我也不知道，他叫我這麼做，我就照做。他說有話要我轉告給你。」

「什麼事？」

「馬修，我為什麼要關掉答錄機呢？他無論說什麼，我就不由自主的照做，如果他叫我把門打開讓他進來，我是不是也會照做？」

「不會。」

「你怎麼知道？」

「因為那樣不安全，你自己也知道不可以那麼做。但你把答錄機關掉並沒有危險，這兩種情況不一樣。」

「我很懷疑。」

其實我也不太確定，但還是將此疑慮往自己肚裡吞，然後問她，「他要你轉達什麼？」

「噢，對，實在是不知所云，至少我完全聽不懂他的意思。他掛斷之後，我就立刻把這段話寫下來，免得我又忘記了。我放到哪裡去了？」

我大概知道內容為何，猜也知道。

「找到了，」她朗誦著，「『告訴他，我會奪走他周圍所有的女人；告訴他，昨天那是第二號，路上額外的小子不必計費，就算是紅利。』這些話有任何意義嗎？」

「沒有，不過我明白他的意思。」我答道。

11

我撥電話給安妮塔，聽電話的是她現任丈夫。我先為深夜打擾向他致歉，並請卡邁太太聽電話。雖然稱呼自己的前妻為卡邁太太令我感到非常彆扭，但終究比不上整通內容來得奇怪。

電話中，我告訴安妮塔，或許是我太過於庸人自擾，但是我有義務預先警告她，有個傢伙或許會對她不利。我很快的將事情的來龍去脈從頭說了一遍，以前有個被我送進監牢的傢伙，出獄之後開始進行變態的報復行動，他打算殺掉我身邊所有的女性伴侶。

「但問題是，我目前身邊並沒有較親密的女性朋友，於是那傢伙竟然將範圍擴大，只要跟我沾上一點邊的女性，全部變成他報復的對象。現在已經有兩位遇害，一位曾在十二年前出庭作證使他入獄，另一位則和我僅有數面之緣，你知道的，就是那種點頭之交的朋友而已，我甚至連她姓啥都不知道！」

「但他還是殺了她，對不對？警察為何不將他逮捕呢？」

「我也希望如此，但在此同時……」

「你認為我也有危險，是嗎？」

「老實說，我並不確定，或許他根本不曉得你的存在。即使知道有你這個人，他也應該不會知道你現在的夫姓或你目前的地址才是。不過那傢伙似乎神通廣大，消息來源很多。」

「他會不會對孩子們下手呢？」

我們的兒子，一個在軍中服役，另一個在西岸的大學讀書，我安慰她，「別替他們擔心，那傢伙只對女性有興趣。」

「你是說他以殺女人為樂？天啊！你認為我該怎麼辦？」

我提出了幾項建議，第一，方便的話，他們夫婦倆一起去度假；第二，如果無法出門度假，便向當地警局報案，請求保護；第三，僱用私人保鑣；第四，隨時注意周遭環境，防範有人跟蹤或監看，不要隨便開門讓陌生人進入，然後……

「這個天殺的，我們都已經離婚，我也改嫁了，難道那傢伙就不能放過我？」

「不曉得，那傢伙或許是天主教徒，根本就不承認離婚。」

∞

一陣討論之後，我也請安妮塔的先生接聽電話，將整個事件重述一次，以便共商對策。她先生聽起來很細心，也很果斷。掛斷電話之後，我覺得她先生考慮周全，一定會採取正確的因應措施。我真希望自己能和她先生一樣果決。

我走到窗邊眺望紐約市景。回想當初搬進此處時，窗外世界貿易中心大樓一覽無遺，只不知從何時開始，周圍的大樓雨後春筍般冒出，逐步吞食了一望無際的天空。雖然窗外景觀仍然怡人，但已不復以往。

天空又下起雨來，那傢伙此刻是否佇立在某處，讓雨淋濕了全身，最好他能染上致命的重感冒。

我拿起電話撥給珍。

珍是位雕刻家，住堅尼路南端利斯本納德街的統樓層。當時我們都還喝酒，有幾次，就她跟我兩人，在她的住處痛痛快快對飲。後來她開始戒酒，我們就不再見面；我也戒酒之後，我們又恢復交往。但最後我們之間那股神奇的情愫還是無疾而終，在兩人都不知何故的狀況下終究還是分手了。

當她拿起話筒接聽時，我說：「珍，我是馬修。真抱歉，這麼晚還打給你。」

「是很晚了，有什麼重要的事嗎？」

「當然有事，不知是否會對你造成影響，但我擔心噩夢會成真。」

「你到底在說些什麼？」

於是我又將事情的來龍去脈告訴珍，只不過這次說的比先前還要詳細。珍已經在電視上看到東妮死亡的消息，她當然認為東妮是自殺身亡的，但沒想到東妮也是戒酒無名會的一員。

「不曉得我是否見過她。」

「可能見過，你也曾去聖保羅教堂參加過聚會，她發表過幾次演說。」

「後來你還和她約好一起去參加聚會演講，在那個什麼地方？你以前說過，現在一時想不起來了。」

「里其蒙丘。」

「那是在哪一區？皇后區嗎？」

「沒錯，就是在皇后區。」

「只因為這樣，那傢伙就殺了她？還是你們倆根本就是一對。」

「別傻了，她根本就不是我喜歡的那一型，況且她已經有男朋友了，是她同事。我們的關係不是你所想的那樣，只不過在聚會時見面，聊天吃飯也只有那一次而已。」

「只因為這樣……」

「對！」

「你確定她真的不是自殺？噢，你當然這麼想，真是笨問題，算我沒問。你覺得……」

「我現在沒辦法冷靜思考，那傢伙出獄已四個月了，或許也已經尾隨觀察我的一舉一動長達四個月之久，倘若當真如此，那麼他應該不曾見過我與你在一起。但誰知道？他到底掌握了多少資料，和誰談過話，又下了多少工夫來偵察。你現在想要我告訴你該怎麼做，是不是？」

「是的。」

「我覺得你最好明早第一件事就搭飛機離開本地。切記，一定要用現金買機票，而且千萬不要把你的行蹤告訴任何人。」

「你是認真的。」

「當然。」

「我這兒的門鎖很堅固，應該可以……」

「絕對不行，你那棟大樓不安全，那傢伙可以隨意進出你的住處，如入無人之境。當然你大可決定賭賭看，但我奉勸你最好別認為留在城裡還能保命。」

她考慮了一陣子，「我一直想去……」

「不要告訴我。」我打斷她的話。

「他會竊聽電話？」

「你的行踪最好完全保密，別讓任何人知道，就連我也不要透露，知道嗎？」

她歎口氣說：「好吧，馬修，我明白，我知道事情的嚴重性了。我最好現在就開始收拾行李準備離開。但是，如何才能知道什麼時候安全，可以放心回家呢？可以打電話給你嗎？」

「隨時打來給我，但千萬不要留下你的號碼。」

「我覺得自己好像個白癡間諜。再問個問題，如果聯絡不到你的話，該怎麼辦？我從何得知事情已解決，可以回家了呢？」

「不管結果是好是壞，幾個星期以後，事情應該就可以告一段落。」

8

在電話中聽到她聲音、與她交談，我心裡經過一番天人交戰，恨不能立刻跳上計程車，直奔利斯本納德街，為珍打理一切，保護她的安全。然後，一邊狂飲好幾加侖的咖啡一邊談話，打從我們認識以來，總是有說不完的話可以互相傾吐。

我想念她，也懷念我們之間的一言一語，常常想要重拾我們的關係；然而兩人一起努力了許多次，無奈總是天不從人願。儘管雙方對彼此始終懷有眷戀之情，但事實卻是，這段緣分似乎真的已經結束了。

記得我們分手時，我曾打電話給吉姆．法柏，我告訴他，「我實在無法相信我和她之間真的已經結束，我一直認為我們會有結果。」

「會有結果的，就憑你現在這種想法，一定會有發展的。」他答道。

∞

現在，我差點要拿起電話撥給吉姆。

其實我是可以撥電話給他的。以前我們之間有個協定，絕對不在三更半夜打電話，而現在早已過了午夜。但若是緊急事件，則無論日夜皆無此限。

但是想想，目前的情況似乎還不能構成緊急事件。此刻，我並未受到酒精的誘惑而想破戒喝酒，只有這種情況才算得上是緊急事件，值得把他從睡夢中驚醒。奇怪的是，我現在根本沒有喝酒的慾望，反而比較想找個人來踹、大聲喊叫，或是把牆踢倒。我絲毫沒有借酒澆愁的想法。

我離開屋內到街上溜達，此時雨勢已經轉小。我穿過第八大道，又越過八個路口朝市區走去。那一次我曾經陪她走路回去，所以認得她家那棟位於路口西北角的大樓，但至於她房間確切的位置究竟是面對哪一條街，則一無所知；因此也無法確知當時她落下樓來的正確地點。

跳樓落地的撞擊力量有時相當強大，甚至會在水泥路面上造成裂痕，但我遍尋不著任何人行道磚塊的碎片。當然，麥可．費茲羅伊也許分散了撞擊落地的力量。

此外，人行道上亦未見任何血跡。按理來說，應該會有血跡，而且還是一大片，只不過現在可能已經被雨水沖刷得乾乾淨淨，甚至連清潔人員都忽略的地方，也一併隨著雨水流失了。當然血跡也可能並未流失，只是滲透到地底下。

也或許血跡仍舊殘留，但我卻看不到吧。畢竟夜色已深，地面濕漉不堪，這種狀況下，實在很難找到蛛絲馬跡；尤有甚者，是當你不知該往何處尋找之時。

倘若你知道悲慘之所在，便明白其實這個城市裡到處都沾滿了血跡。或許該說是這世界上任何一個角落都是如此。

我在街上閒晃了個把鐘頭。原本想去葛洛根酒吧坐坐，但又覺得這個主意不妥，我現在既沒興致與人交際，更不想在喧囂的酒館內讓自己沉溺於孤寂中。於是我繼續漫步，即使雨勢變大也不在意，任憑雨水淋透全身。

「史卡德，你所有的女人。」那個傢伙真的瘋了，竟想奪走那些其實並非我所擁有的女人。我根本不認識康妮．庫柏曼，許多年來都未曾想到她。那傢伙還有哪些目標？伊蓮，等待我這老朽圓桌武士去救援的夏洛特公主嗎？還是已離婚多年的前妻安妮塔？或者是數月前就已分手的女朋友珍？最倒楣的還是東妮．柯里瑞，她只不過是碰巧和我一起去吃個漢堡罷了。那天晚上，那傢伙一定尾隨在後，不知他是否一路跟蹤我們到里其蒙丘？似乎不大可能。或許他只是在附近打探消息，恰好看到我們前往阿姆斯壯餐廳，爾後又陪她走回住處。

我依舊在街上閒晃，試著整理出一點頭緒來。

最後我終於打住，轉身走回住處，然後將濕衣服掛起來晾乾。先前在路上，我並未注意到雨勢大小，竟然也沒有察覺氣溫遽降，此刻卻開始感到全身凍僵。於是我去沖個熱水澡，再躲進溫暖的被窩。

我躺在床上，不斷思索。那傢伙就在某處耀武揚威，威脅我曾經擁有的這些女人，但我卻束手無策，只能像個變戲法的人，將手中所有的球拋向空中，不使其掉落地上；不論是伊蓮、安妮塔或珍，我全都要拯救、全都要保護。換個角度來看，那個傢伙私自認定我和她們之間有某種關係，我現在所做的努力卻似乎是在向他確認這種關係：她們都是我的女人，我的。

否認真正的事實，只會讓我變得盲目，並忽略了真相；而殘酷的真相是，這些女人不僅現在不屬於我，過去也從來不曾是我的，更別提未來。我現在沒有任何歸屬，往後也是。

我是孤單的存在。

12

白天的視線比夜晚清楚，但仍得先知道確切的地點，才能找到那些血跡。我邀喬·德肯一同前往調查。到了那兒，門房指出東妮落下的地點，就在大廈入口西面大約二十碼的街上。門房是個西班牙裔小夥子，身上的制服稍嫌鬆垮，臉上還冒著零零星星的小鬍渣。週日那天他正巧休假，但我還是將摩利的畫像拿出來請他指認，他看了看，搖頭表示沒看過摩利。

德肯拿到房間鑰匙後，我們直接上樓進入東妮住處。進去後，發現窗戶仍敞開著，因為連續下幾天雨，窗戶附近已經濕透了。我倚著窗檻，探出頭去，直往東妮掉落地點望下去，希望能看見蛛絲馬跡，但一無斬獲。突然一陣昏眩，急忙把頭縮回來，伸伸脖子。

德肯走向床邊，床鋪收拾得非常乾淨，衣服也整整齊齊的疊放在床尾，水藍色的裙子、泛黃的襯衫、深灰色的粗線衫、兩件有蕾絲邊的襯褲、還有一件大罩杯的白色胸罩。

德肯拿起胸罩仔細端詳，放回原位說：「波霸？」然後瞄了我一眼，想看看我的反應，我面無表情。德肯點了根菸，甩熄火柴，環視四周找尋菸灰缸，遍尋不著後，便朝火柴吹氣確定溫度已經降低，然後小心翼翼的放在床邊桌緣。

「那傢伙自稱殺了東妮，是嗎？」

「他是這麼告訴伊蓮的。」

「伊蓮？就是出庭作證使他入獄的證人？這整件亂七八糟的事要推到十二年前？」

「沒錯。」

「你難道不覺得他的作為就像阿拉伯恐怖分子嗎？只要一有墜機事件，他們就會宣稱是他們幹的。」

「我不同意你的看法。」

他又抽了一口菸，把煙吐出，「我就知道。好吧，就算東妮可能是遭到謀殺。但你想想，現在有一個人從落地窗掉出去，你怎麼知道那究竟是誰的主意？」他走到門邊繼續推論，「東妮將門上鎖，而且還將門栓轉上鎖住，這能證明什麼呢？這並不是密室案件，從裡面轉動門把就可以把門栓栓上，或者用鑰匙從外面也可以栓上。他把她推出窗外，拿了鑰匙，離開時從外面栓上門栓。但是，即使我的推論正確，仍然無法證明任何事。」

「的確。」

「我們沒有找到能證明她是自殺的遺書。我最不喜歡這種不留隻字片語的自殺案件。法律應該規定禁止自殺。」

「你認為應該怎麼處罰？」

「罰他們回來繼續活下去。」他再度反射性找尋菸灰缸，最後還是把菸灰彈在拼花地板上，接著又說道：「以前曾有一段時間，自殺是犯法的，但從來沒聽說過有人因此被提起控訴。那真是白癡法律，如果自殺成功就不會犯罪，但若自殺失敗卻變成罪犯。現在出個題目考考你吧，警官考試裡真的會出現這種愚蠢的問題，假如東妮跳出窗外，壓到那個姓費的小子，他因為分攤東妮的撞擊力結果死了，東妮卻倖存下來，你說她犯了什麼罪？」

「不知道。」

「我猜如果不是過失殺人就是二級謀殺。真的有過這種案例，那次不是從二十幾樓跳下去，大概只有四層樓高吧。不過，這種事情很少遭到起訴。」

「沒錯。」

「我猜只要提出精神異常的證明，就可逃過一劫。現在，我要做的事就是打電話請人來，看看能否在窗邊採到他指紋，如果找到了，就算是老天送給我們最好的禮物，你說不是嗎？」

「房子裡各處最好都檢查過。」

「各處。」他同意，「但希望恐怕相當渺茫，你覺得呢？」

「對。」

「我局裡的制服警察最早到達現場，如果當真找到疑點，那真值得慶賀，因為這就成為我們自己的案子。我非常樂意把罪名直接掛在你那個仇人的脖子上。只是目前看來，那傢伙似乎不是那種蠢到會留下指紋的人，你說他打了兩次電話給伊蓮，第一通電話他只是喃喃低語，是嗎？」

「對。」

「你拿到的電話錄音也就是這通電話，無法辨識聲音的男子在低語，說他送花給她，還有模稜兩可的威脅，說還沒有輪到她，可是卻沒有明說輪到她幹嘛。高招！這種案子誰辦得起來。」

他看看四周想把菸蒂丟棄，目光移向地板，又看看那扇敞開的窗戶，最後走向廚房，將菸蒂放到水龍頭下沖，再將菸屁股扔到垃圾桶裡。

他又繼續問道：「那傢伙要伊蓮關掉電話答錄機，她照做之後，才改用正常的聲音來威脅她，對吧？所以當伊蓮告訴你曾遭他電話威脅，也向她承認殺了東妮·柯里瑞和麥可·費茲羅伊，這只是她的一面之詞而已，我們並沒有真憑實據證明他有罪，況且他並沒有明確說出他做了什麼，更沒有指名道姓，對不對？」

「對。」

「所以，除非我們掌握到確切的證據，否則根本不能動他一根汗毛。我會大量印製摩利的畫像分散出去，不但要讓剛剛的那位門房指認，連其他值日、夜班的門房也要請他們一起幫忙。雖然希望不大，但或許幾天前剛好有人看到那傢伙在附近探頭探腦呢。不過最麻煩的是，即使他真的在這地區或這棟大樓出現過，要證明他謀殺東妮，恐怕還得費一番工夫。首先得要證明東妮是被謀殺的才行，但這要如何才能證明？」

「醫學證據呢？」

「什麼證據？」

「東妮的死因。」

德肯注視著我，未發一言。

「沒有驗屍報告嗎？」

「當然有。但你也想像的出來，人從那種高度摔下來的慘狀吧！你想要醫學證據？我告訴你，東妮．柯里瑞頭朝下摔下來，撞碎了麥可．費茲羅伊的腦袋瓜，聽起來很不可思議，但確實如此；法醫沒在她體內找到子彈碎層，報告中當然就註明她是由高處摔落致死。我知道你在想什麼，你認為他先殺了她然後才把她推出窗外。」

「很有可能。」

「好啊，你去證明看看。他也有可能先將她擊昏，再趁她不省人事的時候，將她丟出窗外。即使如此，你覺得你能找到什麼證據？脖子的勒痕，還是頭頂的傷口？」

「那麼精液比對呢？那傢伙在俄亥俄州那名受害女性體內留下精液樣本。」

「對啊，但他們根本查不出那是誰留下的，馬修老弟，就算採到東妮．柯里瑞體內遺留的精液，想想她和那費姓小子共享生命的最後一刻，搞不好也可能是麥可．費茲羅伊的呢。再說，就算是摩利的，又能證明什麼？法律又沒規定不准和女人上床，就算他從肛門進去也不犯法啊。」他又掏出一根菸，口氣一轉，「我告訴你，在這個案子裡，我們逮不到他小辮子，不但找不到他指紋，就算找到，也不見得能因此定他罪。即使他曾在現場出現，甚至到她房間去，都不能證明她是被謀殺，當然更不能說他是凶手了。」

「那到底要怎樣才能逮住他？」我無視於他的目光，「難道我們就只能一直等，直到哪一天發現一具有他簽名的屍體？」

「馬修，會的，他總有一天會露出馬腳的。」

「或許吧！只是我大概等不下去了。」

∞

德肯的確是位老手。雖然他不相信會有契機出現以幫助破案，但依舊進行徹底調查，絲毫不浪費時間。他立即調派鑑識小組到達現場，當天下午就打電話告訴我化驗的結果。

壞消息是，他們並沒有發現摩利的指紋。還有一則不知能否稱得上是好消息的報告中發現，就是東妮·柯里瑞跳樓的窗檻和窗框上竟然都乾乾淨淨，連她自己的指紋也找不到。這表示可能有人很小心，刻意不讓指紋遺留在那兒，或是已經仔細的擦拭過。這項結果並不能算是有力的證據，因為人們不見得在碰觸物體時一定會留下指紋；但多多少少可以證明我們的推測，亦即東妮不是自殺，而是有外力介入。

我現在唯一能做的，仍然是延續過去幾天所做的事，到處向人打探，挨家挨戶發送摩利的畫像，同時附上我那庫存日益減少的名片。

我想到了吉姆·法柏，他替我印製名片當做禮物送我。「打電話給你的輔導員吧！」每次去參加聚會時，總會聽到這句話。「你只消不喝酒，來參加聚會，一起研讀《戒酒大書》，打電話給你的輔導員。」我現在並沒有喝酒，也一直都準時參加聚會，《戒酒大書》上大概沒有提過如何和一位滿懷報復心的瘋子玩捉迷藏，而吉姆顯然也並非這方面的專家，但我最後還是打了電話給他。

「你已經盡心盡力了。」他說。

「你真會安慰人。」

「我不曉得這能否安慰你，甚至可能連鼓勵的作用也沒有。」

「是沒有。」

「但也說不準。或許現在這樣只是讓你自己明白，你已經盡力採取所有可行的措施了。要在紐約這種大城市找一個刻意避開你的傢伙，簡直就像大海撈針。」

「是的。」

「當然，你也可以請求警方協助……」

「我試過了，目前他們所能提供的支援實在有限。」

「這樣聽來，你明明已經竭盡所能，但卻仍然責怪自己沒法做更多，你擔心整件事會失控是嗎？」

「的確是。」

「擔心是必然的，人非萬能，我們並不能掌控所有的事情。我們只能採取行動，至於結果如何就不是我們所能控制的了。」

「就是奮力一搏，然後聽天由命，是嗎？」

「對。」

我想著他剛講的這些話，「要是我這一擊不夠力，別人可能會遭殃。」

「我懂了，你無法放手的原因，就是這個賭注的代價太高。」

「這嘛……」

「你還記得戒酒的『第三階段』？」我當然記得，但他還是繼續唸出其中的語句：「『決定將自己的意志及生命完全託付給上帝，因為我們認識祂、信任祂。』你是可以將所有的小事全部交給上帝，但是面臨這種殘酷的事實，還是得靠你自己了。」

「我了解。」

「我告訴你『第三階段』的精髓所在，主要就是兩個概念：第一，將所有的小事全部交給上帝。第二，所有的事情都是小事。」

「謝謝你。」我回答。

「馬修，你還好吧？不會開戒喝酒吧？」

「不會，我不會去喝酒。」

「那你就沒問題了。」

「是啊，我真是好極了，」我說，「你知道嗎？我希望將來有一天打電話給你的時候，你能說些我想聽的話。」

「沒問題，不過假如這種事情真的發生了，就代表你該換個輔導員了。」

回到旅館大約六點鐘了，櫃檯有我的留言，是喬・德肯。但這時他已經下班了，幸好我有他家裡的號碼，我打到他家去。他告訴我，「我猜你大概會急著想知道，驗屍人員說咱們別做夢了，這種狀況下，不可能分辨出因果關係來的。他還說：『叫你朋友到紐約帝國大廈頂樓，拿一顆葡萄柚往下丟，然後再下樓到人行道上，看看有沒有辦法辨識這顆葡萄柚，究竟是從佛羅里達州哪一個市鎮運來的。』」

8

「重要的是，至少我們已經認真試過了。」我說。

掛斷電話，心想吉姆一定會以我為傲，我的態度有了一百八十度的改變，進步如此神速，隨時都可能成為聖人最佳候選人。

儘管如此，終究改變不了事實，我們仍一無所獲，毫無進展。

8

當晚，我去參加聚會。

人真是一個習慣性動物，八點過後我就直往聖保羅教堂方向前進，當我走到附近時，一股莫名的情緒令我不禁停下腳步。

不曉得今天我若在那裡出現，又會害誰遭到池魚之殃？

想到這裡，一陣寒意從背後升起，就好像有人拿著粉筆在天空那片大黑板上劃過，發出令人毛骨悚然的聲響；我的舅媽佩姬（願她老人家在天之靈安息），總是把這種情況比喻成一隻鵝正跨過我的墳墓上。

此刻，我好像是個痲瘋病患，或是傷寒患者，全身帶著恐怖的病菌，隨時可能將無辜的人轉變成殺人犯的對象。打從我進入那座教堂起，就開始冒著危險參加聚會，但危害的不是我自己，而是那些和我參加同一聚會的朋友。

雖然我告訴自己這個念頭很荒謬，但仍盤踞心頭揮之不去。於是我轉頭就走，退到五十八街和第九大道路口，盡量使自己往好的方面想。今天是星期二，還有哪裡有聚會呢？

我攔了一部計程車，直奔東二十街的卡比尼醫院，聚會地點位於三樓的會議室。今天的演講者滿頭白髮，臉上掛著迷人的笑容。他以前是廣告公司的財務經理，曾結婚六次，六任妻子總共為他生下十四個孩子，所以一九七三年以後，他就再也不用申報所得稅了。

「確實有點誇張。」他說道。

目前他在公園街南側一家運動用品零售店當銷售員，一人獨居。他說：「我以前一直很怕孤獨，可是現在卻發現自己竟然喜歡上這種感覺。」

我心裡想：能有這種體認，很不錯。

會場上雖然有幾張熟面孔，但沒有真正認識的人。討論進行中，我不發一語，沒等到散會禱告，我便偷偷溜出會場，未曾與任何人交談。

街上寒意逼人，我走了幾條街，就跳上公車回旅館。

∞

回到旅館，當班的雅各說有好幾通電話找我。我瞄了一下信箱，並無任何留言條。

「她沒有留話。」

「打來的是個女的？」

「應該是吧，聲音聽起來像同一個人，每隔十五、二十分鐘打來，每次都說會再打來。」

上樓之後打給伊蓮，但電話不是她打的，我們聊了幾分鐘。電話掛斷後，鈴聲又響起。

電話裡的聲音非常低沉，劈頭就說：「我冒了很大的險。」

「怎麼說？」

「如果讓他知道我打電話給你，一定會殺了我，他心狠手辣。」

「誰？」

「你應該知道我說的是誰。你是史卡德吧？難道不是你在街上到處散發他的畫像嗎？」

「沒錯，就是我。」

電話那一頭一陣靜寂，我知道她仍在線上，可能將話筒擱置在桌上，暫時走開。不久之後，她用非常微弱的音量說：「我現在不方便說話，別亂跑，十分鐘內再打給你。」

等待的時間總是特別漫長，似乎過了十五分鐘她才打過來，「我很害怕，他隨時都可以取我的性命。」

「那麼為何還打給我？」

「反正他早晚會殺了我。」

「只要告訴我他現在哪裡，絕不會連累到你。」

「是嗎？」她考慮了一下，「我們必須見個面。」

「好吧。」

「我們得先談談，才能給你線索。」

「沒問題，挑個時間和地點吧！」

「媽的，現在幾點？快十一點了，十二點鐘來見我，有沒有問題？」

「地點？」

「知道下東城嗎？」

「應該找得到。」

「你去……媽的，我簡直不要命了，」我耐心等她把話說完。「有家店叫『花園碳烤』，在瑞基街，就是史坦頓街下去一條街，你知道那地方嗎？」

「我找得到。」

「如果你是往市區方向走的話，就在你的右手邊。入口在街道下方，必須走下幾級階梯才找得到，一不小心就會錯過的。」

「放心，我一定找得到，午夜對吧？怎樣認你？」

「到吧台找我，長腿，紅髮，到時我會喝純的『羅布羅伊』威士忌調酒，」接著發出嘶啞的笑聲，「續杯的錢讓你付。」

8

瑞基街向南延伸至第一大道以東七八條街外的休士頓街。附近的治安很亂，不過這也不是新聞了。一個世紀前，為了因應東歐移民潮，狹窄的街道上開始大量興建廉價出租公寓，房子在匆促間完工，工程品質當時就已經問題重重，現在更加破舊不堪。

如今人去樓空，下東城一帶現在規畫成低收入戶國宅區，但此地環境太差，竟比這些人原來的小木屋都還不如。瑞基街上還好，至少還有一排完整的雙拼五樓公寓。

我坐計程車抵達瑞基街和休士頓街路口時，還差幾分鐘十二點。我都還沒站穩，計程車司機便迅速迴轉，逃之夭夭。街上空空盪盪，一眼望去，休士頓街上的商店都已打烊，拉下的黑色鐵門上盡是一幅幅抽象塗鴉。

我走上瑞基街南側，對街有個婦女正在用西班牙文責罵小孩，再往前走去，三個身穿皮夾克的年輕人打量著我，最後顯然決定，我大概不是好惹的。

跨過史坦頓街就看到「花園碳烤」，從角落數過去第四棟，有心要找的話，其實不難找，朦朧的玻璃窗隱約顯現用霓虹燈描繪的店名。我故意從店門前走過去，看看會不會引起注意，結果並不如我所想像。便轉身走回那家店去，步下階梯，一道沉重大門，門上有一扇鐵格小窗，窗玻璃是不透明的，但仍可看到裡面的情形。我推開門，進入紅色燈光下的昏暗室內。

酒館是個窄長的房間，十幾個客人或坐或站，盤踞在靠牆的腳凳邊，有幾個人朝我瞄了一眼，但顯然對我沒有多大興趣。吧台邊還擺了十幾張桌子，半數以上都有人坐，室內燈光昏暗，煙霧瀰漫，空氣中還夾雜著一陣陣香菸和大麻味。有一對男女，小心翼翼捏根大麻菸合抽，似乎一點也不怕被逮捕；不過，說真的，在這種地方抓抽大麻的人，就好比想在種族暴動時，開人們穿越馬路的罰單一樣，完全不可行。

吧台邊有個女人，拿著高腳杯，獨自一人在喝酒。褐色的及肩長髮中夾雜著幾撮醒目的紅髮，在昏暗的燈光下看起來竟像血漬一般。她身著紅色熱褲和網狀黑絲襪。

我走上前去，站在吧台邊，我們中間隔著一把凳子。酒保走過來，我看了她一眼，問她喝的是什麼。

她答道：「『羅布羅伊』。」

沒錯，電話中就是這個聲音，低沉而沙啞。我點了一杯「羅布羅伊」給她，自己則要了一杯可樂。酒保把我的飲料送過來後，我啜了一口，不禁做個鬼臉。

「這裡的可樂已經沒氣了，我剛剛應該建議你不要點的。」她說。

「無所謂。」

「你一定是史卡德了。」

「還不知道你的大名？」

趁她在考慮是否要告訴我的時候，我好好的觀察她一番。她的身材高䠷、額頭寬闊，髮際的美人尖分際明顯，短夾克內是一件與熱褲同色的袒胸中空背心，豐滿的嘴唇上塗著又紅又亮的唇膏，還有她那雙大大的手上也同樣塗了亮紅色指甲油。

一看就知道是妓女，錯不了。如果略去她低沉沙啞的聲音、那雙大手、喉嚨的線條之外，她是個百分之百的女人。

「你可以叫我甘蒂。」她說。

「好。」

「如果讓他知道我打電話給你……」

「他絕不會知道，我一定守口如瓶。」

「他一定會宰了我，他連想也不必想就會宰了我。」

「他還殺過誰嗎？」

她噘嘴吹了一聲無聲的口哨，「我什麼話都沒說。」

「沒關係。」

「我能做的，就是帶你到附近，告訴你他住的地方。」

「他現在在嗎？」

「當然不在，他到其他區去了。老兄，他如果還在第十四街這一頭的話，我才不敢到這兒跟你碰面呢。」她把手湊到嘴邊吹氣，彷彿才剛塗上指甲油，想要吹一吹讓指甲油快點乾，然後問道：「我這麼做應該要有好處可拿。」

「你想要什麼？」

「我不知道，大家都要些什麼？錢吧。反正，你抓到他以後，一定要給我一些東西。」

「甘蒂，一定會有好處給你的。」

「我這麼做才不是為了錢，但做這種事，就一定要拿到一些回饋。」

「你會得到的。」

她略微點了點頭，然後站起來。杯子裡的酒還有大半杯，於是她拿起酒杯，大口喝下去，此時她的喉結隨著喝酒的動作上下滑動。她是個男的，或者說出生的時候是個男的。

我知道在某些地區有許多男扮女裝的妓女，他們多數都注射女性賀爾蒙，還有一些人去做矽膠植入的隆乳手術，甘蒂就擁有比一般女人還要堅挺傲人的雙峰。當然還有少數人去做變性手術，但這種手術費用很高，必須拚命在街上拉客才能存夠錢，所以很少人這麼做；這種變性手術，最後也包括將喉結一併去除。目前大概尚未發明使他們手腳更纖細的整型手術，或許真有醫生正在努力研究。

「待會兒我先走，五分鐘後你再出發，我會慢慢走，在史坦頓街和亞特尼街轉角和我會合，然後再一塊兒走。」

「我們要去哪裡？」

「只不過幾條街遠的地方。」

我再喝了一口那杯淡而無味的可樂，讓她先離開，付了錢，放幾塊小費在吧台上。走出門外，爬上階梯到街上去。

離開悶熱的花園碳烤酒吧到外面後，室外冰冷的溫度令我精神為之一振。我安步當車、四處張望，然後走到史坦頓街街口時，往東看看亞特尼街，只見甘蒂的翹臀扭來扭去，彷彿霓虹燈光一閃一閃。我加緊腳步，在尚未抵達下一個路口時便追上她了。

她並未轉頭看我便開口說：「我們在這兒轉彎。」接著就在亞特尼街左轉。這條街就跟瑞基街一個模樣，破舊的公寓，死寂的氣氛。路燈桿下有輛老福特車被丟棄在路邊，四個輪胎都不見蹤影，這個路燈已經不亮，街上的另一個路燈也一樣。

「我今天身上沒帶多少現鈔，五十塊不到吧。」我說。

「我跟你說過，可以下一次再給我的嘛。」

「我知道，但如果這是一個陷阱的話，那可是一點也不划算。」

她看著我，露出一臉痛苦的表情，「你就是這樣想的嗎？老兄，告訴你，我在半小時之內所能賺到的錢遠比在這兒跟你磨牙多得多，而且那些男人都還笑著付錢給我呢。」

「隨便你高興怎麼說，我們到底要去哪裡？」

「下條街。對了，你那張畫像是請人畫的，對不對？」

「沒錯。」

「看起來真的很像，尤其那眼神最像，那雙眼睛就這樣直瞪著人，似乎要把你穿透，明白我的話吧？」

目前這種情況我實在不喜歡。我錯了，不該跟她來的，也許從我進入那間灰灰暗暗的酒吧開始，就已經錯了。我也不知道是不是因為以前當警察時辦案的直覺，還是因為被甘蒂傳染而感到害怕。反正整個氣氛都怪怪的。

「這邊。」甘蒂邊說邊拉我的手。我急忙把她的手甩開。她退了一步，看著我說：「怎麼了？碰都不能碰？」

「我們到底要去哪裡？」

「快到了，過了那兒就是了。」

我們停在一塊空地的入口。這塊空地以前是棟公寓大樓，現已剷平。用擋風圍籬圈住，圍籬上還繞著許多電線，其中一個角落已經被剪開個洞，外人可從這兒自由進出。附近則堆滿了廢棄的家具、床架和遭火焚燒過的沙發。

「空地另一邊有些房子，你要找的人就住在後面其中一棟。」她低聲說：「只不過那個地方密不通風，沒有其他通道，唯一的入口就是從空地這邊走過去，即使一輩子住這附近的人，也不見得知道那個地方。」

「那傢伙就住這兒？」

「就在這裡。喂，老兄，跟我過來，我指給你看，如果不告訴你，你絕找不到入口。」

我站在原地不動，仔細聽聽有無動靜，其實我並不知道自己究竟想要聽到什麼。甘蒂穿入圍籬，頭也不回，當她走了幾步之後，我才開始跟上。事實上我心裡也明白可能會發生的事，但似乎都無法影響我的行為，於是我終於體會到伊蓮當時的感覺，那傢伙要她把答錄機關掉，儘管她在理智上知道該怎麼做，可是知道歸知道，對於實際上面臨的情景卻毫無幫助，她還是按照他的指示做。

我踩著破碎的瓦礫，慢慢跟上甘蒂，先前街道上已經一片黑暗，如今一步步走進去時，似乎隨著我的腳步愈趨黝黑。就在此時，我才前進不到十碼的距離，突然聽到一陣腳步聲。

我還未來得及開口，便聽到有人喝道：「這裡就好，史卡德，你給我站住不准動。」

13

我開始挪動身子向右邊靠去，但在未能移動半步、甚至還未開始移動之前，他已經抓著我的左臂手肘上方，不斷施力，指尖壓在我的弱點上，神經上的痛點，那股痛楚像刀刃般穿透我的全身，我的手臂由手肘而下，已經完全失去知覺。這時，他伸手抓住我的右手臂，位置高了一些，大約在靠近肩膀的位置，他將大拇指深深戳入我的腋下，我又感到另一陣強烈的痛楚，還伴隨著胃部翻攪亟欲嘔吐的感覺。

我絲毫不動聲色，動也不動一下。耳際響起腳步聲，踩碾碎玻璃的聲音，接著是甘蒂出現，站在我面前幾呎之處，她的金鉤耳環發出微光，閃過我的眼簾。

「真抱歉。」她說道，語氣中雖無任何輕蔑意味，但也不像真正道歉的口吻。

「檢查一下他有沒有帶槍！」摩利對她說道。

「他根本沒帶槍，他只是很樂於見到我而已。」

「我叫你檢查一下他有沒有帶槍！」

她迅速擺動手指，彷彿幼鳥拍擊雙翅一樣，輕觸我的胸膛及身側，環抱著我的腰際，檢查我的皮帶內側是否夾帶槍枝。接著她半跪下來，觸碰我的大腿外緣，然後沿著大腿內側，向上撫摸至鼠蹊部位，她的雙手在那一帶停留好一陣子，不斷輕拍、搓摩，這種接觸根本就是猥褻的撫弄。

「貨真價實的男人，」她大聲的說，「真的沒槍。你要不要我把他脫光再仔細搜一次？李歐？」

「夠了！」

「你確定？他也許藏了什麼武器在私處哩！說不定是一整組的火箭砲呢。」

「你可以滾了。」

「我真的很樂意留下來找找那支火箭砲呢。」

「我說你可以滾了。」

她噘起嘴，嬌嗲的把她那雙大手擱在我的肩上。我可以嗅到她的香水，花香般盪人心神，籠罩在她整個似男似女，兼具雙重色彩的身軀上。這時她微微踮高腳，俯身向前恣情的親吻我。她的雙唇微張，舌頭吞吐，然後才放開我，向後退去。她的表情令人難以臆測，無法捉摸。

「我真的很抱歉！」她重訴一次，然後慢慢的走過我身邊離去。

「我現在就可以殺了你。」摩利開口，語調平淡冰冷，毫無起伏，「就用這雙手，我可以讓你痛苦到全身癱瘓，然後幫你買一張到墳場的單程車票。」

他說這些話的時候，仍然如同先前一樣緊抓住我不放，一手扣住左肘上方，另一隻手則抓在右肩上。他所施加的壓力雖然持續著，但尚可忍受。

「但是，我已經答應要把你留在最後解決，先解決你所有的女人，然後才輪到你。」

「為什麼？」

「女士優先的道理你不懂嗎?這是一種禮貌。」

「為什麼這麼做?」

他露出詭異的笑容,但沒有發出一絲笑聲,好像正按照舞台上的提詞卡,唸出哈哈哈哈一連串音節,「你奪走我生命中寶貴的十二年光陰,」他接著說,「他們把我關起來,你知道關在牢裡的滋味嗎?」

「你本來不用關十二年的,其實只要一兩年就能重獲自由,刑期延長是你自己造成的。」

這時他施加更大的力量扭住我,使我雙膝不由自主的彎曲著,如果不是因為他抓著我,我根本就站不住了。「我連一天都不該待在牢裡!」他憤怒的說:「什麼『蓄意攻擊警員』,我從來沒有襲擊過你,是你攻擊我,還設計陷害我。他們根本就關錯人了!」

「你本來就該待在牢裡的。」

「為什麼?只因為我和你的女人來往,而你自己卻留不住她,是嗎?你根本沒有力量留住她,所以你沒有資格擁有她,但是你卻不能夠接受這個事實,對不對?」

我未作辯駁。

「唉!你當時設計陷害我,真是犯了大錯。你以為牢裡的生活會把我毀滅,那種生活的確會摧毀很多人,但是你根本不懂,這會使得弱者更脆弱,強者更強悍。」

「是這樣嗎?」

「幾乎都是這樣。像警察這種人,根本就不可能在牢裡生存,幾乎不能活著出來,他們是最懦弱的一群，總是要靠槍、子彈和那身制服來保護自己，在牢裡沒有這些東西，他們注定要死在牆角。強者就不同了，他們只會愈來愈強，你聽過尼采的名言嗎？『那些無力毀滅我的，反而讓我變得更強壯。』無論是亞提加還是丹摩拉監獄，待在那些地方，已經讓我變得更強壯了！」

「那麼你不是應該感激我，讓你有機會待在那兒嗎？」

他放開我的肩膀，我試著改變重心，讓身子保持平衡，以便退後，預備一腳踢出去，突襲他的下顎，重擊他膝關節。但我還沒來得及採取任何行動，他已經用手戳向我的腎臟，就像用劍戳進去一般，我不禁痛得尖叫出來，然後向前摔下去，重重跌跪在地。

「我向來都很強壯，雙手尤其有力，其實我從來沒有特別訓練手力，但這力道一向就是這麼強。」他一邊說話，一邊抓住我的上臂，將我的身子整個提起來，我根本想都別想要踢到他，連站起來的力氣都喪失了，一旦他鬆手，我立刻就會跌倒在地。

「但我在牢裡那段時間確曾特別練過臂力，」他繼續說著，「那裡有重量訓練室，有些人整天都在那裡練習，特別是那些黑鬼，你真該去看看他們汗流浹背的模樣，全身散發出像豬一般的臭味，不斷的做伏地挺身，個個都想變成一身橫肉的怪物。我做的甚至比他們還多出兩倍，但我所增加的全是力道，不是肌肉。那些無終止的鍛鍊並沒有讓我變出多少肌肉，但我卻擁有鋼鐵一般的體格，愈來愈強壯。」

「但你在俄亥俄州卻需要用到刀子，還有槍。」

「我根本就不需要那些道具，我只是拿來用用罷了。那個丈夫很沒用，就像玩具兵一樣，我用一隻手指就可以把他戳穿。我叫他走進他家客廳，用自己的槍把自己給殺了。」他沉默了好一陣子，再開口時，語氣變得緩和許多，「我用刀殺死康妮，這樣畫面看起來比較精采。其實那時她只剩下軀體還活著而已，根本不用費力。」

「孩子們呢？」

「不過是順便清理掉罷了！」這時他再度伸手到我的胸骨一帶，沒多久就找到正確的施壓位置，他用指尖重壓，令我覺得彷彿遭到電擊一般，直貫透全身，完全失去反抗能力；他等待了一會兒，接著又在相同的部位更用力施壓，這次我痛得快要失去意識，一陣暈眩襲來，眼前一暗。我已經手足無措，對於這種處境，無法採取任何具體的行動，絲毫沒有脫困的餘地；他身上的每一吋肌肉，正如他所宣稱的那般強壯。我不但無法站起身來，更別妄想去發動攻勢。其實在這裡，高下皆已涇渭分明，我所能嘗試的都只是心理上的反抗。我不知道此時應當採取何種策略為佳，是否應該保持沉默？該和他爭辯嗎？或是委曲求全？

我暫時選擇了沉默，或許只是因為根本無話可說。他也沒有開口，任憑他的手指尖去表達意見，在我胸骨一帶、肩膀、脖子上各個不同的穴點上加壓。他的施壓叫人非常難以忍受，即使沒有直接碰觸到正確的痛點位置也是一樣，有時他並未真正用力，只是用手指玩弄我。

他再度開口說話，「我根本不需要用刀或槍去解決東妮。」

「你為什麼要殺她？」

「因為她也是你的女人。」

「我和她根本不熟。」

「我用這雙手殺了她，」他說著，彷彿沉浸在那段記憶中享受著，「愚蠢的女人，她根本不知道我到底是誰，或是我為什麼要這樣懲罰她，她還哀求我說，『你要多少錢我都給你！你要我做什麼我都願意！』她的床上工夫還算不錯，你也知道。」

「我從來沒有跟她上過床。」

「我也沒有。我只不過是玩玩她，就像你玩一頭羊，或一隻雞那樣，你高興的時候，就捏住牠們的脖子；其實我也沒捏她，我只是把她的脖子扭斷而已，咔啦！就像折斷樹枝那樣。」

我一句話也沒說。

「然後就把她丟出窗外，她撞到那個男孩是因為沒算好準頭。」

「準頭？」

「我本來是想瞄準安德莉雅的。」

「誰？」

「那男孩的女朋友。當然，我事先並沒有特別打算要壓死誰，但我原本是想瞄準她。」

「為什麼？」

「我喜歡殺女人。」他說。

我告訴他，他是不折不扣的瘋子，是一隻野獸，根本就該關在監牢囚籠裡。於是他再次折磨我，伸出腳橫卡在我雙腳前，將我推倒在地，令我四肢癱倒摔下，雙手在石礫和碎玻璃中摩擦，在地上散落的東西中掙扎；我無法起身，只好勉強轉過身子，將自己的位置調整好，準備對抗他的下一波攻勢，接著他用力推我，我用盡全身僅剩的力氣，給了他一拳。

他躲過了攻擊，而我卻順勢向前跌去，我試圖用單腳保持重心，但終究失去平衡，重摔在地。

我躺在那兒，上氣不接下氣，等著接下來即將遭遇的攻擊。

他就這麼讓我等著，然後，他輕聲說：「我可以現在就殺了你。」

「那你為什麼不這麼做？」

「你巴不得我這麼做，對不對？很好，不用一個星期，你就得求我了。」

我試著用手腳的力量將自己撐起來，他一腳踢向我身側，正中胸骨下方，我幾乎沒有感覺，身體已經失去反應能力，但我不再嘗試站起來。

他跪在我身旁，把手放在我後腦勺上，搥擊我的頭骨；大拇指則抵住我的耳根下方。他開口對我說話，但是我根本就無法專心聽他說話。

接著那隻大拇指用力戳入那個部位，這種疼痛達到另一個高峰；然而我卻似乎已經超越了這種痛苦，彷彿正站在另一邊，把一切感官上的苦楚當成我所觀察的現象，精神上的恐懼，遠遠大過肉體上經驗到的痛苦。

他不斷用力，最後終於達到極點。我眼前除了一片漆黑之外，已經看不到任何東西，這片黑暗漸漸朝我的意識蔓延；在一片黑海中只有一點火燄般的紅光出現，慢慢的這點紅光也逐漸縮小，直到完全消逝。

14

我昏迷的時間應該不長，然後猛然間驚醒過來，好像身上被抽了一鞭。以前喝了整夜的酒之後，也常有這種經驗，那段日子裡，我從來不曾好好入睡、怡然醒來，總是不知不覺中失去意識，然後又突然清醒。

我渾身上下都在痛，起初我只是靜靜躺著，感覺身上的痛楚，試著評估到底受傷到什麼地步；同時，也費了好些工夫，才確定這裡只剩我自己，那個傢伙先前極有可能坐在旁邊，等著我醒來。

我慢慢起身，而非採取猛然的動作，一方面是為求謹慎，一方面也實在是不得已，我的身體無法靈活移動，或是長時間持續動作。比方說，我勉強跪起身來之後，必須僵在那兒半天，直到運足了力氣才能夠站起來；好不容易站起來以後，還得耐心等待暈眩的感覺消退，否則可能又會昏倒過去。

折騰了大半天，最後才認出方向，穿過堆滿垃圾的層層障礙，走到圍籬邊。我沿著圍籬摸索，終於找到先前遭人剪開的缺口。出去之後面對著的是亞特尼街，這才記起自己所處的位置，但此時我已經完全失去方向感，根本不知道哪一邊朝向住宅區。我走到路口，發現自己竟到了李文頓街，然後大概又朝東前進朝反方向往西走，結果又回到瑞基街。我於是再左轉，過了兩條街，終於找到休士頓街。才站在那兒沒多久，就有一輛計程車開過來。

我舉起手來，司機減速駛近，我移步朝車子走去。那司機必定是仔細打量我了一番，然後覺得我大概不會是個好乘客，結果他竟踩足油門，把車開走了。

如果我身上有多餘的力氣，一定會好好咒罵他一頓。

但是我只能夠把僅剩的力氣用來支撐我的身體。路旁有一個郵筒，我走上前去，倚靠在郵筒邊，好減輕身上一點重量。我看看自己的模樣，很慶幸沒有浪費氣力去詛咒那個司機。我根本就是一塌糊塗，長褲兩隻褲管從褲腳一直裂到膝蓋，襯衫的前襟和夾克都污穢不堪；雙手沾滿了乾涸的血跡、污泥和砂礫。任何一個神智清醒的計程車司機，都不會希望我坐進他的車內。

結果竟然有一名司機肯讓我上車，不知他是不是有毛病才願意載我。那時，我已經在瑞基街和休士頓街的路口站了十幾分鐘。倒也不是真的希望有車會停下來載我，而是我正在努力思考，想記起距離此地最近的地鐵入口位置，其實即使真的想出來，也很難確定自己能否走到那兒。這段時間裡有幾輛計程車駛過我身邊，其中一輛車停了下來。司機可能以為我是警察，而我盡量讓他保持這種感覺，我故意拿起皮夾，做出展示警徽的動作。

趁他還來不及改變心意，他一停下車來，我便趕快打開車門向他保證道：「我沒有喝酒，現在身上也沒有流血，不會把你的車子弄髒。」

「去他的車子，」他說，「這部爛狗屎車不是我的，就算是我的又有什麼關係？那些混混是怎樣對你？衝過來打劫嗎？現在這種時候，你根本不該出現在這兒，老兄。」

「你為什麼不早幾個鐘頭告訴我？」

「嘿，你還能說笑話，顯然還撐得下去。不過最好還是送你上醫院，貝勒浮醫院離這兒最近，還是你要去別的地方？」

「西北旅館，」我說，「是在五十七街和……」

「我知道地方。我一個禮拜有五天，固定都要去對街的凡登大廈接送客人。但是你確定不去醫院嗎？」

「不用了，」我回答，「我只想回家。」

∞

雅各正在櫃檯當班，我上前去檢查留言。即使他真注意到我身上的異樣，但他的神態中卻未曾顯露出任何一絲驚訝之情；他要不已練就了一身高超的客套功夫或交際手腕，就是鎮定劑服用過多，以至於沒有任何事情能引起他注意。

沒有我的電話，真是謝天謝地。我走進房間，關上房門，栓上鐵鍊。這個動作我曾經做過一次，那是好幾年以前的事。當時我發現有個人躲在浴室等著要殺我，而我卻把他和自己一起關在房間裡。

不過這次在浴室裡等我的，只有一個浴缸；我實在迫不及待想跳進去泡個澡。但我還是先撐著身子，照鏡子看看自己的模樣。

自己看起來並沒有想像中那麼糟糕，身上只有幾處瘀傷、表皮的擦傷和抓痕，還有一些砂礫嵌在皮肉裡；但是牙齒並未掉落，也沒有摔斷什麼部位，更沒有嚴重的刀傷。

儘管如此，我看起來還是一副狼狽不堪的模樣。

我脫掉身上的衣服，這些衣服根本就已經破爛不堪。於是我掏空褲袋裡的東西，將皮帶抽起來，把褲子連同夾克一起丟到垃圾桶裡，遭撕裂的襯衫和領帶也是一團糟，乾脆一併扔掉。

我放滿一整缸熱水，浸泡了大半天，把水放掉，再重新注滿水。我坐在浴池裡，將手掌上的碎玻璃和石礫一顆一顆挑出來。

不知道最後到底搞到幾點鐘才上床睡覺，我根本沒有多餘精力去看時鐘。

8

我睡前吃了幾顆阿斯匹靈，起床後再吃了一些；然後又去洗了個熱水澡，希望能洗去全身肌肉和骨頭的痠痛。我實在是需要刮鬍子，但是理智告訴我，這時候最好別拿刀片在臉上刮，所以我找出幾年前聖誕節孩子們送的電動刮鬍刀，拿來清理臉上的鬍子。

上廁所的時候發現尿裡帶血，這種畫面實在令人膽戰心驚；以前我的腎臟曾經遭到重擊，所以我知道這是必然的後遺症。那傢伙並沒有對我的身體造成不可復原的傷害，只有被他戳到的地方才會有刺痛的感覺，這種疼痛可能會持續一段日子，但是我應該熬得過去。

我出門去喝杯咖啡，吃塊麵包，然後看看《新聞報》。貝司林的專欄是有關犯罪司法制度的評論，不過他寫得很平淡，沒有激烈的言語批評。另一位專欄作家則語帶偏狂的主張將販賣走私菸毒者處以死刑，彷彿這些傢伙就會因此而先考量後果，轉而把聰明才智發揮在投資理財上。

如果把昨天發生的案件與當前年平均犯罪率相比，過去二十四小時內，紐約市應該在五個區裡發生七件殺人案，《新聞報》報導了其中的四個案子。幸好沒有一件是發生在這附近，受害人的名字也沒有一個是我認識的，雖然不能夠百分之百確定，不過從這些新聞研判，我的朋友當中應該沒有人在昨天遇害。

∞

我去中城北區分局，但是德肯不在辦公室，我趕去參加六十三街上西城的基督教青年會的午間聚會。演講者從前是演員，他在西岸戒酒成功，整個場面充滿了來自加州的狂熱活力。我走回車站，路上買了披薩和可樂，在街上邊走邊吃。等我走回中城北區分局時，德肯已經回來了，電話夾在耳邊，一邊還在撥弄嘴裡的雪茄以及桌上的咖啡杯。他指指旁邊的椅子要我坐下，我坐在旁邊聽他講電話，事實上他多半是在聽，沒有講幾句話。

他掛掉電話，身體前傾靠在桌邊，在便條紙上潦草的寫了幾個字，然後坐直了身子看著我，開口問道：「你怎麼一副被人扁了一頓的模樣，發生什麼事？」

「我遇上了壞朋友。喬，我希望能把那畜生抓起來，我要提出告訴。」我說。

「告摩利，是他幹的？」我點了點頭。

「他對我做的還不只外表看到的這樣，嚴重多了。昨天半夜，我被他騙到下東城一條小巷裡。」

我簡單的向他描述昨晚的事，他深色的眼睛瞇成一線，好像真的看到當時的情景。

他問道：「你要以什麼罪名控告他？」

「我不知道，就告他毆打傷害吧，毆打、脅迫、恐嚇都行，也許毆打是最有利的罪名。」

「在場是否有證人看到你所謂的毆打行為？」

「我所謂的？」

「你有任何證人嗎？馬修。」

「當然沒有，」我說，「我們又不是約在梅西百貨公司的櫥窗前碰面，我們是在瑞基街的空地上。」

「我記得你說是一條小巷。」

「那有什麼差別，那個地方是夾在兩棟建築物之間的空地。有一個圍籬，裡頭還有個通道，那不知通往哪裡，應該算是一條小巷子；我根本還沒有機會走進去看看究竟通往哪兒去。」

「嗯，」他拿起鉛筆打量著說，「我記得你早先是說亞特尼街。」

「沒錯。」

「但是一分鐘前你又說是瑞基街。」

「有嗎？我和那個妓女約在瑞基街，一個叫『花園碳烤』的爛酒吧，真不曉得他們為什麼要取這個名字，那裡既沒有花園，我看八成也不供應碳烤食物。」我搖著頭，試著回憶當時的情景，「然後那娘兒們帶我繞過路口走到亞特尼街上。」

「那個娘兒們？你本來是說變性人。」

「我習慣把變性人當做女的。」

「噢。」

「我猜她可以當證人，」我說，「不過要找到她可能得費點工夫，更別提要她出庭作證了。」

「我可以試著找找看，你有她的名字嗎？」

「甘蒂，這當然是釣客人時用的假名，也有可能根本就是臨時湊和出來的，這種人的名字通常數都數不完。」

「這還用得著你說。」

「喬，你有什麼疑惑嗎？他毆打我，這是千真萬確的事實。」

「你贏不了的。」

「那根本不是重點，能申請到法院拘票，把那個混蛋抓進牢裡就夠了。」

「嗯。」

「免得他再去殺人。」

「嗯，你和他在巷子裡碰面的時候差不多幾點鐘？」

「我和那妓女約在午夜碰面。」

「你是說甘蒂，那個變性人。」

「對，所以差不多是半個鐘頭以後就發生這件事。」

「就算是十二點半吧。」

「差不多。」

「之後你去了醫院嗎？」

「沒有。」

「為什麼沒有？」

「我認為沒這個必要。他確實把我折磨得很慘，讓我全身上下到處都痛得要命，但是我自己知道我骨頭沒有斷，也沒有流血，所以我覺得還是回家比較舒服。」

「所以你也沒有醫療記錄？」

「當然沒有，」我說，「我沒去醫院，哪來的醫療記錄？」

「我想也是。」

「那個計程車司機說要載我去醫院，」我說，「我當時看起來一定很像極需急救的模樣吧。」

「可惜你沒聽他的，你也該猜得到我所顧慮的問題吧？馬修。如果急診室裡留有你的醫療記錄，你說的故事就會比較有說服力。」

一時之間我為之語塞。

「那個計程車司機呢？」他繼續問道：「你大概也沒有記下他的駕照號碼吧？」

「沒有。」

「也沒有他的名字或是他的車牌號碼？」

「我根本沒想到這種事。」

「他可以證明你在出事現場，也可以為你的外表及身體受到的傷害作證。現在看來，我們有的只是你的片面之詞。」

我感到一股怒氣上衝，努力克制許久才壓抑住這股憤怒。「難道說這整件事一點都算不上什麼嗎？這傢伙惡意攻擊警察，判刑之後又公開在法庭上威脅那個警察，他坐了十二年的牢，期間也曾涉及其他暴力行為。現在，他出獄幾個月後，你手上拿到那個警察控告他的證詞，而且……」

「馬修，你現在已經不是警察了。」

「沒錯，但是……」

「你不幹警察這一行已經很久了。」他點上了雪茄，把火柴搖熄，儘管火已熄滅，他仍舊繼續揮動火柴棒。他看也沒看我便開口說道：「嚴格來說，你只是離職的警察，而且缺乏有利的證據支持你的說法。」

「你這什麼意思？」

「現在你算得上什麼？你一個半路出家的私家偵探，不但沒有執照，而且還老是搞一堆檯面下的交易。等你把這件事報上去以後，你覺得這事情看起來會對你有利嗎？」他歎了口氣，搖搖頭又說：「昨天半夜，是你第一次見到摩利嗎？」

「他被判刑以後，昨天我是第一次看到他。」

「你早先沒有去過他住的旅館？」

「什麼旅館？」

「到底有還是沒有，馬修？你去了還是沒有？」

「當然沒有，我連他的落腳處都不知道。我找遍了整個城市，都沒找到他。你到底想說些什麼？」

他在桌上的紙堆裡翻來翻去，終於找到他要找的東西，「這是早上送過來的。」

「昨天傍晚有一個名叫顧西蒙的律師，到西十街第六分局去，他接受詹姆士．李歐．摩利的委託，帶著剛申請下來的法院保護令，禁止你接近他的當事人，而且……」

「禁止我？」

「而且他要向警局報案，控告你先前的行為。」

「什麼行為？」

「根據摩利的說法，你到他住的哈定旅館去，威脅恐嚇他，動手動腳惡形惡狀警告他等等諸如此類的行為。」他鬆開手上捏著的紙，於是那張紙輕輕的滑落在凌亂的桌面上，「你卻說這種事根本沒發生過，你根本沒去過哈定旅館？」

「我當然去過那間旅館，就在巴洛街和西街的轉角處。多年以前我在第六分局任職時，早就知道那個地方，那時我們總是慣稱這家旅館叫哈弟。」

「那麼你是去過囉？」

「沒錯，但不是昨天。我曾經挨家挨戶查訪他的行踪，應該是星期六晚上吧，我還把他的照片拿給櫃檯值班的人看。」

「然後呢？」

「然後什麼結果也沒有，沒看過，不認識。」

「之後你再也沒有回去嗎？」

「回去幹嘛？」

他倚身前傾，捻熄雪茄，把椅子往後推，仰靠牆上，雙眼盯著天花板，開口說道：「你想想看結果會怎樣。」

「洗耳恭聽。」

「這傢伙來提出告訴，他現在有法院的保護令、有律師、什麼都有，說你推他，對他動粗。然後隔天你出現，那副模樣好像昨天跌到樓梯底下去，這次輪到你來控告他，只不過你是在半夜受傷，在曼哈頓的什麼狗屁亞特尼街，既沒有證人，沒有計程車司機，也沒有醫院記錄，什麼都沒有。」

「你可以清查計程車的路線資料，也許可以找到那輛計程車。」

「對啊，我可以查路線資料，可以派二十個人來辦這個案子，好像這是國家大事一樣。」

我默不作聲。

德肯繼續說道：「回溯到十二年前，為什麼他在法庭裡大放厥詞說要向你討回公道，為什麼他會說這種話？」

「他是個神經病，他做的事不需要什麼道理。」

「對啊，沒錯啊。但那時令他覺得他有道理的原因是什麼呢？」

「是我把他送進牢裡，這就是充分的理由了。」

「以他未曾犯下的罪名把他關進牢裡？」

「對啊，這有什麼好稀奇的，所有的犯人都自稱是無辜的，難道你不知道嗎？」我說。

「沒錯，有罪的人終究是逃不掉的。那傢伙說你設計陷害他，對吧？他根本就沒有開過那幾槍，他從來就沒有槍，整件事從頭到尾都是栽贓。」

「那是他的說法，他根本就是無辜的；你不覺得奇怪，當你承認有罪時，竟然還能堅稱這種可笑的立場，故事都是隨他高興怎麼說就怎麼說。」

「嗯，到底是不是栽贓呢？」

「你這是什麼意思？」

「我只是很好奇。」德肯說。

「當然不是。」
「好吧。」
「這個案子根本沒有絲毫瑕疵，這傢伙向逮捕他的警察開了三槍，他該得的刑期應該不只一年以上十年以下。」
「或許吧，」他說，「我只是在想，情勢現在好像變了。」
「怎麼說？」
德肯避開我的視線，「這個姓馬岱的，」他說，「是告密者。我沒說錯吧？」
「她是個線民沒錯。」
「你從她那兒得到不少消息？」
「她是個很不錯的線民。」
「嗯，那個庫柏曼也是線民嗎？」
「我不太認識康妮，只和她見過幾次面，她是伊蓮的朋友。」
「只要是伊蓮的朋友，也都是你的朋友。」
「你到底……」
「馬修，你坐下。看在老天爺的份上，我也不喜歡問這些問題。」
「你以為我喜歡……」
「不，可能也不。你拿了她們的錢嗎？」

「誰？」

「你說誰呢？」

「我等你親口告訴我。」

「庫柏曼和姓馬岱的，有嗎？」

「當然，喬。而且我還頭戴紫色軟帽，手開粉紅色金寶山大車，椅套還用豹子毛皮呢。」

「別激動，坐下。」

「我不坐，我還以為你是我朋友。」

「我也把你當做朋友，現在還是一樣。」

「你還真會做人。」

「我知道過去你是個好警察，」他說，「我也知道你很早就升上刑警，逮捕了很多罪有應得的壞人。」

「你怎麼知道？翻我的舊檔案？」

「資料都在電腦裡，只要按幾個鍵，螢幕馬上就會顯示出來。我知道你收過民眾的讚揚信，但是你有酗酒的毛病，或許你太早升官，年輕氣盛，認為好警察怎麼可能事事都按規矩來，對嗎？」他歎口氣，「我也不知道。目前為止，你所告訴我的，是一起發生在別州的家族慘劇，還有一個女人在離這兒五條街遠的大樓窗口摔下來，你說這兩件案子都是那傢伙幹的。」

「他自己也是這麼說。」

「不錯，可是除了你之外，沒有人聽到他這麼說。馬修，或許你告訴我的每件事都是真的，說不定連前幾天那起委內瑞拉人的案子也是他幹的；而十二年前的逮捕是百分之百合法，你並沒有在其中加油添醋，以確保他一定去坐牢。」他轉過頭來直盯著我，「但是現在，你最好別對那個傢伙提出告訴，或要我試著去申請拘捕令，拜託你千萬別再去找他，否則馬上就會有人以違反保護令的罪名把你抓起來。你也知道這種事是怎麼運作的，你不可以靠近他。」

「好個制度。」

「法律就是法律，你想和他鬥個狗血淋頭，現在不是時候，因為你已經先輸了一著棋。」

唯恐自己開口說出難聽的話，我一言不發走向門邊，正要伸手開門時，他說：「你現在認為我不是你的朋友？唉，你錯了，就因為我是你的朋友，所以才會跟你說這堆狗屎話，不然就任憑你在這些不利的情況之中自生自滅。」

15

「他不在哈定旅館。」我告訴伊蓮，「他前天晚上登記住宿。第二天，就是他聲稱我去威脅他的那天，他便退房了。我不確定他是不是真的曾待過那個房間，他登記的時候用的是真名，但他這麼做，說不定只是為了律師替他申請保護令時，有個住址可用。」

「你去那兒找他？」

「我離開德肯辦公室之後去過，我不是真的要去那裡找他，因為我自己也知道，根本不可能在那裡找到他。」我想了一會兒，「我甚至不知道自己想不想找到他。昨天晚上我的確找到他了，不過結果不甚順利罷了。」

「可憐的寶貝。」她說。

我們在伊蓮家的臥室內，我全身脫得剩一件內褲，面朝下趴在床上，她正替我按摩。她施力並不深，指尖的碰觸溫和但果決，替我放鬆肌肉、活絡筋骨、紓解疼痛；她的力量主要集中在我的頸部及肩膀，這些部位肌肉緊繃的情況似乎最嚴重。她對於按摩紓解之道確實很在行。

「你真的很行，」我說，「你怎麼會的？去上課嗎？」

「你的意思是說，像我這種好女孩怎麼會學這種東西是嗎？沒有，我並沒有學過。我自己已經連續好幾年，每週都去讓人替我按摩一兩次，我只是注意觀察他們是怎麼替我做的。如果我的手臂力量再強一點，一定可以做得更好。」

我想到摩利，他那雙手的無窮力量，「你已經夠強壯了，」我說，「而且你抓到竅門，可以靠這行吃飯了。」

她笑了起來，我問她因何而笑。

她說：「拜託你千萬不要告訴任何人，這話如果傳出去，我所有的客人都只要按摩，那我豈不是永遠都別想上床了？」

∞

後來我們轉到客廳。我端著咖啡站在窗前眺望五十九街橋上往來交通，幾艘拖曳艇在河裡忙碌的調動一艘大型遊艇。她則盤起腳窩在沙發上吃一顆切成四半的柳橙。

我坐她對面的椅子，把咖啡杯放在咖啡桌上，桌上那些花已經不見蹤影，星期天我離開後，也就是接到他的電話不久，她就把那些花給扔了。然而，我似乎仍然能夠在這房內感覺到那些花的存在。

我說：「你不會離開這城市的。」

「對。」

「若離開國內可能會比較安全。」

「或許吧，不過我不想離開。」

「如果他能夠進入這棟大樓……」

「我已經告訴過你，我和他們說過了，他們會把貨運服務門從裡面鎖起來，只有服務人員和門房在場的時候才能打開，而且每次使用後一定會重新鎖上的。」

如果他們能夠確實遵守，這辦法確實是很好，但是這樣還是不牢靠。即使是在這種警衛周全的房子，能偷闖進入的方法實在數都數不完。

她說：「那你呢，馬修？」

「我怎麼樣？」

「你打算怎麼做？」

「不知道，」我說，「我在德肯辦公室時差點發火，他根本就是指控我說……唉，我已經告訴過你了。」

「對啊。」

「我去那裡原本打算做兩件事。我本來是要去對摩利提出控訴的，那混蛋昨晚把我整得很慘，如果你是守法的公民，本來就應該去告他，不是嗎？有人攻擊你，你應該要去警察局報案。」

「老師在十年級的公民課裡都是這樣教的。」

「我也這麼認為。不過他們卻沒告訴我們，這麼做根本毫無意義。」

我走進浴室，這一次我的尿裡又出現血絲，回到客廳時，腎臟還在抽痛。我臉上的表情大概很怪，因此她開口問我發生什麼事。

「我只是在想，」我說，「我想請德肯幫我做的另一件事，就是幫我申請持槍執照。但見識了他那套官話之後，我根本不想再麻煩他了，」我聳聳肩，「反正可能也沒什麼幫助，他們不可能發放持槍執照給我。但是我又不可能把槍上膛放在衣櫃上層抽屜，然後等著他哪天來喝茶。」

「你也害怕了，是嗎？」

「我想是吧，雖然我自己沒有感覺到，但那股情緒一定存在，恐懼。」

「嗯。」

「我還擔心其他人，像你、安妮塔、還有珍，我擔心你們的安全問題。怕自己喪命當然是很合理的事，不過其實自己沒有這種感覺。我最近一直在讀一本書，是關於一位羅馬皇帝的想法，其中不斷強調一個主題：死亡並不可怕。他的論點是，既然這件事遲早都要來臨，既然人不管活到多大年歲，最後終歸要死，那麼，生命的長度其實也並不重要了。」

「那麼，什麼事才重要呢？」

「你的生活方式：人如何面對生命、面對死亡的問題。就這個意義來說，這才是我真正感到害怕的事。」

「什麼意思？」

「我怕我會把事情搞砸，怕自己會去做一些不該做的事，或是沒做到自己應該要做的事。反正最後我若不是遲到一天、短少一塊錢，不然就是做得不夠好。」

8

我離開她公寓的時候，太陽西沉、暮色已深。原本我打算走路回旅館，結果才走了兩條街，就感到氣喘如牛，於是只好走到人行道邊，揮手叫了一輛計程車。

除了早上一個麵包、中午一片披薩之外，我整天沒再吃過別的東西，便到一家熟食店買晚餐，但結果排隊還沒輪到，又再走了出去。我不僅沒有胃口，而且一聞到食物的味道就會作嘔。我趕緊走回旅館上樓回房，立刻就開始嘔吐。沒想到胃裡居然還有東西可以吐，結果發現，確實還能吐出食物。

嘔吐時必須牽動那些從昨晚就開始痠痛的肌肉，所以吐的過程相當痛苦，吐完後一陣暈眩襲來，使我不得不倚在門柱上才站得住。等到這一切終於平息之後，我小心翼翼、像個老人家在暴風雨中的船上步步為營，慢慢走到床邊，整個人倒在床上，上氣不接下氣，喘得如同一隻擱淺的鯨。但我在床上趴了還不到兩分鐘，又因為想上廁所而必須再度蹣跚的走回浴室。我連站都站不穩，看到馬桶裡又都是血水。

怕他來殺我？老天爺，他若果真殺了我倒還好些。

8

電話大約在一小時之後響起，珍．肯恩打來的。

「嗨！如果我沒記錯的話，你不想知道我在哪裡撥這通電話。」她說。

「反正你已經離開這城市就對了。」

「對啊，我還差一點就走不了。」

「哦？」

「你不覺得這很誇張嗎？以前我喝酒的時候，最喜歡這種像電影一樣的情節了。二話不說的跳起來，抓支牙刷，叫了計程車，就這樣隨便跳上一架飛機飛到聖地牙哥去。順便說一聲，我並不是在那兒。」

「很好。」

「那時候我坐在計程車裡往機場駛去，突然覺得這整件事實在太詭異，根本就超乎常情，我差點就叫計程車司機回頭。」

「但你沒這麼做。」

「對啊。」

「很好。」

「這不是電影，是真的，對嗎？」

「恐怕如此。」

「嗯，反正我本來就該放個假，只要這麼想就好了。你還好嗎？」

「很好。」我說。

「可是你的聲音，聽起來好像很累的樣子。」

「今天真的累了一整天了。」

「總之，放輕鬆點，好嗎？我每隔一兩天就撥電話給你，可以嗎？」

「好啊！」

「像現在這種時間撥電話給你，方便嗎？我剛剛是想，應該來得及在你去參加聚會之前找到你。」

「這時候沒問題。」我說：「不過你也知道，現在我每天的作息可能會有些不規律。」

「能想像。」

她想像得出來嗎？「不過你還是每隔幾天就打電話來好了，」我說，「如果情勢轉好，我會立刻告訴你。」

「你是說『等到』情勢轉好吧？」

「就是這個意思。」我說。

∞

我沒去參加聚會。原本想去，但一起身站起來，就發現自己根本哪兒都不想去，所以又回床上睡覺。

闔上雙眼沒多久，聽到窗外的嗚笛聲，那聲響把我吵醒後，我精神恍惚往外看，救護人員從對街大樓用擔架抬出一個人，送進救護車。然後他們將汽笛和嗚笛開啟之後，便朝羅斯福醫院或聖克萊爾醫院高速駛去。

如果他們是馬可·奧勒利烏斯的讀者，他們就會放鬆心情，因為無論能否及時抵達醫院，最終的結果還是一樣；畢竟，那擔架上的可憐人，遲早都得離開人世。萬事萬物的發展，都是遵循其應行的軌道。我們急什麼呢？

我回到床上再度陷入睡眠。大概是發燒，這次我睡得很不安穩，時醒時睡，最後終於從噩夢中清醒時，發現自己全身冒汗。我勉強爬起床，在浴缸中放滿了熱水，心滿意足的浸泡在水中，感覺似乎一切的不幸都已離我而去。

我正泡在浴缸裡，電話鈴又響了，我任憑那鈴聲持續而不去接聽。泡完澡，我撥電話到樓下櫃檯，詢問先前打電話來的人是否有留言，可是對方並未留話，而櫃檯值班的那個蠢蛋，竟然記不得對方是男是女。

我猜一定是他，不過再也無法確定了；我並未注意電話的時間，其實任何人都有可能打電話來，以前我在城裡四處發送名片，說不定那幾千人中的某一人突然心血來潮決定來電。

然而，倘若當真是他，倘若我當時起身接聽那通電話，一切都仍舊會如此發生。

8

電話鈴聲再度響起時，我已經醒來。窗外天色漸明，早在十或十五分鐘之前我就張開眼睛躺在床上，隨時準備起床去廁所，看看我的尿今天又變成什麼顏色。

我接起電話便聽到他的聲音，「史卡德，早安。」就像是粉筆在黑板上劃過的聲響，再次令我不寒而慄。

記不得自己說了什麼話，我應該有說話，不過也有可能什麼都沒說。說不定我只是呆坐在那兒抓著那支混帳電話。

他說：「我昨晚忙得不得了，你應該已經在報紙上看到了吧？」

「你在說些什麼？」

「我說的就是血啊！」

「聽不懂。」

「顯然你是沒聽懂。血啊，史卡德。不是你流的那種血，我想你應該也流了不少血吧？雖然流血，不過哭也沒用，對吧？」

我緊緊抓住電話筒，憤怒與不耐從我心中濤然湧出，但我努力克制住，故意不要如他所願而有任何反應。我深吸了一口氣，一句話也沒說。

「血親流血啊！」他說：「你已經失去一個親密的人了，我很同情。」

「你做了什麼……」

「去看報紙。」他丟下這句話就將電話掛斷。

8

我趕緊撥電話給安妮塔，電話筒未接通之前，我的心頭有如千軍萬馬奔騰般難以平靜；結果當她的聲音出現在電話的另一頭時，我竟一句話也說不出來。我只能喘著氣無言的坐在這一端，直到最後她不想再努力說「喂」，便將電話掛斷。

血親？親密的人？伊蓮？難道他知道伊蓮是我的表親法蘭西絲？雖然想不通，不過我還是打電話給她。結果電話一直占線中，我猜他可能把她殺了之後，把電話拿起來，所以我又撥給接線生查詢那支電話是否真的占線，接線小姐查過之後確定那電話確實是在使用中。由於我自稱是警察，所以接線小姐非常合作，甚至問我如果是緊急事件是否要插撥進去，於是我只好告訴她不必麻煩。無論是不是緊急事件，就像我不知道要和安妮塔說什麼一樣，我也不想和伊蓮說話，我只是想確定她還活著就好。

我兒子嗎？

我拚命在電話簿裡尋找他們的電話號碼，後來仔細一想，這可能性實在太低。就算他真的找到他們任何一人，然後跨越大半個美國去找他們，這事怎麼可能會刊登在今天的報紙上呢？我為何還要這樣浪費時間，管他到底是什麼事，我何不出去買份報紙？

隨便披上一件衣服後，我便下樓去買了一份《新聞報》和《郵報》。兩份報上頭版新聞都一樣，結果是那個委內瑞拉家庭遭到誤殺，他們根本不是毒販，對街的哥倫比亞人才是販賣毒品者，凶手顯然找錯對象了。

很好。

我到火焰餐館去，叫了一杯咖啡坐在吧台，翻開報紙瀏覽，我也不知道自己在尋找什麼消息。不過我立刻就找到了，誰也不可能遺漏這則新聞，因為整個第三版都是關於這個事件。

一個年輕女子昨晚遭到入侵的殺手以殘暴的手法殺害，她在華爾街一家投資管理公司擔任財務分析師，住在歐文區拉格莫西公園附近，一棟高級公寓的四樓。

新聞上附了兩張照片，一張是一個長臉高額頭、相當可愛的女孩，表情嚴肅，目光直視前方；另外一張相片則是她家那棟大樓的入口，警方人員抬著屍袋走出來。報導提到她那裝潢精美的房子遭到一名或數名凶手搗亂，被害女子顯然遭到數次性侵害及性虐待。一如往常處理這種案子的慣例，警方保留許多細節；但是新聞中提到受害者頭部被斬下，而且暗示這可能不是受害者身上唯一遭到切割的部位。

從前在那場有名的情人節大屠殺中，芝加哥黑幫頭子「瘋子」莫藍，一看現場就知道是誰掃射了他芝加哥倉庫的那些手下。他說：「這種殺法，只有卡彭才幹得出來。」

這句話在此處並不適用，這世上殺手不知有多少，他們殺人的方法又各自不同，摩利犯案方式完全不屬於任何一種我所知道的犯罪類型。

雖然如此，這必定是摩利下的毒手，特徵非常明顯，我不必看凶案現場或被害者親友的訪問就能確定判斷。

我只消看到死者的名字就明白了，她叫做伊莉莎白・史卡德。

16

回房間後，我翻開曼哈頓地區的電話簿，找尋史卡德姓氏的部分，一共列出十八個名字，我並不在其中，但她的名字卻列在上面，伊莉莎白·史卡德，住歐文區。

我拿起電話想立刻打給德肯，但是號碼還沒撥完便開始猶豫，我坐下來，仔細思考之後，還是把話筒放回去。

幾分鐘後電話響起，是伊蓮打來的。她說剛才接到摩利的電話，如同前一次，他又命令她關掉答錄機接聽電話，而她也照做；但是一等到他停止低語，改用正常聲音說話時，她按下錄音鍵，預備錄下這段對話。

「結果竟然沒錄下來。」她說：「真是不可思議，那個爛答錄機居然壞了，或者是我自己按錯按鍵，我也不知道，想也想不透；錄音帶一直往前轉動，彷彿正在錄音一樣，結果當我倒帶想重新再聽一次，才發現竟然什麼都沒錄到！」

「沒關係。」

「摩利提到什麼昨天晚上殺了一個女人的事，我那時如果把他的話錄下來當做證據，那麼警方就可以核對聲紋還是什麼的。」

「算了啦。」

「是嗎？我把錄音開關打開時，還很得意自己做了一件聰明事，以為他會自動招認，我們就握有證據了。」

「沒錯，但可能也不見得會有幫助。我覺得大概很難藉著這些零星的線索，就能解決這整個案子，目前只靠偵查來解決事情，似乎沒什麼意義。我只能在黑暗中不斷摸索，他卻我行我素，繼續進行類似昨晚的殺人行為。」

「他昨晚到底做了什麼事？他沒有說得很明確，所以話說回來，就算我錄音成功，可能也無法構成證據。但我推斷他似乎殺了什麼人。」

「正是如此。」

「他叫我去看報紙，但我恰好沒有報紙可看；我把電視轉到新聞台，結果也什麼都沒看到，或許是那個電台獨漏那則新聞。究竟發生什麼事？」

於是我把那個慘劇告訴她，她聽到受害者的名字之後，驚訝得說不出話來。

「我們彼此間並沒有親戚關係，」我說，「我家是三代單傳，所以我並沒有其他姓史卡德的親戚。」

「你的祖父有兄弟嗎？」

「我祖父？不知道，也許有吧。他在我出生前便去世了，就我所知，好像沒有姓史卡德的叔公。從小長輩就告訴我說，史卡德家族來自英格蘭，至於那邊的家族，我就不清楚了。」

「所以你和伊莉莎白可能是遠親。」

「也許是吧。如果歷史回溯的時間夠久遠的話，那麼所有姓史卡德的原本都是一家人，除非我的祖先或她的祖先曾經改過姓氏。」

「這麼說，我們每一個人都是亞當和夏娃的後代呢。」

「對噢，多謝你的提醒，我們還都是上帝的子女。」我沒好氣的說。

「我很抱歉，大概是因為我心裡不想把這件事情當真，所以玩笑有點開得太過分。他一定是認為伊莉莎白和你有親戚關係。」

「也許是，也許不是。」我說：「有一件事你最好知道，儘管摩利這個人確實很狡滑、機警，而且善於臨機應變，但是最好別忘了，他也是個瘋子。」

∞

電話簿仍攤開在床上，我審視著上面一連串與我同姓的人，心裡突然有個衝動，想要打電話通知他們提防小心，我大概可以警告他們說：「請你改名，否則你可能會沒命。」

這是否真是他下一步計畫呢？他會照著這個名單繼續殺人嗎？然後下一次換到附近幾個地區做案，接著再由城市改到郊區？當然，如果他繼續按照這個方式殺人，聰明的警方遲早都會發現這些受害者都是同一個姓氏。電話簿名單上有一個號碼，屬於史卡德共同基金的團體，足夠他環遊全國一一拜訪這些會員了。

最後，我還是將電話簿闔上，心裡明白實際上並不可能通知所有的史卡德族人，但是我正在猶豫，是否應該把這個發現告訴德肯？雖然這個案件並非他負責，也根本不在他的管區內，但是他一定能夠查出是誰負責偵辦此案，然後把這個消息傳達過去。伊莉莎白・史卡德遭到殺害的案子，絕對會引起媒體大眾的高度關切，因為這場屠殺不但血腥、殘酷，而且還有性虐待，受害者年紀輕，是白種人，有社會地位，並且又很上鏡頭。

而我提供這個線索又有何好處呢？這個案子不同於前兩個情況，各方都不可能容許這個案子被當成自殺或家庭糾紛而草草了案。鑑識小組一定會在現場搜尋很久，所發現的任何物證，都曾經過仔細的測量、拍照，以及裝袋裝瓶，準備進行化驗；如果他留下指紋，就絕對逃不過鑑識人員的手掌心，而倘若當真，那麼此刻，警方一定已經知道這指紋是屬於何人所有。只要他留下丁點線索，那就絕對逃不掉了。

是否有精液？指甲內的皮膚組織？或是身體上任何足以進行DNA比對的物質？

然而這類證物不像指紋，可以用電腦中的資料輕易核對；若真要進行DNA比對，則必須將犯人收押後取下檢體來加以對照。如果，他在現場留下精液或皮膚，也必須經過這種程序才能找出凶手的身分。先得抓到他，法醫才能證實這些物證出自他身上，進而將繩索套在他脖子上。

當然，所謂繩索只是抽象的比喻，紐約州的法律沒有吊刑，更不能像古代一樣將他活烹；監禁是允許的，甚至可能判無期徒刑，有時終生監禁會縮短為七年或是更少，但我想他們一定會想把摩利闕久一些。上一次他原本一年以上十年以下的刑期竟延長為十二年；如果這次能將他定罪，那麼他可能得要埋葬在監獄之中了。

即使摩利在案發當時確實在現場，鑑識小組也找到符合其DNA的組織物證，再配合上其他精密的法醫檢驗；儘管如此，想要因此將他定罪仍然相當困難。尤其是當被告聘請專家來為其辯護，指稱檢方的專家根本就是一派胡言時，陪審團根本無法了解這整件事的來龍去脈。如果被告是受害者的男友，當他雙手沾滿鮮血，並在被害者的臥室中當場被捕，那麼經過DNA比對，才能算是罪證確鑿。但相反的，如果被害者與被告之間的關聯，只是姓氏與那位十年前逮捕被告入獄的警察相同，那麼上述證物的重要性將會大打折扣。

雖然我實在不知道該和他說些什麼，但最後我還是撥了電話給德肯，而他竟不在家。我沒有留下名字或任何留言。

∞

我大約十一點三十分離開旅館，打算參加法爾賽的午間聚會，這是西六十三街基督教青年會那個聚會團體的名稱。

結果我沒有到那裡去。

走路這項活動已經不似昨天那般辛苦，身體依舊僵硬，並且仍然感到相當疼痛，但是肌肉已經不再那麼緊繃，也比較不會在短時間內就開始感到疲累。今天的氣溫暖多了，沒有冷風，濕氣也不重，一般人都會認為這是個踢足球的好天氣。穿上冬衣似乎太熱，但是涼爽的溫度又會令人想隨身放一瓶威士忌。

我沿著第八街慢慢踱步，向南而非向北，朝城中心的方向走去，來到了東妮住處，低頭注視著她落下的地點，然後又抬頭仰望摩利將東妮推出的窗台。心中不時有個聲音浮現，告訴我說東妮的死都是我的錯。

那聲音說的沒錯。

我繞著大樓走一圈，然後又回到原來的地方，就像生命中扮演的角色一樣。我凝視著東妮的窗口，猜想她當時是否明瞭這究竟是怎麼一回事；或許摩利那時告訴她，因為她是我生命中的女人之一而遭到這種處罰，由於摩利總是稱呼我的姓氏，所以或許他向東妮提到我時，也只說出我的姓氏而非全名。

但東妮知道我姓什麼嗎？答案應該是否定的，就如同我先前也不知道她姓什麼一樣。她因我而遭殺身之禍，很可能到臨死之前，都還不曉得這個凶手所說的究竟是何許人。

這件事其實並不重要。當時她遭受痛苦與恐懼的雙重折磨，想要弄清楚凶手動機可能是層次最低且最後才想到的一種情緒吧。

伊莉莎白·史卡德呢？她臨死前，是否想到我這個給她惹來災禍的遠親馬修？如果不是因為她的公寓在一哩半之遙的城南，我大概也會走去站在她家樓下發呆吧。她家那棟大樓同樣無法給我任何線索，東妮家也一樣。

我看看錶，發現已經錯過聚會的時間，雖然聚會此刻正在進行，但等我趕到時，聚會一定已經結束了。其實這也無妨，因為我並不是真的想參加。

我在路邊攤買份熱狗，到另一攤買了炸餅，吃了一半，又去速食店買杯咖啡，站在路口慢慢啜著熱騰騰的咖啡，還沒喝完就不耐的將剩下的咖啡倒入水溝，拿著紙杯找到垃圾桶才丟棄。有時在路上連一個垃圾桶都很難找到，因為有些住在郊區的人會偷這種東西，最後總在威徹斯特區的住宅後院發現這些垃圾桶的蹤影；這種桶子非常耐用而且適合用來焚燒垃圾，使得這些垃圾桶的新主人對於當地社區的空氣污染，得以貢獻一己之力。

然而我卻是個懷有公德心的理想國民，從不亂丟垃圾、污染空氣，或從事任何足以降低紐約市民同胞生活品質的事。我只是每天平平凡凡過活，任憑一具具屍體堆積在我身邊。

好極了。

∞

我不是特意要走到酒鋪去的，但卻不知不覺站在一家酒鋪門前。櫥窗裡裝飾著感恩節的擺設，有厚紙板做的朝聖者和火雞，還合宜的鋪了滿地落葉以及印第安玉米、幾個塞軟木塞的玻璃瓶、季節性的裝飾品和其他的東西；還有許多酒瓶。

我站在那兒，注視著那些酒瓶。

以前也曾有過這種情形，腦中一片空白隨意在街上閒晃，也沒有刻意想喝酒；但當我回過神來，發現自己竟駐足於酒鋪前，直盯著窗內的酒瓶，欣賞各種酒瓶的形狀，並思索著什麼酒該配何種食物較為適合。一般認為這是即將開始飲酒的前兆，這是來自潛意識中的困擾，對於戒酒不再感到完全自在的狀態。

當然，這種想要喝酒的徵兆，並不見得一定就是警訊，不必急忙趕去參加戒酒聚會或打電話給輔導員，或是讀《戒酒大書》，以強化戒酒的決心；雖然沒有必要去做這些事，但做了也無妨。這種狀況只不過是在戒酒半途，晃眼看見黃燈閃過，提醒自己警惕罷了。

回家吧！我這樣告訴自己。

但我推開了酒鋪的門，走了進去。

沒有警報聲響起，也沒有汽笛的鳴聲。禿頭店員將我全身上下打量了一番，就如同對待其他的顧客一般，他最擔心的是我會忽然掏出槍來，要求他將收銀機中所有的錢交出來，但顯然我順利掃除他的疑惑，讓他覺得我應該不是前來滋事的。

我找到波本酒區，直盯著那些酒瓶。金賓、丹提、老泰勒、老福斯特、老費滋傑羅、還有野火雞。

每一瓶酒都從我腦海中勾起某些回憶。我可以走遍全城的酒吧，確實指出我在該店曾經喝過的品牌；對於何人帶我前去、或是曾與何人一起共飲這類的事倒是不甚清楚，但卻能明確記得杯中的每一種酒名及產地。

還有昔時年代、老爹、老烏鴉、早年時光。

我喜歡這些琳瑯滿目的酒名，特別是最後一種，叫做「早年時光」，這個牌子，聽起來就好像舉杯敬酒時常說的祝詞：「來吧，敬罪犯一杯！」「敬已經不在的朋友！」「敬早年時光！」

確實是該敬「早年時光」！時間相隔愈久再回顧，總覺得事情變得更加美好。有什麼事情不是這樣的？

「需要我為您效勞嗎？」

「拿一瓶『早年時光』。」我說。

「二百毫升瓶裝？」

「一品脫的就夠了。」我說。

他將酒瓶放入棕色紙袋中，扭緊袋口，從櫃檯上交給我。我把紙袋放入外套口袋中，然後掏出鈔票付帳，他將金額打入收銀機，找了零錢給我。

俗諺有云，飲酒一杯稍嫌多，千杯飲酒嫌不夠。但對於剛開始的人來說，一品脫正正好。

17

我住的旅館過街正對面就有一家酒鋪，酗酒的那幾年裡，我在那家店進進出出數不清有多少次。然而，現在我所在的第八大道上這家酒鋪，事實上只有幾條街的距離，但是走回西北旅館的這段路卻好似永無止境。感覺街上人們的目光似乎都集中在我身上，或許是我臉上的奇異表情不自覺吸引了他們的注意。

我直接上樓回房，進房之後便立刻栓上門栓，拿出外套口袋裡的酒瓶，放在梳妝檯上，將大外套掛在衣櫃裡，西裝外套披在椅背上。又走回去拿出酒瓶，隔著紙袋去感覺那熟悉的瓶身，捧在手上感覺其重量。我將酒瓶連紙袋原封不動放回原處，走到窗邊向外凝望，看見樓下五十七街對面，有個穿著和我一樣外套的男人，正走進酒鋪，也許他出來時也會買一品脫的「早年時光」，帶回旅館，然後站在窗邊發呆吧。

我根本不必打開這個紙袋，乾脆把窗戶打開，把酒瓶丟出去。說不定還可以瞄準目標，把瓶子丟到那些看起來剛從教堂裡出來的人頭上。天哪，我是怎麼了！

我打開電視，心不在焉的看著，然後又把電視關上。我走回梳妝檯，從紙袋中拿出酒瓶，直立放在桌上，把紙袋揉成一團丟進垃圾桶中。走回椅子再度坐下，從我所坐的位置，看不到梳妝檯上的酒瓶。

我想起剛開始戒酒時對珍許下承諾，當時她說：「答應我，如果下次要開始喝酒之前，一定要先打電話告訴我。」我答應了她。

這種事情也真可笑。

但現在我無法打電話給她，她已經不在城裡，我曾囑咐她不能將行蹤告訴任何人，包括我在內。

除非她沒有走。前天曾接到她打來的電話，但這又能證明什麼？回想起來，當時的電話線路毫無雜音，聲音聽起來彷彿她當時正在隔壁房間。

即使不是在隔壁，她也可能還待在利斯本納德街的家裡。

她會那麼做嗎？她是否會認為那些危險狀況全都是我自己想像出來的，因而對我說謊，然後仍留在她家？

不，我想她應該不會那麼做；不過我還是撥個電話試試。

電話接通後，傳來的是答錄機的聲音。真是不可思議，這世界上似乎沒有人家裡沒有安裝電話答錄機。多年以來她答錄機的留言都未曾改變，我聽完之後便開口說：「珍，我是馬修。如果你在家，來接電話好嗎？」我閉口沉默了一會兒，答錄機還在寂靜中繼續錄音，然後我又說：「我有非常重要的事！」

沒人回應，我掛上電話。當然，不會有人答話的，因為她現在不知身在何處；她沒有騙我，如果決定留在家，她一定會告訴我的。

無論如何，我的確是遵守諾言打了電話，但沒人在家，這也不是我的錯。不，這一切都是我的錯，是因為我警告她離開這裡，使她搭上計程車駛往機場；一切都是肇始於我多年前的行為，早在我認識她之前，由於我這項行為使得她現在必須遠離他鄉。都是我的錯。老天！在這世界上，每一件事都是我的錯！

我轉過身來，「早年時光」正放在梳妝檯上，天花板上的燈光反射在酒瓶上閃爍著。我走上前去，拿起酒瓶，研究瓶身上的標籤，酒精濃度是百分之四十。多年以前，一般平價的波本酒，酒精濃度都是百分之四十三；但有些狡詐的製造商竟擅自將濃度降低至百分之四十，但價格維持不變，由於聯邦貨物稅是依照酒精成分來計算，製造酒精的成本遠高於純水，酒客若要獲得相同的酒精效果，必定會增加購買數量，所以酒商只要略微刺激市場需求便可大獲利益。

當然價格中已含稅的波本酒，酒精濃度仍然是百分之五十。某些品牌甚至各有其特殊的濃度，例如「傑克．丹尼爾」的濃度是百分之四十五，「野火雞」是百分之五十點五。

人腦袋瓜裡的這些念頭也真可笑。

或許我剛才應該買兩百毫升瓶裝，或兩百五十毫升瓶裝。

我放下酒瓶再度走回窗邊，出奇的平靜與出奇的亢奮兩種情緒竟同時出現。我從窗戶向外看去，又將目光轉回到酒瓶上。我打開電視，不停的按著選台器，心不在焉的望著電視，最後又再度關上電視。

電話鈴聲響起，我呆立了一會兒，彷彿已經無法分辨那是什麼聲音、應該採取何種步驟。鈴聲又再響起，直到第三次鈴響，我才接起電話。

「馬修，我是湯姆．哈利哲。」我一時間記不起這個名字，就在我恰好記起時，他也再度開口補充說道：「在馬西隆，那個美麗的城市，大家都這麼說的，記得嗎？」

我心想：是嗎？我不知道如何回答他。幸好他也沒等我回答，便又接著說：「我只是想打個電話給你，看看你目前的進展如何。」

好個進展！每隔幾天摩利都要殺幾個人，紐約市警局毫無頭緒，我也像個傻瓜一般，無所適從。

但我嘴裡卻回答：「你知道的，進展得很慢。」

「你不說我也知道，這種事情在哪裡都一樣。就像拼圖，一次只能拼一塊。」他清了一下喉嚨，「我之所以會打電話給你，就是因為我這裡可能找到拼圖的一小塊，在鐵道大街上有間汽車旅館，那裡的夜間職員說曾見過你那張素描上的人。」

「這位先生怎麼會剛好看到那張素描？」

「不是先生，是女士，一個瘦小的女人，是個老太太，那張大嘴比男人的都還嚇人；她一看見畫像，立刻就認出他來。但麻煩的是，她記不得他登記時用的名字，不過最後還是找出他的名字來了。那傢伙當然不叫摩利，不稀奇吧？」

「沒錯。」

「他登記的名字是雷伯．克爾，這和你之前說他在紐約使用的假名相差不遠，你寫在素描上，我現在手頭上找不到，你好像說是雷諾什麼的。」

「雷諾．克普蘭。」

「沒錯。他留下一個郵政信箱的地址，是在愛荷華州的愛荷華市。他開了車，那時有登記車牌號碼，但愛荷華首府的人說，那個號碼並非當地所發行的，那車牌和他們的編號系統完全不同。」

「有趣。」

「我想也是，」他說，「我的看法是，他如果不是隨便編了一個車牌號碼，就是車牌是真的，但並不是愛荷華車牌。」

「都有可能。」

「沒錯。我們繼續想想看，如果他從紐約開車來這兒，那麼車上掛的很有可能是紐約車牌；所以他最好在旅館登記時寫下正確的車牌號碼，免得哪個眼尖的櫃檯職員發現他寫下的號碼和車上掛的不一樣。所以如果你去你們那裡監理所查查看這個車牌號碼的資料……」

「好主意！」我接著說。於是他把那車牌號碼唸給我聽，我抄了下來，順手寫下雷伯．克爾這個名字。「他在這裡旅館所用的地址也是愛荷華州，」我回憶先前的資料，「但不是愛荷華市，而是梅森市。不曉得他為什麼如此喜歡愛荷華州。」

「也許那是他的故鄉。」

「我看不是，聽他口音像紐約人，或許他在牢裡時，和某個來自愛荷華州的傢伙關在一起。湯姆，汽車旅館的職員怎麼會看到那張素描？」

「怎麼會看到？我拿給她看的。」

「我還以為這件案子不會重新開案。」

「到目前為止，」他說，「確實尚未重新開案。」他沉默了一會兒，「我下班後的時間要怎麼運用，是我個人的事。」

「所以你自己跑遍全城？」

他再度清清喉嚨開口說道：「事實上，我找了幾個同事來協助做這件事，不過這個女人剛好是我自己拿畫像給她看的，恰好碰上運氣。」

「我懂了。」

「馬修，我也不曉得這個消息是否有用，不過我想，還是讓你知道我們這兒的進展比較好。下一步該如何進行，或即將如何發展，我也都還不清楚。一旦我有任何消息，一定會通知你。」

我掛上電話，再度走回窗邊。街上有幾個制服警察正在與攤販交談，那個小販是個黑人，在花店前擺攤已經好幾個禮拜了，專賣一些圍巾、皮帶、皮包等物，下雨時也會兼賣廉價雨傘。這些黑人大都是從達卡搭乘非洲航空來到美國，五六個人在百老匯大道上旅館裡擠一個房間，每隔幾個月就帶著大包小包的禮物飛回塞內加爾等地探親。他們的學習能力都很強，其中課程顯然包括賄賂低層警員，因為不久之後，那兩名制服警員已經毫不為難的離去，讓這傢伙繼續照顧他的攤子。

我心裡想：哈利哲真是個好人，很有正義感，竟然願意犧牲自己的下班時間，去調查這件上面不願重新開案的案子，甚至還說服同事也一起利用勤餘時間來幫忙。

他們這麼做，真是太好了。

我拎著酒瓶，忍不住穿過房間再度走向梳妝檯。聯邦貨物稅的印花封條從酒瓶一端黏貼至另一端，一旦扭開瓶蓋，便會將封條撕裂。我用大拇指腹撥弄著那張封條，然後又拿起酒瓶對著天花板上的電燈光源，透過光線下看琥珀色的液體，彷彿是透過霧鏡看日蝕一樣。有時我會這麼想：這正是威士忌的作用。它是一種過濾器，透過它去看現實世界，保證不會受到傷害，反之若直接用肉眼去觀察，一切都會顯得太刺眼。

我放下酒瓶，撥了個電話號碼，話筒那端傳來低沉的聲音，「法柏印刷，我是吉姆。」

「我是馬修，近來可好？」

「還好，你呢？」

「嗯，沒什麼可抱怨的。喂，你現在很忙嗎？」

「不會啊，今天真是無趣的一天。現在正在替中國餐館趕印外賣菜單，這餐廳一次就訂了好幾千份，結果他們的外送服務生卻在各地玄關大廳，一次就放一大疊在那兒。」

「所以你等於是在印製一堆垃圾。」

「沒錯，那正是我所做的事，」他愉快的回答，「為實體廢棄物問題，貢獻我個人微薄的一己之力。你呢？」

「沒事，也是無趣的一天。」

「對了！他們將要為東妮舉行一場追思禮拜，你聽說了嗎？」

「沒有。」

「今天是星期四嗎？就是這個星期六下午。她的家人要在布魯克林舉行葬禮，那附近是不是有個區叫做戴克高地？」

「就在灣脊區附近。」

「反正，她家人就是住在那一帶。他們要舉辦守靈和彌撒儀式，戒酒無名會裡的朋友也籌畫了一個告別式，在羅斯福醫院的會議室。這件事大概會在今晚的聚會中宣布。」

「我可能會去參加。」

我們又談了幾分鐘，他說：「還有其他事嗎？沒有的話，我得繼續工作了。」

「去吧。」

我掛斷電話，又坐回椅子上，至少呆坐了二十分鐘以上。

然後我站起來，拿起梳妝檯上的酒瓶，走進浴室裡，扭開瓶蓋封籤，撕毀貨物稅封條；就在右手轉開瓶蓋的那一瞬間，左手順勢將酒瓶傾斜，把瓶內液體全部倒入臉盆中。波本酒味芳香四溢，即使酒汁已呈螺旋狀向下流進排水口的那一刻，氣味仍從陶瓷臉盆內一湧而上。我緊盯著瓶子，確定酒瓶內的液體完全倒完了；我抬頭看著鏡中的自己，不知道自己究竟看見什麼，或者期望會看見什麼。

我將酒瓶倒拿，直到瓶中每一滴酒都流盡，蓋上瓶蓋，丟進垃圾桶；接著又把兩個水龍頭都打開，讓水流沖刷臉盆整整有一分鐘之久。但是等我將水龍頭關上之後，仍然能聞到酒味，便又扭開水龍頭，沖洗臉盆側邊每個角落，直到自覺真的洗淨為止。排水口仍然有酒味，但我實在已經無能為力。

我又打了一通電話給吉姆，電話接通後我立刻說道：「我是馬修，我剛剛把一瓶『早年時光』倒進臉盆裡。」

他沉默了一會兒，然後才開口：「最近有個新牌子，最好讓你知道一下，叫做德藍諾。」

「好像聽說過。」

「因為這個牌子比較便宜，所以比較適合拿來用在洗手槽，而且如果你不小心真喝下肚，也比較不那麼糟糕。『早年時光』，那是什麼？波本嗎？」

「沒錯！」

「我自己比較偏好蘇格蘭威士忌。波本，喝起來像油漆。」

「蘇格蘭威士忌像吃藥。」

「噢，不過兩者都能發揮酒精的功能，不是嗎？」他停頓了一下，語氣突然變得嚴肅起來，「這真是一種有趣的消遣活動，把酒倒進水槽裡去。你以前也曾經做過一次。」

「好幾次。」

「我只記得一次，那時你大概已經戒了三個月，不，不對，還不到九十天的時候。你說還有其他幾次嗎？」

「去年聖誕節前後，我剛和珍分手，覺得很沮喪。」

「我想起來了，但那次你沒打電話給我。」

「有啊，只是沒提到倒酒的事。」

「我想你大概自己也忘了。」

我未發一言，他也一樣。這沉默持續了一會兒，窗外突然出現車子緊急煞車的巨大聲響，我等著聽轟然撞車的聲音，但駕駛顯然及時避開了這場車禍。

吉姆說：「你知道自己究竟在做什麼？」

「我不知道。」

「這算是對你自己的一種極限測試嗎？你想看看自己到底能把持多久？」

「也許吧。」

「即使你一切都按部就班、循規蹈矩，想要戒酒仍是困難的事：所以如果你這樣自暴自棄，那麼成功的機率將會愈來愈低。」

「我知道。」

「其實你有很多機會走正路，你那時大可不必走進酒鋪，大可不必買任何酒，更不必帶酒回家。我說的這些話，你自己心裡也都明白。」

「沒錯。」

「你現在覺得如何？」

「像個大傻瓜。」

「那麼你已經清醒了。除此之外，你還有什麼感覺？」

「好多了。」

「你不會再去喝酒了吧？」

「今天不會。」

「那很好。」

「一天一品脫酒就夠了。」

「嗯，以你年紀來說，確實是足夠了。今天晚上在聖保羅教堂的聚會，你會參加嗎？」

「我會到的。」

「很好，」他說，「我想那應該是個好主意。」

∞

已經是午後了，我穿上西裝外套，再從衣櫥中拿出大外套穿上，準備出門。還沒走到門口，便突然想到那個空酒瓶還在垃圾桶裡，我又把瓶子撿起來，放進原來的紙袋，再度放回外套口袋中。

我以為自己只是單純的不想在房內看到那個酒瓶，但或許也是不希望讓每週來打掃的服務生發現；對她而言，發現酒瓶並不具有任何意義，她在這間旅館工作的時間並不長，可能根本不知道我過去喝酒又戒酒的歷史。總之，潛意識裡的某種想法促使我將酒瓶放入口袋，帶到幾條街之外，然後偷偷摸摸的把瓶子丟到垃圾桶裡，就像扒手偷皮夾後掏空皮夾將之丟棄一般。

我四處閒晃，有時似乎若有所思，有時則腦中一片空白。

我告訴吉姆後，感覺已經好多了，但其實自己也不確定那是否為真，事實上我先前幾乎要放棄戒酒的決心，再度開始酗酒，而現在這種危險已經過去，只剩下一種奇妙的感覺，似乎是鬆了一口氣，但又夾雜了些沮喪。

當然，我的感覺並不只這些。

8

我坐在中央公園的長椅上，位於綿羊坪西側的小徑旁，我心裡想著湯姆．哈利哲所說的，到監理所去查那車牌的資料，但這方法可能沒用，就算憑這車牌號碼真能查出什麼結果，最後也可能發現是贓車；這樣並不能改變局勢，畢竟他也不可能因為偷車而判重刑。

正當我絞盡腦汁思考時，有個提著收音機的小夥子正向我走近。他的體型和那台收音機一樣，都屬於巨無霸尺寸；那機器外殼是發亮的金屬和塑膠，如果要帶上飛機，大概不能當做手提行李，得寄放到貨艙去呢。

除非站在籃球場，這小子在人群中，個頭稱得上相當高大，大約有六呎六吋高，體格勻稱，肩膀寬闊，緊裹在牛仔褲裡的大腿亦頗壯碩。黑棉牛仔褲的縫邊相當粗糙，腳上穿著高筒籃球鞋，灰色的外套隨意披在肩上。

柏油小徑對面，有個臃腫的中年婦人獨自坐在長椅上。她的腳踝腫脹，心情似乎不甚愉快，拿著一本精裝書正在閱讀，那是最近的暢銷書，內容是關於混跡於人類世界中的外星人故事。那小夥子提著正發出怒吼般聲量的收音機出現時，她不禁從書上抬頭盯著他。

收音機裡播放著重金屬搖滾樂，音量震耳欲聾；我覺得那實在不能稱得上是音樂，應該算是噪音，每個身為上一代的人總是這麼稱呼下一代的音樂，但是隨著時代的演進，這種批評似乎也愈來愈有道理。那聲量如此驚人，歌曲中的字句幾乎無法分辨，每一個音符卻好似傳達出憤怒的情緒。

他坐在長椅上。那中年女人看著他，渾圓的臉上帶著痛苦的表情，她開始移動身軀，轉而坐長椅的另一端。這小夥子彷彿根本沒有注意到她的存在，或者應該說，他心中根本就只有自己和他的音樂，對於世界上其他的人事物一概毫無知覺。震天價響的音樂，似乎在向坐在正對面的我耀武揚威。然而當這女人向旁邊移動座位時，他立刻將收音機放置在中年女人剛空出來的位置上。

那小子大剌剌伸直他那雙長腿占據著面前通道，將腳擱在另一腳的踝骨處交叉著雙腿，鞋帶未繫，我注意到那是一雙匡威球鞋。

我將眼光移至那女人身上，她看起來不太高興，看得出來，她內心正在考慮各種應對之策。好不容易，她終於轉身對那小子說了幾句話，但那小子就算聽到，也完全無動於衷。他所建構的噪音牆已經使他與外界隔離了。

這時，隨著他那怒吼的音樂，一股莫名的憤怒也在我心中逐漸升起。我明顯感覺到，這種情緒在自己的體內擴增，慢慢感到熱血沸騰。

我告訴自己趕快離開這裡，走路運動一下，或者另覓其他椅子休息。其實對於收音機的播放音量，法律上是有規定的，只不過並沒有人出面付錢請我來執行這項法規，而我又缺乏解救女人的騎士精神，如果她無法忍受這噪音的話，大可以選擇離開，我也是一樣。

心裡雖然這麼想，但我卻傾身向前，向那小子喊：「喂！」

他沒有反應，但我確定他應該已經聽到我的聲音，但只是不想理我。

我站起來向他走近，站在小徑的中間，大聲的喊：「喂！就是你！」

他慢慢抬起頭來，慢動作一般將眼光移至我身上。他的頭很大，方臉上有著薄唇、塌鼻和雙下巴，我看過不了幾年，他大概會胖到連下巴都不見了，此外，他還留著個小平頭，更襯托出那張方臉。實在猜不出來他年紀有多大，體重究竟有多重。

我指指收音機，「可以把聲音關小一點嗎？」

他盯著我看了好一會兒，然後臉上堆滿了笑容，對我說了些話。但我無法讀出他的唇語，吵雜的音樂中分辨不清他的說話內容。接著他以誇張的手勢去扭轉音量開關，但並非將音量調低，而是開得更大聲；本來我以為那收音機先前的噪音已經是極致了，沒想到他卻把音量弄得更大聲。

他咧嘴露出更誇張的微笑，用眼睛挑釁我，彷彿在說：「繼續呀，你能怎麼樣？」

我感到全身肌肉都緊繃著，內心傳來聲音告訴自己要冷靜下來，但我實在無法忍受下去。我站在那裡好一會兒，張眼怒視他，然後歎了一口氣、聳聳肩，轉身離開。雖然明知那是不可能的，他的笑聲不可能高過吵雜的收音機，但我還是感覺他在我身後大聲嘲笑我。

我繼續往前走到大約二十或三十碼外，轉身看他，他果然並沒有在看我。他像先前一樣坐在那裡，伸長了雙腿，手臂懸在椅背上，頭向後仰。

我心想：別理他！

但我怒火中燒，於是離開了小徑，繞到長椅的背後。草地上堆積了厚厚一層落葉，但我根本不必擔心踩在樹葉上的沙沙聲會驚動他，可怕的噪音籠罩著他，就算是消防車駛來，他也聽不到任何聲音。

我走到他正方後，近得足以聞到他身上的味道，然後大聲地喊：「喂！」在他還來不及回過神來之時，我伸手到他面前，勒住他往後拉，我的手肘卡住他的下巴，手臂緊緊勒住他的喉嚨，我將他往上拉同時向後退，自己頂在椅背上，施加更多力量，右手鉗子般緊繞著他頸子，將他從長椅右側拉起來。

他奮力掙扎，縮著下巴試圖掙脫我的雙臂。我把他拖到小徑上，他試圖哭喊，聲音似乎卡在喉嚨間，只能發出咯咯聲響；我並不是親耳聽到這些聲響，而是手臂感覺到他的聲帶正在振動。

他雙腿抽搐，兩腳拖在地上摩擦，未繫鞋帶的一隻球鞋順勢滑落。我更加用力的抓緊了他，使他痛苦不斷的抖動，然後我將他舉起，重重的摔落地上。接著又走向收音機，雙手高高舉起，再狠狠丟在柏油路上。機器零件散落一地，但這笨東西竟依舊播放著音樂；我把機器撿起來，滿懷殺氣的轉身將之摔在水泥長椅上。整個音箱摔成碎片，音樂猛然終止，只剩下一片寂靜。

那小夥子仍趴在地上，無力動彈。他試圖坐起身來，一隻手支撐住身體，另一隻手則撫摸著疼痛的喉嚨。由於我先前勒得很緊，他張嘴想說話卻吐不出半個字。

那小子滿臉困惑，呆坐在突來的寧靜之中，不明白我為何會對他做出這種舉動。這時，我又衝上去踢他一頓，每一腳都踢在他的肋骨下方的身側，直到他癱在地上才停止；等他用手撐起身來之後，我又朝他肩膀狠狠踢出一腳，這次他跌倒之後就完全無法動彈了。

我很想殺他，想要抓著他的頭去撞擊地面，打扁他的鼻子，打掉他的牙齒，我全身上下都充滿了這種原始的衝動。我直挺挺站在他身邊，看他還敢不敢移動，他試著稍微調整姿勢，轉過臉來，我看著他的臉，然後我抬起腳準備往他的臉狠狠踢下去。

然後終於克制住自己。

我不知道從哪裡來的一股力量，一隻手抓住他的皮帶，另一隻手抓住他的衣領，將他身子舉起來，「你現在給我滾出這裡！」我說：「否則我會殺了你，我發誓，你他媽的我一定會殺了你。」

我將他推了出去，他搖晃著身子差點跌倒，但還是勉強保持平衡，跌跌撞撞朝著我所指的方向離去，並不時轉頭看我。他並沒有跑步離開，但卻巴不得早點逃離現場。

我看著他消失在小徑的盡頭，然後轉身回到原地，他那龐大的收音機已經變成碎片，散落在中央公園草地走道裡。早先我還拿著咖啡紙杯走了好幾條街尋找垃圾桶，避免製造污染，但現在我卻弄了滿地垃圾。

那女人仍坐在椅子上，我們四目交會，她驚慌的張大了雙眼，好像覺得與剛才被我趕走的小子相比，我是更危險的傢伙。我向前一步朝她走去，她立刻闔上書，擋在身前，彷彿把書當成十字架來抵擋我這個吸血鬼。書皮上三角頭的外星人用那雙杏仁眼直盯著我瞧。

我對她露出猙獰的笑容，說：「沒什麼好怕的！我們火星都是這樣處理問題的。」

18

天啊，我感覺棒極了！不僅血脈賁張、腎上腺素分泌，亢奮的心情伴隨著我一路走到哥倫布圓環。但這感覺漸漸褪去後，我開始覺得自己像個大傻瓜。

而且是個幸運的傻瓜。多虧幸運之神待我不薄，將一個徹頭徹尾的壞胚子送到我面前，儘管他比我高大、年輕；但當我面對這個蠻橫不講理的強勁對手時，我心中充滿了高昂的正義感，激發了潛在的騎士精神，命運甚至還安插了一段英雄救美的情節，助我一股作氣的完成這個使命。

事實上，這實在太可怕了！我差點殺了那小子。我狠狠將他扁了一頓，在法庭上可能會認定那是毫無理由的惡意攻擊。我很可能將他打成重傷，可能扭斷他的氣管、踢裂他的內臟，甚至可能真的殺了他。如果當時警察看見我的所做所為，那麼現在我大概已經被押送中城分局，最後落得坐進監牢，而那也是我應得的教訓。

然而我仍然無法同情那留平頭的小子。無論就何種立場來說，他絕對是個超級大混蛋。如果他真的傷了喉嚨或其他嚴重內傷，其實都還算是便宜了他。但是我又有什麼資格去當這復仇天使？他的行為根本不關我的事，當然也輪不到我去處罰他。

那位腳踝腫大的女人，其實根本不需要我發揮中世紀騎士精神去保護她。如果她真的厭惡重金屬搖滾樂，她大可以選擇離開，我自己也一樣。

老實說吧，其實我只是因為對摩利無計可施，所以才將怒氣都發洩在那小子身上：我無法忍受摩利的挑釁，便轉將那小子的收音機摔壞；在亞特尼街面對面當時，我無法反抗摩利，所以只能踢打那小子來扯平。我對於真正重要的現狀無力改變，所以只能在這種無關緊要的事情上，藉著暴力示威，假裝一切都在我的掌握之中。

更糟糕的是，其實我自己對於這一切心結都非常明白。那股高昂的憤怒並無法壓制住我的理智，理智的聲音一再警告我別做這些暴力且不成熟的行為，理智在我去買酒時也曾勸阻過我。有些人從來聽不到自己內心理智的聲音，也許這些人一輩子都是在一時衝動、情不自禁的狀況下做事。然而，這一次我雖然清清楚楚聽到理智的勸阻，但我卻故意充耳不聞。

幸好我及時克制自己，並未喝酒，或猛踢那小子的腦袋。但如果這就算是戰勝情緒衝動的勝利果實，我卻無法從中獲得成就感。

我絲毫不以自己為榮。

∞

我從旅館打電話給伊蓮，沒有什麼話可聊，所以沒多久便掛斷電話。我走進浴室刮鬍子，臉上的傷口差不多都復原了，應該可以捨棄電動刮鬍刀改用拋棄型刀片。我小心翼翼刮完，沒有傷到自己。

刮鬍過程中，我一直聞到水窪傳來一陣陣酒味。這味道事實上不可能殘留如此之久，雖然自己也明白應該是憑空想像出來的，卻彷彿隨時都能聞到。

當我正將臉擦乾時，電話鈴聲響起，是丹尼男孩打來的。

「有個人你應該和他談一談，」他說，「十二點或一點，你能否抽個身過來？」

「沒問題。」

「那麼到鵝媽媽之家去，你知道地方嗎，馬修？」

「你以前好像說過在阿姆斯特丹街吧。」

「阿姆斯特丹街和八十一街路口，轉角數過來第三家，在街的東邊，那裡的輕音樂不錯，你可以好好的享受。」

「他們沒有重金屬搖滾樂吧？」

「這什麼怪問題。我們說定十二點半，找服務生帶你到我的桌位來。」

「沒問題。」

「還有馬修，你最好帶點錢來。」

我在房間裡看了一會兒電視新聞，然後外出吃晚餐。我突然很想吃些熱食，這是自從在亞特尼街遭到伏擊以來，第一次感到有食慾，所以決定要好好大吃一頓。原先我打算去泰國餐廳，走到半途又改變主意，轉往阿姆斯壯餐廳。我點了一大盤墨西哥黑辣豆，除了本來盤上所附的辣醬之外，又再添加許多搗碎的紅辣椒；如此過癮的調味，感覺不輸在公園砸碎收音機，不同的是，這次比較不會感到後悔。

我去了洗手間，尿中仍有血絲，但沒那麼嚴重了，最近腎臟也較少感到不適。我回到餐桌，又喝了些咖啡，一邊閱讀出門時順手帶的馬可．奧勒利烏斯那本《沉思錄》，進展不多，但其中有段文字寫著：

> 沒有任何事能勝過你原初的直覺。也許直覺告訴你有人正在說你的壞話，但直覺的內容僅止於此，卻並未進一步指出，你將因此而受到傷害。也許我看到孩子生病，但眼睛看到的是這樣，卻並不表示他已有生命危險。相信你原初的直覺，不可擅加引申，如此才能確保平安；或者了解世上所有事物的本質，便可事事順利。倘若真要引申直覺，則至多便是，去體認那主導萬事運作的偉大世界秩序。

對於偵探而言，這些話似乎也是有效的忠告，但我尚不確定是否同意其中意旨。馬可．奧勒利烏斯的意思，是否要人們隨時耳聰目明，保持高度警覺，別針對所看到或聽到的事妄下斷言。我反覆思索著這些話，然後決定放棄，好好的享受咖啡和音樂，不曉得那是什麼音樂，反正某個交響樂團演奏的古典音樂，非常悅耳，聽了之後令人不會想去砸毀那架音響。

我比聚會預定開始的時間早了幾分鐘到場，吉姆也已經到了。我們站在咖啡壺邊閒聊，彼此皆未提及下午電話中的內容，後來我又和其他人聊天，之後我們便紛紛入座開會。演講者是個愛爾蘭人，住在布朗克斯區，屬於佛漢街的分會。他的氣色很好，經歷和大多數酗酒人的故事也不太相同：他是附近市場的屠夫，長久以來做著相同的工作，老婆還是同一人，也未曾搬過家。喝酒並未在他的生活中造成任何不幸，直到三年前，他因為神經和肝臟出問題而不得不住進戒酒中心。

「這輩子我一直是個虔誠的天主教徒，」他說，「但戒酒之前我其實從未真誠的禱告過。現在我一天禱告兩次，早晨心存敬畏的祈求，夜晚則誠懇的感謝這一天，而且再也不喝睡前酒了。」

在討論中，有位從盤古開天以來就戒酒到現在的法蘭克老先生，說他多年來一直覺得有段禱告詞非常好用，「我總是禱告：『上帝，感謝您對每一件事所做的安排，讓萬事如此發展。』」他說：「我不知道上帝聽了覺得如何，但我覺得這麼禱告對我自己相當有用。」

我舉手發表意見，坦承那天下午差點又要開始喝酒，自從戒酒以來，信心從來未曾如此動搖過。我避開細節的描述，承認下午除了沒喝酒之外簡直錯事做盡。有人也回應，不再酗酒確實是我們這群人絕對應該要做到的正確選擇。

聚會最後宣布東妮的告別式彌撒將於星期六下午三點，在羅斯福醫院的會議室舉行。一些人開始討論東妮的事情，猜測她自殺的原因，並拿她的狀況與自己的生活相比較。

一直到聚會結束大家都不停討論東妮的事，甚至在會後我們到火焰餐廳小聚時，這個話題仍舊持續成為主題。這使我感到很不舒服，我知道一些他們所不曉得的真相，但卻不想讓他們知道；而且任憑人們誤以為東妮是自殺而死，似乎對不起她。可是我實在不知道如何去澄清真相而又不至引起不必要的騷動，或是不使我自己成為話題焦點。大家一直圍繞著這個主題令我很想離開，幸而終於有人轉移話題，頓時我感到輕鬆不少。

聚會十點結束。我留在火焰餐廳又喝了一個小時的咖啡，然後繞道回旅館，詢問櫃檯有沒有我的電話留雷，我並沒上樓回房，又再走回馬路上。

與丹尼男孩約見的時間還有很久，我慢慢往住宅區方向逛去，悠哉踱步，偶爾停下來看看商店櫥窗，或在沒有車輛往來的路上癡癡等待交通號誌燈指示通行。儘管如此消磨時間，抵達八十一街和阿姆斯特丹街路口時，還是比預定時間早。我走過店門口，又再沿街走到下一個路口，我過街到鵝媽媽之家對面房子的屋簷下，站在那裡看著進進出出的人，同時也觀察街上其他人的活動。有三個人聚集在西南邊路口，絕對是海洛因吸食者在等待毒販，我想他們應該與鵝媽媽之家無關，當然和我自己更無關聯。

十二點二十八分，我穿過街走進這家俱樂部，長窄的室內左側牆邊是吧台，大門右側有個衣帽間。我將外套交給一個亞非混血的女服務生，取了她交給我的號碼牌，沿吧台走到底。吧台盡頭的室內寬敞多了，磚牆上裝飾微弱的燭光，地板是紅黑兩色的西洋棋盤方格交錯，小舞台上有三個黑人正分別彈奏著鋼琴、貝斯和鼓，三人皆蓄短髮，鬍鬚修剪整齊，穿深色西裝、白襯衫以及條紋領帶，彷彿是當年的「現代爵士四重奏」，只差到街角去買牛奶而缺席的米爾．傑克森。

我站在吧台盡頭幾呎處，審視著這個地方，領班便來到我面前，他的裝扮和台上三人一樣。我眼睛還無法適應此處的燈光，找不到丹尼男孩，請領班帶我到丹尼男孩的桌位去。這些桌子的排列相當擁擠，穿越其間的通道因此狹窄而曲折。

丹尼男孩的桌子位於舞台邊緣，桌上有個木製冰桶，裝著一瓶俄羅斯伏特加。他穿了一件誇張的黃黑條紋背心，若不是這件背心，他的裝扮幾乎和樂隊以及領班完全搭配。他面前放了一杯伏特加，右手邊坐個金髮女孩，女孩一頭極端龐克的髮型，一側留著長髮，另一側則短得快成光頭，黑色洋裝上露出許多鏤空部位。她的臉像隻貪婪的野狐狸，像是在永遠停放著三四輛報廢汽車的草坪上長大的。

我看著她，然後轉向丹尼男孩。他搖搖頭，看看錶之後示意我坐下。於是我坐下，我明白他的意思，這女孩並不是我要見面的對象，主角晚一點才會出現。

演奏持續了將近二十分鐘，在座三人皆未發言，連周圍桌子也未傳來任何交談聲。據我觀察，這裡的客人大約黑人和白人各占一半。我看見一位從前認識的人，他原本是個皮條客，自從步入所謂中年危機之後，便改行當上非洲藝術品和古董藝品的掮客，在麥迪遜大道上開了一間店，聽說混得不錯，這點我倒相信，畢竟這工作與拉皮條的性質差不多，應該是得心應手。

三重奏下台休息後，女侍替丹尼男孩的女伴端來一杯飲料，高腳酒杯裡裝飾著水果和紙傘。我點了一杯咖啡，「只有即溶的。」女侍不好意思的說。我答沒關係，她便離開去端咖啡。

丹尼男孩開口說道：「馬修，這是克莉絲。克莉絲，跟馬修打聲招呼。」

我們互相問候之後，克莉絲一臉很高興見到我的樣子。丹尼男孩問我這個樂團怎麼樣，我說還不錯。

「那個彈鋼琴的很特別，」他說，「彈起琴來有點藍迪．威司敦的味道，又帶點西達．華頓的手法。尤其是另外兩名樂手停下來讓他獨奏時，特別感覺得出來。前幾天全部由他獨奏，非常特別，非常優雅。」

我等他繼續說。

「我們的朋友大概再過五分鐘後就會到，」他說，「我想你大概會想早一點過來，享受一下這裡的氣氛。真是個好地方，你覺得呢？」

「的確。」

「他們的服務相當周到。馬修，你也知道我是個標準的習慣性動物，如果讓我喜歡上一個地方，就會一直待在那裡，現在我幾乎每天晚上都來呢！」

服務生將咖啡送來放桌上後，便急急忙忙趕去遞送其他客人點的飲料。音樂演奏中他們並不提供服務，所以每次中場休息就必須忙碌的招呼所有客人；因此有些人一次點兩三杯飲料，另有些人像丹尼男孩，則點了整瓶酒。從前這麼做是違法的，現在可能仍不允許，但區區小罪還不至於遭到嚴重處罰。

我攪動著咖啡，丹尼男孩在杯中添了些伏特加。我問他對於我們所等的對象認識多少。

「先見見他，」他說，「聽他所說的話，再看看可信度如何。」

一點鐘左右，領班朝我們桌子走來，身後引領了一個客人。我一看就知道那正是我們等待的主角，因為他看起來不同於俱樂部裡其他的人；他是個高瘦的白人，身穿運動夾克和藍色燈芯絨襯衫；而這個俱樂部裡有許多黑人，個個穿著有如銀行副總裁般，這個男人的裝扮卻完全不搭調。他顯然也感覺到自己與眾人格格不入，渾身不自在的模樣，單手扶著椅背呆立在原地不動；直到丹尼男孩第二次招呼他坐下，他這才拉開椅子坐下。

他一坐下，克莉絲便站起身來，顯然事先已經知道此時應該離開，她面帶微笑，從曲折排列的桌間走道繞出去。女侍此時立刻出現在桌旁，我向她再要了些咖啡，這位新到的客人點了啤酒。酒店中共有六種不同品牌的啤酒，他看起來相當困惑，不知道該選哪個牌子，便開口問道：「紅紋？那是什麼？」女侍告訴他那是一種牙買加啤酒，他回答：「好吧，就給我來一瓶！」

丹尼男孩為我們介紹，但只報了彼此的名字，沒介紹姓氏，對方名叫布萊恩。他將前臂置於桌上，然後低頭盯著手看，彷彿在確定指甲是否乾淨。他大約三十二歲，坑坑巴巴的圓臉上似乎寫著歷盡滄桑的過去，深棕色頭髮已有禿頭的傾向。

看得出他曾經在牢裡待過一段時間；我不見得每次都能判斷正確，但有些人就是在臉上清清楚楚寫著這個訊息。

服務生送上他的啤酒和我點的咖啡。布萊恩拿起那個高瓶頸酒瓶仔細的研究其成分，同時蹙起眉頭。儘管女侍已端來一個杯子給他，他仍仰頭直接就著瓶口將酒倒入嘴中，然後用手背抹乾嘴角。

他開口說：「牙買加的。」丹尼男孩問他味道如何。「還不錯，」他說，「所有的啤酒味道都差不多！」他放下酒瓶，看著我問道：「你在找摩利。」

「你知道他在哪裡？」

他點頭，「我曾看過他。」

「你在哪兒認識他的？」

「還會在哪裡？當然是在牢裡。那時我們都住在第五區，他大概關了三十天禁閉，然後就轉到別處去了。」

「他為什麼單獨關禁閉？」

「因為有人被殺了。」

丹尼男孩說：「那就算是對謀殺罪的處罰嗎？關三十天禁閉?!」

「因為他們沒有證據，沒有目擊證人，但每個人都很清楚是誰幹的。」他的眼光與我交會，然後又移開，「我知道你是誰，他以前和我提起過你。」

「希望他說的是好話。」

「他說要殺了你。」

「你什麼時候出獄的，布萊恩？」

「兩年前，兩年又一個月了。」
「出獄以後你都做什麼？」
「呃，這個那個的，你知道。」
「當然。」
「我必須做點事，出來以後又開始嗑藥；不過我現在已經加入戒毒計畫，在就業中心找到一份工作，否則一毛錢都沒有。」
「我懂。你什麼時候見到摩利的？」
「大約一個月前，也許更久些。」
「你和他談話嗎？」
「幹嘛和他說話？不是的，我只是在街上看見他，他正好從一間房子走出來，然後過了幾天，又看見他走進那房子，同一棟房子。」
「這是一個月前的事？」
「差不多。」
「之後你就沒再看過他了？」
「當然有，好幾次都在附近街上看見他。然後我聽說有人在找這傢伙，所以我還特別在附近逛逛，在路口觀察，這樣才能監視那間房子，或是在那房子隔壁的店裡喝咖啡，方便觀察進出的人，他一直住在那裡。」他露出靦腆的笑容，「我甚至還到處去打聽呢。他和一個妓女住在一起，那公寓就是她的，你不知道，我還打聽出來是哪一間公寓。」

「地址在哪裡？」

他看了丹尼男孩一眼，後者點點頭。他便拿起啤酒瓶又喝一口，「最好別讓他知道是誰告密的。」

我沒說話。

「好吧，」他說，「東二十五街二百八十八號，差不多靠近第二街的路口，街角有間咖啡店，那裡的食物還不錯，波蘭菜。」

「哪個房間？」

「四樓最後一間。門鈴上寫的名字是黎可，不曉得是不是那妓女的名字。」

我把這些資料全部記下來，闔上筆記本，然後向布萊恩保證不會讓摩利知道這段談話。

他答：「你可別搞砸，老兄！自從他轉出第五區後，我就沒和他講過話，現在更不想。」

「你到現在都沒有和他說過話嗎？」

「何必？我一眼就立刻認出他來，他那頭型實在很可笑，臉那麼長，任何人只要見過他一次，一輩子都不可能忘記的。不像我這種臉，看過之後就沒印象了。前幾天他在街上看到我，摩利啊，在街上看到我，他根本沒注意到，認不出我來。」他再度露出靦腆的笑容，「過了今晚，一個禮拜後你也不會認出我。」

他似乎以此為傲。我看到丹尼男孩對我比著兩根指頭，便拿出皮夾掏出四張五十元紙鈔，折疊

後壓在掌心，推到布萊恩手中。他拿了錢，放到桌下在腿上數著鈔票，數完抬頭再度露出笑容，

「慷慨，真的很慷慨。」

「還有一個問題。」我說。

「說吧。」

「你為什麼要出賣他？」

他看著我，「為什麼不？我們從來就不是朋友，有錢為什麼不賺？你懂吧？」

「當然。」

「而且，」他說，「他真的是個壞胚子，你知道的，不是嗎？你也知道的。」

「我知道。」

「和他在一起那個妓女啊，我打賭他一定會殺了她。老兄，說不定他早就已經下手了。」

「為什麼？」

「我覺得他好像有這種癖好。我記得有一次聽他說，女人都不能持久，一下子就沒得好用了，過不了多久，就得把她幹掉再換個新的。我永遠都不會忘記，不只因為他那時所說的話，還有他說話的那種樣子。我什麼鬼話沒聽過，但就是沒見過他這種傢伙。」他拿起酒瓶又喝了一口，放下瓶子說：「我得走了，這瓶啤酒是我出，還是你付？」

「已經付過了。」丹尼男孩答。

「我只喝了半瓶，可是沒關係，如果有人想要剩下那半瓶，儘管拿去吧。」他站起身來說：「我

希望你能抓到他，那種傢伙不適合在街上混。」

「沒錯。」

「問題是，」他說，「他也不適合待在監獄裡。」

∞

我說：「你覺得怎麼樣？」

「我覺得？馬修嗎？我覺得他是個天生的貴族，大方得很。你不會想喝他的啤酒吧？」

「現在不想。」

「我嘛，還是喝我的伏特加。我以為，他應該沒有說謊，你那位朋友雖然有可能現在已經不住在二十五街了，但絕不會是布萊恩去通報的。」

「我覺得他很怕摩利。」

「我想也是。」

「但是前幾天，另外那個女人也表現出非常怕他的模樣，結果竟然設陷阱讓我掉進去。」我便把發生在亞特尼街的事情告訴他，他思考這種可能性，同時把酒添滿。

「是你自願掉進陷阱的。」他說。

「我知道。」

「我對這次這個線索沒有不祥預感。但是話說回來，這個布萊恩並未表現出真正值得信賴的行為，所以你最好還是謹慎行事。」

「扳回頹勢。」

「沒錯，就算這不是預謀，我想他也不會跑去出賣你，我覺得他也不想和摩利走得太近。」他喝了一口酒，「更何況你付給他的價格很好。」

「比他期望的還多。」

「我知道。我發現如果給別人多於他所期望的，一定會有好處的。」

雖然他並非對我暗示，但倒是提醒了我。於是我打開皮夾，拿出兩百元，遞給他，他只是微笑著。

「正如布萊恩所說，很慷慨。但你不必現在就付錢給我，何不等到證明這消息是正確的時候再說？因為如果這線索是假的，那你就不欠我了。」

「你拿去吧，」我提議，「反正如果這條線索太舊，我大可隨時向你討回這筆錢。」

「沒錯，但……」

「如果這線索是真的，」我說，「很可能以後就沒機會拿錢給你了，所以你最好現在就收下吧。」

「這是什麼話。」他說。

「你還是把錢留著吧。」

「我不敢保證這錢能留多久，克莉絲很會花錢。你要不要聽下一場演奏，馬修？不聽的話，可否順道經過吧台和我那個小姑娘說一聲，現在已經安全，可以回來了。還有，把你這錢收回去，咖啡錢我來付。天啊，你和那布萊恩怎麼一個德性。」

「這杯咖啡我只喝了一半，」我告訴他，「就即溶咖啡來說，味道還算不錯，歡迎你把剩下的一半喝完。」

「您可真慷慨，」他說，「真的很慷慨！」

19

我搭乘的那輛計程車司機有一整套完整的理論：解決毒品的唯一方法就是斷絕貨源。由於所有試過這玩意的人，沒有一個不上癮，所以想要降低需求量是不可能的。不然，不可能完全封鎖邊境，更不可能禁止拉丁美洲種植生產，畢竟商人無國界，比政府還要有力。

「所以，我們必須親自出馬，當他們的政府，」他說，「做法很簡單，首先攻占這些王八羔子的土地，將他們的土地占為己有，好好建設發展，成為我們的一州。這樣便可立刻斷絕毒品來源，而且既然已是美國的一州，身為美國公民，那些墨西哥人便不用偷偷摸摸的非法闖入。任何地方只要出現叛亂，即使是在深山裡出沒的游擊隊叛軍也一樣，一旦成為本國公民，我們就可以把他們丟進軍隊，好好磨練一番，他們也只能乖乖的端著臉盆、睡行軍床，個個一身乾淨筆挺的制服、理著大平頭在軍中福利社裡瞎拚了。只要照這個方法去做，所有的問題都可以解決了。」

接著他載我到可以解決我所有問題的理想地方，第十大道和五十街口，米基·巴魯開的葛洛根開放屋。

一走進去，陣陣酒香撲鼻而來，酒客不多，室內一片沉寂，點唱機沒有樂聲傳出，酒吧內間也沒人在射飛鏢。柏克站在吧台後面，嘴裡咬著菸，不停的用打火機試著點火，他對我微微點頭致意，然後放下打火機，改用火柴點菸。

雖然未見柏克開口，但他必定已經說了些什麼，米基接著便轉頭朝向我。米基身上穿著那件屠夫圍裙，與其說是圍裙，還不如說是外套，衣釦直扣到脖頸處，長度及膝，除了幾處紅褐色污漬外，整件衣服雪白發亮，而那些污漬有的已經隨歲月逐漸淡褪，有些則色澤猶新。

「史卡德老兄，想喝些什麼？」他問。

我點了可樂，柏克倒了一杯推送到我面前，我拿起杯子，米基向我敬酒，他喝的是十二年份的詹森牌愛爾蘭威士忌。多年以前，阿姆斯壯餐廳的酒保比利·奇根也都喝這種酒，我曾經試過幾次，如今似乎唇齒猶香。

「沒見過你這麼晚出現。」米基說。

「我還擔心你們打烊了。」

「這麼早打烊？現在還不到兩點，我們常常四點還開著呢。當初買下這家店，就是為了半夜有地方喝酒。有時候儘管是三更半夜，人還是會想找個地方喝杯酒。」他瞇起眼睛，「老兄，你沒事吧？」

「為什麼這麼問？」

「你看起來像剛幹完一場架。」

我苦笑，「是下午的事了，不過沒留下傷痕。不像前幾天那一場，可嚴重多了。」

「噢？」

「坐下再說。」

「也好。」他表示同意，一把抓起威士忌酒瓶，帶頭走向一張空桌，我拿可樂跟在他後面。兩人坐下後，有人用點唱機放了一首歌，連．克蘭西在歌詞中自稱天生是個適合四處流浪的旅者。樂聲很小，不會妨礙我們的思考，但我們在音樂播放時始終沒有說話。

然後我打破沉默，「我需要一把槍。」

「什麼樣的槍？」

「手槍、自動或左輪都可以，體積小、方便收藏帶著四處走，但火力要強。」

他杯內的酒還有三分之一，但他卻拔起酒瓶上的軟木塞子，在杯中注滿酒。然後拿起杯子仔細端詳，不知葫蘆裡賣什麼藥。

他喝了一口才放下杯子，「跟我來。」

他推開椅子站起來，我跟著他到屋後，飛鏢靶的左側有一扇門，上面標示著「非請勿入」，其實門上那把鎖就已經表示不是人人隨意可進出了。米基拿出鑰匙把門打開，帶我進去。

室內陳設令我大吃一驚。大型辦公桌上空無一物，一個與我身高相差不多的莫斯勒牌保險櫃，兩側各有一組綠色的金屬檔案櫃，銅製衣架上掛一件雨衣和幾件夾克。牆上懸掛兩幅手繪版畫，一幅描繪愛爾蘭風景，另一是法國景致；記得他曾說過，他母親來自愛爾蘭的斯利戈郡，父親一家原住馬賽附近的漁村。辦公桌後方有幅更大的風景畫，黑色的細框內是一棟白色農莊，籠罩在大樹的陰影下，遠方的山丘襯托在藍天白雲中。

「就是那農莊，你沒去過。」他說。

「對啊。」

「咱們找一天去，就在艾倫威爾附近。這時候應該下雪了，我最喜歡那裡下雪的季節了，小丘上現在應該都覆蓋了白雪。」

「一定很美。」

「一點也沒錯。」他走到保險櫃前，撥動數字轉盤，將鎖打開。我移身去研究其中一幅法國風景，畫中有幾艘帆船停泊在一個有規模的小港內，畫的標題則看不懂。

直到聽見保險櫃門關起來的聲音，這才停止持續盯著那幅畫，轉過身去，他一手拿著左輪手槍，另一手則握著六顆子彈。我走上前去，他便把手槍和子彈遞給我。

「這是史密斯左輪手槍，點三八口徑，這些是平頭子彈，火力不成問題。但我得另外說說準確度的問題。有人把這槍管切得只剩一吋，所以準星當然沒了，而且照門已經銼平。擊鎚也一樣，所以你不能直接扣扳機，必須做雙重動作才能發射。這尺寸剛好可以放在口袋裡，拿或放都不會鉤住衣服，不過恐怕不能拿這槍來贏得火雞射擊大賽，因為無法瞄得很準，只能大概對個方向。」

「沒關係。」

「真沒關係？」

「這樣就可以了。」我邊說邊在手中把玩這槍，試試它的感覺，聞聞槍機油的味道，並沒有火藥味，顯然前次射擊後已清理過。

「槍裡沒有子彈，我只剩六顆，不過我可以打電話多要一些給你。」他說。

我搖頭，「如果六發都還不能射中他，那我也甭玩了，他根本不可能給我任何機會重新裝子彈。」我甩開旋轉彈匣，將子彈一一裝入。如果只上五發子彈，就可避免隨時上膛的狀態，但隨即想，還是寧願多一枚子彈比較穩當；更何況，擊鎚既然已經銼平，意外走火的機率應該不大。

我問米基該付他多少錢。

他搖搖頭：「我不是軍火販子。」

「話不能這麼說。」

「我沒花錢買，當然也不能收你的錢。用完再拿來還我就行了；如果有困難，也不用還，就當沒這回事吧。」

「這槍沒有登記嗎？」

「就我所知應該沒有。這是人家偷來的，我也不知道原來的主人是誰，不過我想他應該沒有登記，槍枝號碼已經被磨掉了，一般來說，會拿槍去登記的人大都不會銼掉槍枝號碼，你確定要？」

「沒問題。」

我們走回酒吧大廳，米基隨手把辦公室的門鎖也給鎖上。回到座位時，點唱機仍播放著連·克蘭西的同一張唱片；酒吧後的電視正在放映西部片，音量非常低，大概只有那三個正在看電視的人才聽得到。我喝了幾口可樂，米基則喝他的愛爾蘭威士忌。

米基開口，「就如我剛才所說的，我現在已經收山，急流勇退，不做軍火生意了。你沒聽過三箱有關克拉西尼可夫的故事吧？」

「沒有。」

「這可是好幾年前的往事了，說不定可以放心大膽拿到法庭上說呢，規定是七年吧？法律規定的追訴年限？」

「大部分的重罪是這樣，但逃漏稅和謀殺就沒有追訴年限的限制了。」

「我怎麼會不曉得！」他拿起酒杯，仔細端詳，「故事是這樣的，那會兒，有三箱的克拉西尼可夫，你也知道，就是AK-47突擊步槍，就放在格蘭街旁馬帕斯的倉庫內，三個大木箱，每箱至少有三十支步槍，所以加起來大概約一百支槍在那兒。」

「誰的？」

「我們的，等我們把倉庫門鎖炸開後，就變成我們的了。而我們開的箱形車竟然塞不下那些大木箱，所以只好撬開木箱，把槍一支一支裝進車廂。其實我也不知道這些槍到底是誰的，反正一定是非法持有，所以絕對不敢吭聲或向警方報案失竊，不是嗎？」他喝了口酒，「那時已經有買主等著要這批貨，在沒找到買主前，我們才不敢輕舉妄動去偷那批槍。」

「買主是誰？」

「幾個看似希特勒親戚的小夥子。我見到的那三個打扮一模一樣，頭髮剃得沒剩幾撮，口袋繡有圖案的藍襯衫，配上卡其長褲，據他們說，太伯湖附近的亞迪隆地有一個訓練營，他們需要那批槍械。老實說，他們出的價錢遠遠超過那批貨的價值。」

「所以你們就賣給他們了。」

「沒錯。兩天之後，我到摩里西開的酒吧裡喝酒，那個提姆．佩特．摩里西本人跑來把我拉到旁邊，你還記得他吧？」

「當然。」

「他問我說：『我聽說你手邊有幾把不用的步槍。』我問他：『你從哪兒聽來的？』反正結果就是，他也想要那批貨，運給他北愛爾蘭的朋友，你也知道，他們那夥弟兄，全都熱中支持那件事情。」

「聽說過不少。」

「他要定了那批槍械，不管我怎麼解釋，費盡唇舌他也不相信已經賣掉了；他認為我不可能在這麼短的時間內處理掉那批貨。他還說：『這些槍還是不要留在國內比較妥當，想想看，那些傢伙拿了槍會幹些什麼好事？』我就說，大概是拿來當做玩具兵的武器吧，頂多就是射殺幾個黑人罷了。然後他又說：『天曉得，說不定他們會搞一場革命，轟掉州長官邸，或許會把槍送給黑鬼。你把槍賣給我，至少還可以知道這批槍的去處。』」

米基歎了口氣，「我們不得已，只好把槍偷回來，再轉賣給提姆．佩特，但他不像那些小納粹那麼乾脆，硬是討價還價半天，他甚至還說：『你這麼做是為了神聖的愛爾蘭。』然後拚命壓低價碼。但話又說回來，我也沒吃虧，同一批槍賣兩次，收兩筆錢，什麼價錢都划算！」

「原來的買主沒回來找你們算帳？」

「啊，這就要談到追訴年限無法涵蓋的話題了。這麼說吧，他們再也不能復仇就是了。」

「我懂了。」

「這批槍讓我賺進不少錢，」他說，「但是槍一出了國境，唉，好事就此結束了。沒槍就做不成買賣，只好退出軍火買賣這一行了。」

我到吧台又點了一杯可樂，請柏克放一片檸檬以降低甜度。回到座位，米基說：「我為什麼要告訴你這個故事？噢，軍火生意，我就是想到這個，不過為什麼要跟你說這件事呢？真奇怪。」

「我也不知道。」

「每次我們聚在一起，你和我兩個人，以前的故事總是一個個冒出來。」

我喝了一口可樂，檸檬的確有用，我說：「你還沒問我為什麼需要槍？」

「那不關我的事，不是嗎？」

「不一定。」

「你需要槍，而我正好有。我想你也不會拿來殺我，或是用來搶劫這個酒吧。」

「不會。」

「這就對了，你用不著向我解釋什麼。」

「話是沒錯，但我的故事也很有趣。」我說。

「噢，這樣就另當別論了。」他說。

∞

我坐在那兒，把整件事的來龍去脈告訴他；中途他舉起手在空中比劃了一下，柏克便開始催促剩下的客人離去，準備打烊，等他把椅子疊到桌上時，米基叫他放著，他會負責收拾，柏克便關掉吧台及天花板的燈，離去時順手拉上鐵門但並未鉤上掛鎖。米基走向門邊，把大門鎖上，然後打開另一瓶威士忌，我則繼續我的故事。

故事講完之後，他盯著摩利的畫像說：「他是個徹底的壞痞子，從眼神就看得出來。」

「畫這幅素描的人從沒見過他。」

「那無所謂，就算沒見過，畫家也已經把他那種眼神畫進去了。」他把畫捲起來還給我，「前幾天你帶來的女人。」

「伊蓮。」

「對，我想不起她的名字，但我知道一定還是同一個人。我挺喜歡她的。」

「她是個好女人。」

「你們很久以前就是好朋友。」

「好幾年了。」

他點頭，「打從事情開始，那傢伙說你栽贓陷害他，他現在還這麼說嗎？」

「對。」

「你有嗎?」

這個部分我先前沒說,但現在似乎沒有理由隱瞞,於是答道:「沒錯,我陷害他。我運氣好,一拳就把他打倒,他那下巴不堪一擊,和玻璃做的一樣,你記不記得有一個拳擊手叫做包伯·沙特費?」

「怎麼不記得?他的拳賽總是那樣,我是說他輸掉的那幾場。他總是領先很多,突然被一拳打中下巴,然後就像昏倒的公牛一樣倒在地上。拳賽當然不是這樣就能結束的,但一般人哪記得了那麼多。包伯·沙特費,這名字倒真的有好幾年沒再聽到。」

「總之,摩利的下巴和沙特費一樣。所以他昏倒時,我就把槍塞在他手裡,胡亂開了幾槍,也不是陷害,我只是把罪名說的嚴重一些,這樣他才能多坐幾年牢。」

「當時你相信那女人會支持你的證詞?」

「我覺得她會。」

「你這麼了解她。」

「現在還是。」

「如你所料,她後來確實出庭作證了?」

「像個勇敢的小兵。她以為那是他的槍。那是我隨身帶著用來預防萬一、未登記的小型自動手槍。後來搜身時,我把槍握在掌中,假裝是從他身上找到,所以她根本想都沒想,直覺認為那是他的槍。但是她倒親眼看到我抓著他的手,替他在牆上開了好幾個洞;可是她仍前往作證,指稱看到那傢伙開槍並試圖殺我。她不但供述時這麼說，等證詞打好拿給她時，她也簽了名，若真的必須上法庭，她更絕對會堅持同樣說法。」

「這種可以百分之百信賴的證人實在不多。」

「我知道。」

「結果計畫成功，他進了監獄。」

「他進了監獄沒錯，但我不確定計畫是否真算成功。」

「怎麼說？」

「據我所知，他出獄以來已經殺了八個人，三個在這裡，另五條人命在俄亥俄州。」

「過去這十二年來，如果他不是身陷囹圄，恐怕會殺得更多。」

「都有可能。但無論如何，我卻給了他理由，使他現在選擇某些特定人做為攻擊目標。我破壞了規則，朝逆風方向撒一泡尿，現在全都吹回自己身上來，我自食惡果。」

「不那麼做，你也沒別的辦法。」

「不曉得。事情發生當時，我並沒有花很多時間仔細思考，幾乎是直覺的冒出這主意。那時只覺得他應該待在牢裡，所以想盡全力把他送進去。但現在，我大概不會再這樣做了。」

「為什麼不？只因為你現在已經戒酒，並且找到上帝的引導嗎？」

我笑著說：「我自己還不曉得已經找到神了呢。」

「我還以為你們那聚會就是在研究這些，」他略顯不自在的拔起酒瓶木塞，在杯子斟滿了酒，

「我還以為你們都直稱神的名字呢！」

「我們只直稱彼此名字而已。大概有人自認已經找到上帝，並和神建立了某種聯繫。」

「但你沒有。」

我搖頭，「我不太認識上帝，甚至不太確定自己是否信仰神，這信念似乎天天在變。」

「哦。」

「但若要我現在假扮上帝，已經比不上從前俐落了。」

「有時候是情勢所迫。」

「或許吧，我也不知道。對於這種需求，現在似乎比從前少很多；無論上帝是否存在，我現在終於慢慢開始了解自己畢竟不是神。」

他邊啜飲杯中的威士忌邊思考這個問題。倘若這席話對他造成任何影響，我也完全看不出來；事實上，我自己也未受影響。那天下午發生在我旅館房間內的事件已經成為一個分水嶺，一旦那瓶波本酒倒進臉盆之後，那種想要重拾酒杯的威脅已經完全解除了。有時候待在酒館裡，在一堆威士忌酒杯環繞中喝可樂，曾經令我感到危機出現，但現在並非那種脆弱時刻。

他說：「所以你來這裡。在你需要槍的時候，來這裡找槍。」

「我猜你應該有。」

「你沒去找警察，去找你那些戒酒朋友，卻來找我。」

「沒有執法人員會為了我違反規定，尤其是現在這種時候；而戒酒無名會的朋友在這方面則幫不上忙。」

「馬修，你今天來不只是為了要槍。」

「沒錯，我想也是。」

「你想把故事傾吐出來。還有別人聽過這整個來龍去脈嗎？」

「沒有。」

「你是來說故事的。你想在這裡說這故事，想把這故事告訴我，為什麼？」

「我不曉得。」

「這和槍根本沒有關係，萬一我沒槍可以給你呢？」他那綠色的眼珠跟他的故鄉一般冰冷審視著我，「我們還是會坐在這兒，說同樣這些話。」

「為什麼你要把槍給我？」

「為何不？鎖在保險箱裡對我也沒好處；倘若我臨時想去殺人，也還有別的槍可用。所以把槍給你又何妨？」

「假如你剛好沒槍，你知道自己會怎麼做嗎？你會打電話，然後出去找來給我。」

「為什麼我會這麼做？」

「我也不知道。但你就是會這麼做，我也不曉得原因。」我說。

他坐在那兒思索著。我去上廁所，站在一個丟滿菸屁股的便盆前。這次尿液中帶有一些粉紅色，看起來已不如前幾天那麼令人觸目驚心；我的腎臟似乎逐漸康復了。

回座位前，我先走到吧台裡，自己倒了一杯蘇打水。等我回去之後，米基站起來說：「走，外套拿著，我們去呼吸一點新鮮空氣。」

∞

他把車子停在十一街一座全日無休的停車場。他開銀色凱迪拉克，車窗貼滿隔熱紙，管理員對米基．巴魯本人和他的車子，都充滿敬畏。

整個城市一片死寂，街道上空無一人。我們駛過大半個城，在第二街右轉，抵達三十四街時，他開口：「既然錢都付了，你也該去看看他住的地方，總得確定一下那兒是不是空戶。」

「好主意。上一次貿然跑去那鬼地方，下場相當淒慘。」

於是他將車子停在一處公車站牌下，我則查對筆記本上的記錄，然後兩人轉過街角，找到布萊恩給我的住址所在地。那是一棟六層樓出租公寓，一樓是西服店，掛著手寫的牌子「提供修改、服務快速」。我踏上大樓門廊，查看住戶的名字，每一層樓有四戶，住在4C房號的正是黎可。

我告訴米基：「門鈴上有那個名字，但這並不表示摩利就住在這裡，只能說賣我情報的傢伙即使是胡謅的，多少也摻了事實進去。」

「去按門鈴，看看他在不在家。」米基說。

「不，我不想這麼做。你去把風好嗎？我想四處瞧瞧。」

他站在面街的大門邊觀望，我趁機將信用卡插入門鎖縫間，將大門打開。進門之後，穿越狹窄的長廊，經過樓梯間，走到後側兩戶的門前，一樓C戶在我的右側。走廊盡頭是一扇通往後院的安全門。我推開安全門，找了支牙籤卡在門鎖上，免得把自己鎖在門外。

我在後院出現，竟將幾隻老鼠嚇得四處逃竄尋找掩蔽。我穿越諸多障礙，勉強擠到最後一小塊空地，站在那兒數樓層，試圖確定哪幾扇窗戶是屬於4C房間。可惜防火梯橫亙在前，阻擋了我的視線，所以無法看得很清楚。若是黎可房內有燈光，我應當能夠分辨得出來；可是那裡卻是一片漆黑，至少朝向後院的房間窗戶沒有光線透出。

如果搬個垃圾桶過來站在上頭，就可以把防火梯拉下來、或乾脆跳上去，我對這個主意深感躍躍欲試，但仔細考慮之後，認為這不但危險，而且也不值得。於是我回到大樓內，但把牙籤留在門鎖上，或許日後必須再度從後院進入室內，便能派上用場。我沿著樓梯上四樓，從鑰匙孔及門下窺視屋內動靜，但仍未見一絲燈光；接著又把耳朵貼在門上，也是未聞一點聲息。

我摸摸口袋裡的那支史密斯左輪，用手指撥弄著邊思考下一步該如何進行。他有可能正在房內，也可能外出。倘若我能確定他在房內，便可大膽破門而入，給他來個措手不及；如果他不在室內，我則不妨神不知鬼不覺的潛入。總之除非我能確知他在不在家，否則很難採取任何行動；但實際上又不太可能在不驚動他的狀況下，獲得確定的答案，這個風險實在太大。目前我唯一的優勢就是他還不知我已取得他的住址；這其實也算不上什麼優勢，但棄之可惜。

8

下樓時，門廊空無一人，巴魯站在大樓外斜倚著路燈，那身屠宰師傅的白圍裙在路燈照射下更顯得雪亮。我們走回停車處，他說肚子餓，提議一家保證我絕對會喜歡的餐廳，「而且他們不會先去看時間，再決定是否要斟酒給你。」他說：「這也是老顧客才能享受的待遇。」

「我該回去睡覺了。」我說。

「但你根本不累呀。」

他說的沒錯，我確實不累。我的外貌看起來應當相當疲倦，不知他是怎麼看出來，今晚的一切竟令我精神振奮。他駕車駛進城中西區，抵達河對岸一家老式餐館，距離荷蘭隧道入口南側僅幾條街遠，然後他將車子停在餐館門前的消防栓旁。滿頭白髮的女侍將菜單送來，巴魯點了半生的牛排及蛋，我點了費城油炸餅、炒蛋和咖啡。

「您指的是特別咖啡嗎？」

我問她什麼是特別咖啡，她略顯不安，巴魯便告訴她說我要純的黑咖啡，他自己則要那種特別咖啡。此時我才恍然大悟，不出所料，所謂特別咖啡即是盛在咖啡馬克杯裡的純威士忌。

他開口說道：「你可以把他的住址交給那個警察。」

「話沒錯，但實在無法想像他們會怎麼處理。上次我想控告他，結果德肯根本不理我。」

「還有一點很重要，這件事你得自己獨力去解決。」

「是嗎？」

「我是這麼認為。這是你們兩人之間的事，解鈴仍需繫鈴人。」

「我也有這種感覺。」我承認，「但這實在沒道理，他又不是什麼值得尊敬的對手，能讓我心甘情願的與他平等對抗；他只是個喪心病狂的王八羔子。他若在過街時給公車撞上，我一定高興透頂。」

「我會請那公車司機喝一杯。」

「我還買一輛公車送他。不過，要等他被公車撞上的機會就和等警方逮他一樣渺茫。我今天接到俄亥俄州那個警官的電話，他私下進行調查，找到一個認出摩利的旅社職員，但這又能改變什麼？我必須親自面對他，真搞不懂是為了什麼。」

「你們這是私事。」

「是嗎？我現在已經不氣了。沒錯，我曾經滿懷怨氣，但已幾乎全發洩在公園那個笨小孩身上。米基，憤怒的感覺現在已經消退了。當時我確實差點殺了他。」

「這倒沒什麼損失。」

「若任憑事情如此發展，對我才是真正的重大損失。總而言之，後來那些憤慨也不知哪時就失去蹤影，我本來應該是滿心激憤的，但我可對天發誓，現在真的毫無感覺；我本來應該非常怨恨那混蛋，但如今竟渾然不覺。我只感覺到……」

「什麼？」

「不得已。」

「哦？」

「他是我的問題，所以我必須去解決。大概是因為十二年前陷害他，由於我沒有按照遊戲規則，所以那之後發生的所有事情，都是我造成的。也或許事情沒這麼複雜，對他而言這是私事，他絕對是這麼想。不管究竟是哪一種情況，我都得對他採取行動。他就好比一塊擋在我們面前的石頭，如果不先推開，那永遠也別想出門。」我把剩下的咖啡喝完，喝到杯底沉澱的咖啡渣，接著我又說：「不同之處在於他這個障礙物是無形的。我手上那幅素描，是根據兩個十二年之久的塵封記憶所繪，我多久沒看過他了；現在常常回過頭去看，但他並不在四周。」

「前幾天晚上，他曾經出現在那個空房裡。」

「是嗎？現在回想起來好似做夢一般，當時我根本沒機會看到他，他幾乎一直躲在我身後。一度我終於瞄到他，但那時我連自己都看不清楚，那個地方黑得像煤礦坑，只能勉強看到形狀而已。然後我就面朝下摔得狗吃屎，接著便陷入昏迷，神智清醒後就只剩我一人。我還應該感謝那些疼痛及瘀青，這樣才能證明這件事確曾發生過；每次看到尿中帶血，就能確定這一切絕不是我自己想像出來的。」

他點頭同意，以右手食指劃過左手背一道疤痕，說：「有時痛苦是最大的安慰。」

「那時我一心想逮他歸案，」我說，「說來實在諷刺，我得手的機率可能遠大於警方，因為我只是平凡老百姓，高等法院那些規章完全管不到我，我不需要什麼可疑證據就能搜查他的窩；就算抱持錯誤的前提，也不損我所提出的證據；我更不必朗誦那些權利給他聽。如果我拿到他的懺悔自白，不必因為沒有律師在場而遭駁斥；我也不必先拿到法院准許令，就可隨時將他說的話錄下來，而且甚至還不必事先告訴他。」

女侍替我的咖啡續杯，我繼續說：「米基，我希望看到他戴上手銬腳鐐，最好被送到天涯海角，再也不要出現。你說的對，我得靠自己去逮他歸案才行。」

「可能沒那麼容易，大概得用到槍。」

「必要時我會。」

「我是只要一逮到機會就會用，包括朝他背後開槍。」

或許我也會這麼做吧。我並無法確定自己將會如何進行或何時進行，想追查他的行蹤就像要在太陽升起後追尋迷濛霧靄一樣困難。目前我唯一的線索就只有一個住址和房間號碼，我無法確定他是否真的住在那裡。

∞

從前我還在警界任職時，有一些餐廳從不給我帳單，那些老闆喜歡我們在他們店裡出現，可能認為偶爾請客頗有其價值。很顯然，有些店對於職業罪犯也持相同的看法，因為這家餐廳也沒把帳單給我們。我們各留了五元小費給那女侍，米基還向櫃檯要了幾杯咖啡用紙杯帶走。

他的凱迪拉克被開了一張罰單夾在擋風玻璃上，他把單子折起來放到口袋裡，未發一語。此時天色已逐漸轉亮，早晨的空氣依然清新怡人。他駕車沿著河岸，駛過華盛頓橋到達澤西城，然後上帕勒沙林蔭大道，最後抵達一個可以俯瞰哈德遜河的高地。他把車頭緊貼護欄停住，我們便坐在車裡欣賞城市的黎明。自從離開餐館之後，我們都沒開口說過幾個字，此時亦未交談。

不久，他從紙袋中取出咖啡遞了一杯給我，然後越過我身前打開前座置物箱，拿出一個半品脫大小的銀色酒瓶，轉開瓶蓋，倒了一兩盎司威士忌到自己的咖啡中。我的反應大概相當明顯，所以他轉過頭抬眉盯著我。

「我以前也都這樣喝咖啡。」我說。

「也加十二年份的威士忌？」

「加任何威士忌，通常是波本。」

他蓋上酒瓶，喝了一大口那加了料的咖啡，然後說道：「有時候，我真希望你也喝酒。」

「你以前說過了。」

「可是你知道嗎？如果你現在伸手來拿這酒瓶，我會把你的手打斷。」

「你是不想讓我把你的威士忌喝光。」

「我不希望你喝光任何人的威士忌，我也不知道為什麼。你以前來過這兒嗎？」

「好多年沒來，而且從沒在這種時刻來過。」

「這時間最美。再等一下，我們就可以一起去參加彌撒。」

「哦？」

「聖本納德教堂八點那一場，屠夫彌撒，以前你和我去過一次。有什麼好笑？」

「我大半的日子都在教堂地下室度過，而你卻是唯一一個上教堂做禮拜的朋友。」

「你那些戒酒無名會的朋友不做禮拜嗎？」

「我想應該也是有，但從沒聽他們提到過。你把我拉去望彌撒幹嘛，米基？我甚至不是天主教徒。」

「你小時候家裡不是嗎？」

我搖頭，「小時候勉強算是清教徒，但家裡沒有人固定會上教堂。」

「噢，那就更無所謂了，又沒規定非得是什麼天主教徒才能參加那些有的沒的彌撒，不是嗎？」

「不曉得。」

「我不是為了上帝而去，也不是為了教堂而去；只因為我父親生前每天早晨都去，所以我現在才會去。」他直接就著酒瓶喝了一口酒，「天啊，真好，加在咖啡裡太可惜了。不知老爸為何要去，更不知道為何我自己現在也去；只是有時候漫漫長夜之後，就會想去那裡待一會兒。我們方才也一起度過一個不錯的長夜，一起去望彌撒吧。」

「好。」

於是他將車子駛回城內，停在西十四街的塔美喪儀社前。八點的彌撒是在聖本納德正廳旁的小祈禱堂舉行，參加者不到二十人，其中約有一半身穿米基那種白色的屠夫圍裙，彌撒結束後，他們便直接前往舊教堂西南側的肉品市場上工。

我跟著其他人的一舉一動，他們站立、坐下或跪地，我都照做。但當他們開始領聖餅時，我則留在原地，米基也是，另外還有三四個人也是如此。

回到車上，他問道：「現在要去哪裡？回你旅館嗎？」

我點頭，「我該回去睡覺了。」

「去個他不知道的地方，你也許可以睡得安穩一點。我有個公寓房子可以給你住。」

「以後再說吧。」我說：「目前我很安全，因為他會把我留在最後一個解決。」

20

他把車子駛進西北旅館前的車位停妥，但並未將引擎熄火，然後他說：「槍你拿到了。」

「在口袋裡。」

「如果還需要更多子彈……」

「如果還需要更多子彈，我麻煩可就大了。」

「好吧，需要什麼就來找我。」

「謝了，米基。」

「有時我真希望你也喝酒，」他盯著我，「但又高興還好你不喝，不曉得為何會這樣？」

「我也不知道，我大概明白這種感覺。有時我也希望你不要喝酒，有時卻相反。」

「我從未與任何人一起度過這樣的一夜。」

「我也是。」

「彌撒還不錯吧？」

「不錯。」

他專注的盯著我問：「你平常禱告嗎？」

「有時會自言自語。我是說，不出聲在心中想而已。」

「我懂。」

「或許這就是在禱告，或許那時心中期望真的有人在傾聽，連自己也弄不清楚。」

「嗯。」

「前幾天我聽到一句新的祈禱文，有個傢伙說這是他所知道最有用的一句：『感謝上帝讓萬事如此發展。』」

他瞇著眼睛無聲的覆誦這句話，然後慢慢展露笑容說：「太妙了。從哪兒聽來的？」

「聚會上。」

「你去參加的聚會都是說這種東西的啊？」他笑出聲來，我原以為他還想發表其他意見，結果他卻坐直了身子說：「好吧，不打擾你了，你大概想補個覺。」

∞

我回房後把外套脫下掛起來，從夾克口袋裡拿出那把槍。將旋轉彈匣轉開，把子彈倒入掌中。這種子彈的彈頭是平的，這種設計使它在撞擊時會破裂，比一般標準的圓頭子彈危險，然而這種設計也降低了子彈彈跳的危險性，因為它撞擊在固體物表時，會破裂並射出碎片，而非整顆子彈彈飛。

倘若數年前我槍中放的是這種平頭子彈，那麼就不會造成華盛頓高地那個小孩意外死亡，這又會對我們的生命帶來多大的改變？曾有一段時日，我可以連續好幾個鐘頭一直喝酒，腦中不斷重演那可怕的一幕。

我再度將槍上膛，瞄準房內的東西，體驗武器握在手中的感覺。我脫下外套，試圖尋找一種能夠既方便又舒適的方式把槍插在腰帶間；最後我覺得還是用槍背帶最適當，所以就記在便條紙上提醒自己白天得找個時間去買一個。還有其他裝備也都能派得上用場，其中手銬當然是必備的，如此才能在質問摩利時控制他的行動，尤其是控制他那雙異常有力的手。手銬在專賣警察用品的店就能買到，中城第一分局附近就有一家，東二十街警校附近好像也有。我可以在去黎可家前先經過那家店看看，說不定還能買到槍背帶。這種店裡的東西，有些只能賣給現職警察，但大部分商品皆不受此限制，任何人想要都能買到，手銬當然屬於此類商品。

此外，防彈衣也屬販售之列，我正在考慮是否要明智的買一件凱弗勒牌背心，雖說那傢伙不太可能開槍，但若是遇上刀子戳刺，這種網狀背心大概也作用不大，但不曉得能否幫我抵擋他的手指？雖然不曉得答案，但我實在也不敢想像自己向店員這樣開口：「如果有人戳我胸部，這種背心能有保護作用嗎？」—「怎麼？先生，你是怕癢還是怎麼著？」

一架小型錄音機將會派上用場，最好是附有麥克風的口袋型機種。可靠偵探社辦公室就有這種裝備，說不定他們願意借我幾天；不過我自己去大賣場買一個還比較簡單，反正我又不需用到那種高科技的先進機種，所以大概也花不了幾毛錢。

我把槍放在梳妝檯上，脫下衣服，到浴室去打開熱水開關，讓水盛接在浴缸裡。等待水盛滿的這段時間中，我回房打開電視，掃瞄各電台的節目，然後停在一家獨資頻道的新聞報導。頭條新聞是關於存放款金融危機，接著一位甜美的女記者一臉燦爛的笑容開始報導，警方相信昨晚發生在西村義警遭殺害的離奇事件，可能與今天黎明時海龜灣高級住宅區一起攻擊事件有所關聯。

原先我並不知道有這起義警事件，所以非常專注的聽這則報導，接著她又提到警方進一步懷疑，這兩件案子可能與本週稍早伊莉莎白·史卡德在歐文區家中遭凌虐並殺害的案件也有關係。今晨攻擊事件的受害者是一名住在東五十一街三百四十五號的未婚女性，她身上有多處刀傷及其他不明傷口，已送往紐約醫院急救中。

新聞畫面是一棟大樓的入口，急救人員匆匆忙忙的將擔架推進救護車，我努力的想看清楚擔架上那女子的面孔，但結果什麼也看不到。

然後那名記者又出現在畫面上，露出自以為算嚴肅的笑容亢奮說，被害者目前仍在持續急救當中，警方發言人估計她倖存機率渺茫，其身分目前尚不對外公布，只通知近親。

我雖然看不到她的臉龐，但卻清楚看到大樓的入口，而且我認得那個住址，老早就認出來；這則新聞一開始，我就知道了。

不到五分鐘我便穿好衣服，準備出門。才剛關上大門，屋內的電話鈴聲恰好響起，我任由它繼續響著。

21

事件的經過大致如下。

星期四晚上十點左右，差不多是我們在聖保羅教堂聚會結束的時間，安德魯．艾契維利和傑洛．韋漢巡邏完畢，回到西十街第六分局，向值勤警官回報任務結束。他們倆是當天晚上五組義警當中的一組，在轄區中的指定區域執行巡邏勤務。他們隨身攜帶警棍和無線電，幫警察分擔守望相助的工作，並在城市大街小巷代表警察。

傑洛．韋漢把制服脫下鎖進置物櫃中，換上便服回家。安德魯．艾契維利則一向都是穿著制服去執行這每週一次的任務，然後直接穿著制服回家，這是他應享的權利。他大約十點二十分離開警局，目的地是西北方一座改裝過的倉庫，介於華盛頓街和西街間的賀烈修街上，他和他的情人，服裝設計師克蘭．佛婷，在那兒合租一間套房。

不知是摩利早在傍晚巡邏時就開始跟蹤他，或是他剛離開警局之後恰好被挑中，但也有可能這整件事都只是他臨時起意。摩利絕對是經常出沒於西村的常客，天曉得他可能剛好一時衝動而犯下這件案子。

明顯的，他必定是將艾契維利引誘入兩棟大樓間的暗巷，或許是佯裝求救，艾契維利身穿制服，必然以為有人亟須協助。這位年輕的航空公司票務員還來不及反應，摩利便將他制伏，或許是勒住喉嚨使他昏迷。

這並非致命的死因，致他於死的凶器是窄刃的刀子。事實上在下手前，摩利還先將這年輕人的夾克、襯衫都脫下，一刀刺進艾契維利的心臟。

他將屍體剝得精光，只剩下內衣和襪子，為了能夠脫下褲子，他還先將鞋子剝下，但不知是因為尺寸不合，或是他比較中意自己的鞋子，最後他竟把年輕人的鞋子棄置現場。（更令人驚訝的是，屍體被人發現時，那雙鞋子竟然還在，如果有流浪漢先抵達現場，那麼鞋子大概也自動走路了。）

他將當時可能已經死亡、身上僅著短襪和內衣的艾契維利丟在窄巷中，被害者的內褲被褪至大腿處，外貌看來似乎曾遭到某種變態凌虐；後續檢驗雖未在死者肛門發現任何精液，但證實他的肛門確曾遭到異物侵入，或許是施虐者無法射精，另一可能則是戳入的異物是艾契維利那支木質警棍。

摩利最後將那支警棍、連同其他裝備一併帶走，包括手銬、鑰匙、筆記本、無線電、義警徽章，當然還有襯衫、夾克、長褲以及警帽。他應該是穿著自己原來的衣服，用事先準備好的購物袋把這些搶來的東西裝走。（倘若果真如此，這便支持我們的推論，亦即攻擊艾契維利是經過事先計畫，他特別挑選身高體型與自己相似的制服警察，然後再進行跟蹤。）

艾契維利顯然是十點半至十點四十五分之間遭人殺害，凶手則在十一點前從巷道逃逸，遁跡夜色之中。一個鐘頭後，第六分局接獲匿名電話報案，才在棄屍現場發現屍體；抵達現場的警員當中，剛好有人幾個小時前才見過受害者，所以認出他的身分，若不是恰好碰上這種運氣，可能得花一段時日才能辨識出他的身分，或發現他是義警。

此時詹姆士·李歐·摩利早已有一個小時充裕的時間遠離現場，沒有留下任何不利於他的線索。他可能直接回黎可的公寓，把身上原先穿的衣服換成艾契維利的制服，不知他是不是還穿了新制服對鏡瞧瞧自己的模樣，來回踱步，拿著警棍在掌中拍擊？如同所有自從羅斯福任指揮官以來的菜鳥一樣，試著旋轉警棍？

這些狀況都只能各憑想像。我們既不知道此刻他正在進行的活動，也不知他何時抵達二十五街或離開該地。說不定當我站在大樓後院，從防火梯偷窺他的窗戶、聽老鼠在垃圾堆中喧鬧時，他正在房內；說不定當我蹲在那公寓房門前檢查室內燈光、豎耳傾聽聲響之際，他也正在門的另一面。我猜測，上述想法的可能性不高，他可能只是回去換上被害者的衣物就離開了。事實究竟如何實在無從得知。

∞

清晨四點半，我和米基·巴魯在餐館吃特早的早餐時，他同時正走進東五十一街三百四十五號大門。

他發現一個通過那些重重門鎖最簡單的方法，就是讓她自己打開門。

首先他向門房表明身分。他身著全套警察制服及徽章配件，宣稱是來與大樓的房客談話，同時一邊翻開黑皮筆記本佯裝查閱上面記錄的名字，然後才唸出房客是名叫伊蓮．馬岱的女士。

門房按理不會讓不速之客進入大樓，尤其最近他們又接到必須特別留意馬岱小姐客人的指示。儘管如此，若摩利設法轉移目標，門房很可能不經對講機詢問便直接放人。藍色的警察制服往往能打破許多規則。事實上，隨便哪個紐約市警局的警員，都能認得出他身上穿的是義警制服；如果知道該怎麼去分辨，其實不難發現其不同之處。義警的徽章是七角星而非盾牌，肩章也不同，而且也未佩帶手槍與皮質槍套。除此之外，他全身上下的行頭都沒錯；更何況這城市裡的警察有那麼多種類，交通警察、駐衛警察……等等，他那身裝備確實足以唬過大部分的人。

總之，他最後還是請門房用對講機通知馬岱小姐，當時她正在熟睡中，所以鈴聲響了好一陣子。她終於還是接聽，門房告訴她說有警察找她，接著把話筒交給摩利。

他可能改變了說話聲調，事實上並不需要這麼做，因為對講機會扭曲說話者的聲音，但這一點他大概無法事先得知。更何況，除了接過幾次他撥來的電話之外，她已經有十二年沒聽過他的聲音了；門房已經先通知說是個警察找她，她也才剛從睡夢中被喚醒，可能眼睛都還沒睜開。

他說有緊急事件必須詢問她，她便要求他說得更明白一點，他則宣稱前一天傍晚發生一起凶殺案，受害者可能認識她。她必定追問了受害者的身分，摩利則答說是個名叫馬修．史卡德的男性。

於是她就請他上樓，門房指引他到電梯。

她從門上的窺視孔看出去，只看到一個警察站在那兒，大盤帽蓋住他額頭，臉上戴了一副廉價眼鏡，手上拿的筆記本遮掩了下巴。其實這些掩飾都不是必要措施，因為她滿心認為來者是警察，才剛通完話，然後一身制服站在那兒，絲毫不引人懷疑。況且她正處於心神不寧的緊張狀態，因為有人威脅要謀殺她，而唯一能夠依賴的保護者如今也死了。

所以她解開所有的門鎖，讓他進門。

∞

他在她房裡待了兩個鐘頭以上。身上帶了那把用來殺害艾契維利的刀子，五吋刃的彈簧小刀；同時還帶了艾契維利的警棍，當然還有那雙手和那強而有力的手指。

他把這些工具全用在伊蓮身上。

我實在不想去推測他到底做了哪些事，或其先後順序如何。我相信伊蓮一定中途昏迷很多次，而摩利一定也花了不少時間說話，宣稱自己強壯、聰明而機智，說不定還引用尼采，或在監獄圖書館找到的其他天才所說之名言。

他離開時，將伊蓮棄置在客廳地上，她的鮮血滲入白色地毯中。摩利很可能認為她已經死了，但她當時可能只是休克，呼吸淺得令人難以察覺，所有的生命跡象也都暫時消失。儘管如此，呼吸與心跳仍持續著，若非那門房，她便真就這樣死在地上了。

門房是個巴西人，體格高壯，一頭濃密的黑髮，肚子將制服釦子撐得緊繃繃的，名叫埃米·洛佩茲。他指引摩利搭電梯上樓後約莫一小時，心中總覺得有些不對勁，便拿起對講機撥到樓上，想確定一切平安無事。

電話鈴響了好幾聲都沒人接聽。對講機鈴聲的響起，促使摩利盡快完成工作好早些離開現場。大約清晨七點，他匆促大步跨出門廳，行止中表現出某種難以言喻的神態，引起洛佩茲警覺心。於是洛佩茲再度用對講機撥號上樓，無人接聽。這時他突然想起先前看過的素描，一個被特別強調不可進入馬岱小姐房間的男人畫像，他驚覺隱藏在警察制服之下的可能正是那人，愈想愈可能。

於是他離開工作崗位跑上樓，按門鈴且敲門，然後又試轉門把，但門是鎖著的；因為摩利已將門鎖上。她那兩個警察鎖和門栓皆無法上鎖，但關門時，喇叭鎖上的彈簧鎖就會自動鎖住，門推拉不開了。

他只好轉身離開，下樓想找出備用鑰匙，但四處遍尋不著，或許在這當時也撥了電話到第六分局報案。但他心中有股力量促使他又回到樓上，做了一件任何門房都絕不可能做的事。

他縮起腳，用力朝房門踢去，接著又更賣力的再踢一次，由於他體格壯碩，那雙腳每天得支撐他的身軀，其強壯更是不在話下；他的雙腳一向都很強壯，從他年輕、體重較輕時，便經由踢足球鍛鍊出來。

於是彈簧喇叭鎖鬆開，而門也一敞而開。他看見她倒臥在地毯上便趕緊跑進房內跪在她身旁，然後站起來在自己身上劃了十字，拿起電話撥一一九；雖然已經遲了一步，但他還是撥了電話。

事情經過大致如此，而在此同時，我卻正在火焰餐館喝咖啡，然後到住宅區去拜訪鵝媽媽之家，聆聽優雅的爵士樂，付錢給布萊恩和丹尼男孩，和米基·巴魯互相吹噓英雄往事，驚擾正在享用垃圾大餐的老鼠，一面吃炸肉餅早餐，一面欣賞著哈德遜河，兩人坐在河對岸的車裡看著太陽光撒遍整個城市。

或許這其中有些細節並非我推想的狀況，一定還有些事情是我不知道的，而且永遠也不會知道；不過經過應該就是如此。有一件事情是我可以確信的：事情正如其所應當發展的命運發生。安德魯·艾契維利可能不會同意這一點，伊蓮可能也不表贊同，但只要去看看馬可·奧勒利烏斯的書，他會向你解釋清楚。

22

紐約醫院位於約克大道和六十八街，計程車停在急診室入口。櫃檯後的護士告訴我伊蓮・馬岱的手術已經結束，正轉到加護病房，她指著病房圖告訴我如何前往。

加護病房的護士說院方只允許近親探病，我只好告訴她說這個病人沒有家人，我大概是她最親近的人，護士又問我們兩人的關係為何，我回答是朋友，然後她問我們是否為親密的朋友，我答稱是，親密的朋友。於是她在卡片上寫上我的名字，並做了註記。

她將我帶到等候室，那裡已經有好幾個人，抽著菸、讀雜誌、等待他們心愛的人死亡。我翻開《運動畫刊》，一個字也看不下，出於習慣翻至下頁。

不久之後醫師走進等候室，喊我的名字，我站起來，他便指引我到走廊。他看起來很年輕，但髮梢已摻雜不少白髮。

他說：「這個案例很複雜，實在不知該怎麼說。」

「她撐得下去嗎？」

「方才的手術大概開了四個鐘頭，已經不知道究竟為她輸了多少血，她被送來時，失血已經相當嚴重，而內出血情況更是危急。她現在仍在持續失血，我們也繼續為她輸血。」他握住雙手，不時扭著手術服，我想他大概不會意識到自己這個動作。

他又開口：「我們必須移除她的脾臟，沒有脾臟還是可以過活，許多人都是這樣。不過她全身都遭到嚴重創傷，腎臟幾乎失去功能，肝臟受損……」

他將伊蓮身體各處所受創傷一一列舉出來，我大概只聽進其中一半，所能了解的只有些枝微末節，接著他又說：「我們替她插了管子，接上呼吸器，她的肺已經沒有作用，這就是一般所謂『成人呼吸衰竭症候群』，這種情況有時發生在遭遇事故的患者，我是說，交通事故，他們的肺就此停止任何功能。」

還有許多專業的細節，不是我能了解的。我只能問情況究竟有多糟。

「嗯，很糟。」然後他告訴我所有可能導致她惡化的狀況。

我問他我能不能見她一面。

「只能給你幾分鐘時間，」他說，「我們給她注射了鎮靜劑，而且我也說過，她身上接著呼吸器以維持她的呼吸。」他帶我走到加護病房，「看到她的樣子，你可能會嚇一跳。」

房間裡置滿各種儀器，大小管子懸掛四處；儀表上數字閃動，機器發出嗶嗶響，指針則不停跳動。即使被掩埋在其中，她看來也彷彿已經死了，皮膚如白臘，臉色糟透了。

我又再重複先前的問題，「她撐得下去嗎？」

他沒有回答，待我抬頭一看，他已不見蹤影，房裡只剩我和伊蓮兩人。我很想伸手去摸摸她，卻不知這樣會不會違反規定，我只好站在那兒不動。這時護士進來檢查儀器，她告訴我只能停留幾分鐘，「你可以和她說話。」她說。

「她聽得到嗎？」

「我想即使在昏迷中，還是可以聽到。」

她離去後，我又在房裡待了十分鐘左右，說了一些話，但連自己也記不得說了些什麼。

然後同一個護士又再進來，說必須請我離開，我可以留在等候室，如果病人情況有變化，他們會通知我。

我問她預期會有什麼變化。

她並未明確答覆，「任何情況都有可能導致她惡化，」她說，「像她這種情況，他用各種方法傷害她。我告訴你，我們住的這城市……」

不是城市，傷害她的不是城市，而是一個男人，而且這個男人可能出現在任何城市。

∞

喬．德肯也到了等候室。我進去時，他立刻站起來，他早上還沒刮鬍子，身上穿的衣服彷彿先前穿著睡了一覺。

他詢問她的情況。

「不好。」我說。

「她有沒有說什麼？」

「她躺在那兒，沒有知覺。鼻子裡插了管子通到喉嚨去，不方便說話。」

「他們也是這樣說，不過是想確定罷了。如果她能指出凶手是摩利也不錯，但其實我們並不需要靠她來指認，門房已經確認是摩利了。」

他將事情的發展大略告訴我，關於艾契維利被謀殺，以及摩利得以進入東五十一街大樓的方法。他說：「我們已經全面下令，把你那張素描張貼城裡各處，他殺了一名義警，這絕對會令大家義憤填膺去追捕他。」

警察大都認為義警是笑譚，一群滿懷幻想的傢伙，偶爾穿上警察制服過過乾癮，萬一他們不幸喪生，立刻就會光榮升任警察殉難英雄。想要降低這行業的門檻，甚或敞開大門讓有志者加入，最快的方法莫過於一死。

「他至少已經殺了九個人了，」我說，「如果把伊蓮也算進去，就是十條命。」

「她會死嗎？」

「目前還沒有人敢站出來這麼說，若要他們這麼明白的說出這種話，大概有違醫生的信仰。不過這若在拉斯維加斯，他們可能早就抽腿不玩了，這就是他們對她存活機率的看法。」

「很遺憾，馬修。」

我的心頭湧起許多話想要說出口，但卻勉強克制住。他清清喉嚨，問我是否有摩利行蹤的線索。

「我怎麼會知道。」

「我只是以為，你說不定能挖出什麼情報來。」

「我？」我瞪著他，「我怎麼可能，喬？他為了防我，申請了保護令，還記得嗎？如果我到處去找他，而他也真讓我找到的話，像你這種人就會出現來逮捕我不是。」

「馬修……」

「對不起，」我說，「伊蓮是個好人，我認識她已經好多年了。大概是看到她現在這副模樣，所以有些不太理智。」

「任誰都會有這種反應。」

「而且我幾乎筋疲力竭，整夜沒睡。事實上，若不是聽到這新聞，我正準備上床睡覺。」

「你上哪兒去了？找摩利嗎？」

我搖頭，「只不過是和米基·巴魯整晚聊天吹牛罷了。」

「老天爺，為什麼和他在一起？」

「他是我的朋友。」

「你竟然交這種奇怪的朋友。」

「哎，我也不知道，」我說，「你想想，我也只不過曾經當過警察，那還是很久以前的事了。現在呢，好像搞不清楚到底是幹哪一行維生，一個什麼都不是的傢伙，所以……」

「別說了。」

我住嘴不再說話。

「我向你道歉，可以了嗎？當時情況如此發展，我也只是順應情勢罷了。你在這圈子裡也混得夠久了，該能明白這種事情總是如此。」

「噢，我當然明白。」

「好吧，」他說，「你如果想到什麼，通知我一聲，好嗎？」

「如果想到的話。」

「還有，何不回家補個覺？你在這兒也無法幫她什麼，回去休息一下吧。」

「好。」我說。

我們一起走出等候室，醫院正在廣播尋找某一位醫師。我努力回想先前與我談話的那位醫師的名字，他身上掛了印有名字的塑膠牌，結果我完全想不起來。

室外陽光普照，溫度似乎比前一陣子來得溫暖。德肯說他的車子就停在路口，可以順便送我到城中心，我說可以自己搭計程車，他也不再勉強。

∞

我毫不費力就進入東二十五街兩百八十八號的大門。我從街上欲進門時，恰好有個女人走出來，從她對我微笑的樣子看來，她一定以為自己認得我。她替我拉住大門，我向她道謝，就這樣走進去。

我穿越走廊，通往後院的門仍然如我設置的一樣，牙籤卡在門上以免被鎖上。我推門進去之後將門關好，站在後院抬頭仰望他的窗戶。

在進城的路上我停了兩次。現在我的外套口袋一邊裝有紐約市警局的制式手銬，另一邊口袋則放了一架迷你錄音機。我勉強在褲子口袋中擠出位置，把手銬換了位置；然後把錄音機也換到夾克口袋，和馬可．奧勒利烏斯的書放一起，那本書我一直讀不完，因此也一直丟不掉。夾克另一側的口袋中是點三八史密斯手槍。我脫下外套，折好放在其中一個垃圾桶上面，穿著這外套對我稍後的活動相當不便。

我在垃圾桶堆中潛行時，沒有任何老鼠四處逃竄，或許經過漫漫長夜，牠們皆已安穩入眠；或許摩利亦如此。

我盡量壓低聲息，搬了一個垃圾桶放在防火逃生梯下方，站上去。站穩後，我伸手去拉頭頂上的梯子，輕拉之時梯子毫無動靜，我只好用力一拉，梯子抗議似的發出摩擦聲，那是梯子降下來時金屬刮過的聲音。

我等了一會兒，沒有人從窗戶探出頭來觀望後院。顯然先前的噪音音量不大，而且在這個時刻，大部分的房客都已上班工作，上夜班的人則呼呼大睡中。

外面第二街上，有人死命按著汽車喇叭不停，另外則有人回應似的按了一連串斷音。我努力把自己撐高，伸長了手把自己拉上防火梯的第一階，口袋中的史密斯手槍撞擊在金屬欄杆上發出鏗鏘聲，最後我終於爬上第一層平台，不得不倚靠在磚牆上，好好喘一口氣。休息了一兩分鐘，總算恢復體力可以爬完剩下的路程。爬上四樓後，我壓低身子蹲在金屬欄杆邊，勉強偷看窗台的動靜。

那間公寓內一片漆黑。窗戶上有防盜栓，但並未鎖上，窗戶也未完全關緊，下緣留了幾吋縫隙。我向窗戶移近，先透過下面的縫隙朝內觀看，而後透過窗玻璃看進去。是一間小臥室，室內有張金屬床架的床，一個抽屜櫃，一組充當床頭櫃的牛奶箱，其中一個箱子上放了一支電話，另一個則放了數字鐘收音機。

我坐在那兒靜止不動，直到電子鐘跳了一分鐘，在這鐘上，一秒一秒的流逝是無聲但卻可見的。公寓內毫無聲息，床上無人而且床褥未曾整理。

是這間公寓沒錯，布萊恩的線索是正確的，而且他闖入伊蓮公寓後已經回來過這房間。櫥櫃門把上掛了一件繡有紐約市義警肩章的夾克。

想必他曾經待在此處，而且他一定會回來，我也一定會在此等候他歸來。

我小心翼翼的握住窗沿往上推，沒有製造任何聲響的將窗玻璃推上去。然後我轉頭張望四周，確定沒有鄰居正在監視我的行動；想像自己在房內等待摩利，結果開門進來的卻是那些由熱心於守望相助好國民所召喚來的警察。

幸好並沒有人注意我的行動，我將窗戶全部推開，跨過窗台進入房間。

房內充滿獸穴般的氣味，從櫥櫃裡的衣服及梳妝檯上雜亂物件，可以斷定這是女人的房間，但室內卻瀰漫著侵略性的陽剛氣息。我不曉得他究竟在多久前離開這房間，但還是令人感覺到他的存在，我不假思索的伸手到口袋中掏出那支史密斯手槍，掌中握住槍托，食指扣住扳機，隨時做好射擊準備。

我取下掛在門把上艾契維利的夾克，自己也不曉得能從中搜出什麼名堂來；只好仔細的研究那上面的肩章，徹底翻遍口袋，最後還是把夾克掛回原處。

接著我又到梳妝檯檢查其上的雜物，有銅板、地鐵代幣、耳環、票根、香水瓶、化妝品、口紅和髮夾等等琳琅滿目。這位黎可小姐不知究竟何許人也，她是怎麼扯上詹姆士·李歐·摩利？對於這段關係，她付出何種代價呢？我一邊想著這些問題，同時伸手拉開梳妝檯上層抽屜。但理智告訴我，不必再浪費時間，絕不可能在抽屜當中找到這兩人的。

這房子的格局是典型的出租公寓，三個小房間連成一排，房門相連，大門一進來恰好正對著先前我爬進來的那扇窗戶。這時我腦中閃過一個念頭，覺得應該把窗戶關好，以免他回來時會發現窗戶不對勁；但這實在是多此一舉，他根本不可能注意到這些，更何況他一進門，我就會拿槍指著他鼻子，窗戶是開是關又有何干？

想到這種情景，我並不急於立刻就位等他。我檢查中間的浴室，裡面放置有腳座的浴缸。然後在通往第一個房間的走廊上，我猶豫了一會兒，手中握著槍，卻彷彿拿的是手電筒一般的往前伸，希望能投出幾絲光線。其實在這片黑暗中，我仍然可以看得相當清楚，身後臥室那扇窗戶透出一些光亮，而且前面這間客廳面向分隔隔壁建築防火巷的窗戶，透進更多光線。

我跨步踏入房內。

突的不知從何處冒出一物，朝我手腕上方幾吋之處猛力一擊，我手臂完全失去力量，那把點三八手槍也飛落至地上。

我的臂膀遭到控制，他一手抓住我的手肘，另一手則箝制我的肩膀，然後他用力一舉，我整個人便像彈弓發射出去一般摔落在房間另一端，撞翻桌子跌得四腳朝天、雙腿發軟。我伸手想抓住支撐物卻撲了空，便又再撞上牆倒在地上。

他站在那兒嘲笑我。「來啊，站起來。」他說。

他身上穿著艾契維利全套制服，除了那件夾克；不過腳上是雙棕色鞋尖的鞋。這時他已經開燈，所以我才看到那雙鞋子的顏色。

我勉強站起來。心想，他看起來一點也不像警察，就算鞋子穿對了也一樣；其實自從當局取消身高限制且不再禁止蓄鬍之後，有很多警察看起來也不像警察，但不管怎麼說，無論是正規的、義務的、舊式或新生代警察，他就是完全沒有警察的模樣。

他倚在走廊邊，伸展手指關節喀喀作響，饒富興味的盯著我瞧，「你那麼吵，」他說，「實在不會幹鬼鬼祟祟的事情，是嗎？都這把年紀了，還要站到垃圾桶上爬防火梯，史卡德，連我都替你捏把冷汗，真怕你摔下去跌斷骨頭呢。」

我張望四周，想要尋找那支史密斯槍，結果發現槍飛到房間另一角，掉在一張針織椅背座墊的沙發下面。我將目光從槍移向他，看到他閃爍的笑著。

「你的槍掉了。」他一邊說，一邊拿起艾契維利的警棍，在掌中拍擊，然後毆打我的手臂，遭到敲擊的部位目前只是完全麻痺，一旦知覺恢復，疼痛的感覺將會持續數日。

這是假設屆時我還活著。

他又開口說道：「你可以拚老命去拿你的槍，但恐怕機會不大。我不但距離比你近，而且動作也比你快，你還沒拿到槍前我老早就把你制伏了。這樣看來，你若設法逃出這扇門，機會可能還大一些。」

他點頭示意前門，我也順從的將目光移向該處。「門沒鎖，」他說，「本來我上了鍊條鎖，但我一聽到你在後院大肆喧鬧，就跑去把鍊條解開，我怕你一看到那個鍊條還鎖著就會知道有人在家。不過你大概沒注意到吧？對吧？」

「不曉得。」

「你知道嗎？我還特別為了你才把那件夾克掛在衣櫃門把上，否則你恐怕會爬進隔壁公寓呢！史卡德，你真是個小丑，害我非得把事情弄到最簡單你才做得來。」

「確實很簡單。」我說。

我想在自己身上找尋恐懼的情緒，卻毫無所獲；相反的，我感到異常冷靜，我不怕他，根本沒什麼值得恐懼的。

我看了前門一眼，彷彿真考慮逃出去，但這實在是個可笑的主意：那門鎖可能根本沒打開，而且就算真的沒上鎖，等我設法跑到那兒，打開門再逃出去之前，他一定老早就逮住我了。

更何況，我並不是專程來躲他，我是來抓他歸案的。

「去啊！就讓我們瞧瞧你能不能逃出那扇門！」他說。

「我們一起走出去，摩利，我會逮住你的。」

他大聲嘲笑，舉起警棍指著我笑：「我想把這玩意兒插進你屁眼裡，你覺得如何？伊蓮還挺喜歡的。」

說完便仔細觀察我的反應，我卻完全不動聲色。

「她已經死了，」他說，「那可憐的寶貝，死得很慘。但我猜你已經知道了。」

「你錯了。」我說。

「當時我可親臨其境，史卡德。如果你忍受得了，我還可以描述細節給你聽。」

「那時你確實在那兒沒錯，但你太早離開；門房及時趕到並且招來救護車。她這會兒正在紐約醫院，狀況好得很。她已經將證詞交給警方，而那門房也證實了她的說法。」

「騙人。」

我搖頭，「我不會去擔心這些，」我說，「還記得尼采說過的話，這只會使你更強壯。」

「這倒沒錯。」

「當然，除非這能完全將你摧毀。」

「史卡德，你真是愈來愈無聊了，我比較喜歡你求饒的時候。」

「奇怪了，」我說，「我怎麼不記得曾經求饒過。」

「很快就會開始了。」

「我可不這麼想。你已經玩過，而現在你也玩完了；一開始你很小心，但後來就變得粗心大意，你的氣數已盡。你自己也知道，這輩子無論什麼事都一樣，你注定是個輸家。」

「我會用膠帶貼住你的嘴，這樣就不會有人聽到你鬼叫了。」

「你完了，」我說，「留下伊蓮活口就已失去契機，你能挾持她兩個鐘頭，卻無法在離開時確定她是否斷氣。現在你只能站在那兒威脅，對於一個不怕死的人而言，威脅發揮不了一點作用；你必須有東西才能嚇退別人，但現在你什麼都做不到。」

我轉開頭好似要顯示我對他的輕視。他站在那兒正準備有所動作之時，我立刻抓起一個銅製中國香爐，那個香爐大約半個葡萄柚大小，本來放桌上。

我抓起來朝他擲，然後躲到桌下。

這一次他沒有犯錯試圖再抓住我向他丟去的東西，他揮手把香爐打向另一邊，向前迎戰我的攻擊。我佯裝擊向他的頭部，卻蹲下襲擊他的中盤，那部位一點贅肉也沒有，全是結實的肌肉。他出拳打中我的頭側，只是從旁擦過，並不嚴重。我蹲下躲開他的第二拳，縮緊下巴出拳回擊他小腹，同時一腳踢向他胯下。

他轉身以臀部避開，然後抓住我的肩膀，用手指深深箝住，掌力如同之前一般強硬，但這次恰好不是抓在壓力點上，我還忍得住。

我再度攻擊他腹部，他不禁縮了回去，於是我欺身起來把他推向牆壁。他一拳又一拳擊向我的肩膀及頭部，但他肉搏戰的技術顯然比不上那套壓、戳、捏的戰術。我再度試圖攻擊他鼠蹊部，在他移身防衛時，我用盡全力一腳踹在他腳背上；這一招終於令他感到疼痛，我趁這機會再一次出擊，用鞋跟狠狠踢向他脛骨，使盡力氣踹他腳，用勁弄斷他幾根小骨頭。

他移動雙手，一手抓住我上臂，另一手則扣住我後頸，手指探索著痛點位置，這一次他沒失去準頭，拇指深深戳我耳後，那種痛楚鮮明而劇烈。

然而這次卻有些不同。毫無疑問，那痛楚確實存在，再劇烈不過，但這次我卻能夠知道那疼痛的存在而感覺不到，確知有痛楚而毫不受影響，某種力量讓那知覺通過我體內，但卻仍維持我完好如一。

接著他轉移另一隻手，雙手都放在我脖子上，兩隻大拇指壓在我耳後，其他手指則環繞我頸圍。那痛楚並不能阻止我的動作，但是他若是勒住我，令我不能呼吸或靜動脈血液不能流動，那麼我真會生不如死。

於是我又攻擊他的腳，他緊捏的握力也略微放鬆了些，我壓低身子盡量蹲俯，他再度逼近，伸手尋覓我的痛點；這時我縮緊雙腳，猛然站立起來，頭頂朝上像個撞牆槌一般。

有些事情永遠都不會改變，他的手指仍然像是鷹爪，力量前所未見；而且，感謝老天，他的下巴也依然不堪一擊。

我連續揍了他好幾次，但其實在揍他第一拳時就已經徹底打敗他了。等我放開他並退後一步，他整個人就像具屍體一樣滑靠在牆上，垮著長長的下巴，口水從嘴角一邊流下來。

我把他拖到房間中央，拿出事前買的手銬，把他雙手銬在背後，又用掛在艾契維利皮套裡的另一副銬住他腳踝。從口袋裡拿出錄音機檢查，確定帶子轉到可錄音的段落，以便他恢復知覺後隨時可以錄音。

我坐下來讓自己喘口氣，開始設想今後事情的發展。倘若伊蓮撐得下來，那麼她的證詞應該足以定他的罪；但如果她死了……

於是我撥電話到紐約醫院，轉接到加護病房。他們在電話中不肯多談，只肯說伊蓮目前情況危急。

但至少她還活著。

萬一她死了，門房也可以指認摩利。此外，一旦警方開始全力偵辦這個案子，說不定就會有一堆證人紛紛出現，證明摩利曾經出現在艾契維利遭刺殺、伊莉莎白．史卡德受屠害，以及東妮．柯里瑞飛出窗外等現場。如果沒有夠專業的鑑識人員朝正確的方向蒐證，警方將很難找到有利的證據。更何況，重要的關鍵在於，由於俄亥俄州允許死刑，因此最好能使湯姆．哈利哲的上司在合理可行的狀況下重新開辦司德凡案；但試圖在紐約這個大城市展開徹底搜查工作，絕對會使馬西隆的財政陷入窘境。

但是，如果能有他的自白將會使情勢更為有利。這混蛋的話特別多，我只需坐著等他醒來，誘他開口即可。

他原本面朝下，雙手銬在背後俯臥在地。我將他翻過身來，用手指撐開他的眼皮，他的眼珠子滾進眼窩、翻出白眼來。他全身僵直毫無知覺，看來似乎還得再昏迷一段時間。

我撿起史密斯槍，盯著這把槍然後再瞅著他瞧，回想起他曾經幹盡的壞事，檢視自己內心，試圖喚起我對他的仇恨，卻發現自己完全找不到這股情緒。

這種情形在幾分鐘之前亦是如此，當時他甚至還不是現在這副動也不動倒在房中央的模樣。就在幾分鐘前，我為了活命而與他搏鬥奮戰時，心中是完全冷靜的，我當時根本不恨他，現在也是如此。

我把槍抵在他太陽穴上，試試看扳機的鬆緊度，然後又縮回手指，把槍放地上。

我花了好幾分鐘把這整件事仔細思考清楚，然後深深吸了一口氣，用力的程度似乎要傷到胸腔般。我再度拾起那把槍，打開彈匣。

我把旋轉彈匣裡六顆子彈都卸下來，用手帕將子彈及槍身擦拭乾淨，徹底擦掉任何可能殘留的指紋。然後我先試探確定他不是在裝死後才解開手銬；我抓著他的手指去觸摸那些子彈，接著又把子彈裝回槍膛。

緊接著，我把槍放下，架著他的手臂拖了幾呎，扛起他的身子丟在那張針織沙發椅上；但他逐漸往下滑，我得再把他推上去，維持平衡的坐姿。我回頭拿起那把史密斯，用手帕再擦拭乾淨，把槍放進他右手，將他的手指塞進扳機，再用我的左手撥弄他的下巴，設法打開他的嘴，把這支槍的短小槍管塞進他的上下牙齒間。

我再三確定槍管的角度正確無誤。三不五時總有警察飲彈，似乎這是最受歡迎的自殺方法；但有時也會失誤，子彈雖射穿但卻未造成致命傷口。我想讓這件事完美結束，但只有一次機會。我希望這子彈直接射穿他的上顎，然後進入他的腦部。

等把槍架設在預期的位置後，我維持這姿勢停滯了幾分鐘，心中似乎有些話想說，但可以對誰訴說呢？

我心想：就對他說吧！我想起加護病房護士告訴我的事，根據她的說法，昏迷中的病人能夠聽懂別人所說的話語。

於是，我說：「我也不曉得這是不是個好主意。但假如這次又讓你逃過，你的律師又會搬出什麼精神異常的鬼扯辯護，讓你遠避他鄉逃過這一劫。我怎麼可能放過這種機會？」

我停頓了一下，搖頭說：「不曉得事情是否真能就此結束，反正我就是不希望你繼續活在這世上。而且我希望能夠親眼監督這件事，一開始就是這樣的，對吧？以前我扮演上帝的角色，栽贓說你謀殺未遂。那時候如果我順著事情自然發展，情況又會如何？會有任何不同嗎？」

我停下來，彷彿等待他回答，然後再度開口：「這一次我又要來假扮上帝，雖然我知道這不應該，但我還是要這麼做。」

說完這些，我單膝跪在他身旁，把槍架在他口中，他的手指扣在扳機上，我的手指則壓著他手指。我自己也不曉得究竟等了多久或在等些什麼。

最後他的呼吸開始些微改變，身體也略有動作，我的手指終於移動，他也跟著動作，一切就結束了。

23

離開前，我先將現場布置妥當。把艾契維利的手銬從摩利腳踝卸下，放回皮帶上的套子裡；把先前推倒的桌子扶正，再把打鬥中弄亂的物品全都整理就緒。最後還拿著手帕巡視這整間房子，把所有可能留有我指紋之處，徹底擦拭乾淨。

除了進行這些善後工作之外，還從臥室梳妝檯拿出一支口紅，在客廳牆上留下訊息。我用大寫印刷體寫了一行三吋大的話：「事情必須了結，我向上帝妥協，抱歉殺了那麼多人。」沒有人能證明那是他的字跡，但相對的，也無法證明那不是。為求仔細起見，我將口紅蓋蓋好，印上他的指紋，塞進他的襯衫口袋。

我把前門的鍊條鎖重新鎖好，沿著進來的原路，從窗戶爬出去，這一次，我把窗戶關緊，走下防火梯，將伸縮梯降下去，有人把垃圾桶搬回原來的位置，所以我必須跳下去，這倒不是什麼難事。

此外，我的外套也不見了，起先我以為有人拿走，後來靈機一動，把其中一個垃圾桶蓋掀起來一看，外套果然好端端躺在一堆蛋殼和橘子皮下面。把外套放進垃圾桶裡的人顯然認為那外套被人丟棄，而且也覺得不值得撿它回家；我一向認為這件外套還算體面，不過顯然到了該換的時候了。

原來我以為把我外套丟掉的這位熱心公益的房客，一定也把我插在門鎖上的牙籤拔下，沒想到牙籤竟還在原位，所以我只要輕輕一拉，門就開了。我踏出後院，順手取下牙籤，門便自動鎖上。我從大樓前門離開，走到第一街，叫了計程車往城中去，抵達醫院大門後，我一下車就直接往加護病房走去。護士說伊蓮的情況沒有任何變化，卻不肯讓我進去看她。我只好在等候室坐著，嘗試閱讀書報。

我想祈禱，卻不知如何著手。戒酒無名會的聚會通常會在結束時誦讀祈禱文或平靜禱告詞，但似乎都不適合現在這種情況；這個時刻若感謝上帝讓萬事如此發展，聽起來好像很諷刺，不甚悅耳。平常我偶爾會禱告，有時甚至也唸那兩種經文，但其實我並不相信真有用。

我不時到護理站詢問，得到的答案總是千篇一律，說她的情況依舊且不能接受探病，然後我又得再回到等候室繼續等待。我坐在椅子上打了幾次瞌睡，但只能如做白日夢般淺睡。

下午五點左右，我開始感到飢腸轆轆，這理所當然，因為我從上午和米基吃過早餐就再沒吃過一口食物。於是我拿零錢到大廳的自動販賣機買了一份咖啡和三明治。結果我連半個三明治都吃不完，但至少那咖啡還不錯；事實上那並不是濃醇的好咖啡，可能根本就是劣質咖啡，但喝下去之後，體驗到咖啡在體內的感覺還不錯。

兩個鐘頭後，一個面色蒼白的護士帶著沉重的表情走進等候室對我說：「你最好現在去看看她吧。」

於是我走進病房，站在她床邊。和先前比起來，她看起來雖未轉好，但也未轉壞。我拿起她的手，緊緊握著，等待她的死亡來臨。

「他死了，」我告訴她，雖然房裡有幾位護士，但她們應該聽不到我說話，她們忙得沒空聽我說話，不過反正我也不在乎她們聽到，於是我又開口對她說：「我已經殺了他，以後你再也不用擔心害怕他出現。」

我們大可相信昏迷中的人確實能聽到別人說的話，同樣也可以相信上帝能夠聽到人們祈禱。反正你想要相信些什麼事物，只要你高興，那就這麼相信吧。

「你不要離開，不要死，寶貝，請你不要死。」我對她說。

8

我大概陪她有半個小時之久，然後護士又來請我回等候室。幾個鐘頭後，另一個護士來告訴我伊蓮的身體狀況，我記不得護士到底說了些什麼，即使在當時，我也不甚了解她的說明，反正重點就是她雖然已經度過一項危機，但是往後還有一連串數不完的危機可能產生：她可能感染肺炎、出現血栓、肝或腎功能喪失，總之有許多情況都有可能奪去她生命，她要一一克服的機會似乎相當渺茫。

「你還是回家去吧，」她說，「在這兒也幫不了什麼忙。我們這裡有你的電話，若發生什麼事我們會隨時通知你。」

於是我回家倒頭睡覺。到了早上便打電話去醫院，結果伊蓮的狀況依舊和昨天相同。我洗完澡刮過鬍子，穿上衣服就趕往醫院。在那兒等了整個上午，下午又再待了一陣子，然後搭公車穿越中央公園，參加東妮的告別式。

告別式的氣氛安詳，基本上就像我們的聚會一樣，只不過大家談的是東妮。我簡略提到上次和她一起到里其蒙丘，回憶她在那次演講中說過的趣事。

所有的人都以為她是自殺，這令我困擾，但卻又不知該怎麼做。尤其是她的親戚，我實在很想告訴他們事情的真相，她家信奉天主教，實情對他們而言可能很重要，但我實在不曉得該如何開口。

告別式結束，我和吉姆·法柏一起去喝咖啡，然後又回到醫院。

接下來的一週內，我大半的時間都待在醫院。有幾次我幾乎想要拿起電話，匿名撥給一一九，告訴他們東二十五街兩百八十八號的屍體。只要摩利的屍體被人發現，我就能打電話給安妮塔，讓她別再擔憂；我雖然找不到珍，不過她遲早會和我聯絡，到時我就能告訴她可以回來了。但如果我不按計畫，太早告訴她們平安訊息，總有一天會被請去警局盤問。

阻止我打電話去一一九的原因，是因為我知道那些電話都有錄音，他們用聲紋比較，就會知道我是告密者，雖然可能不會有人想到去核對這些證據，但我又何必多留一條線索呢？起初我以為那位黎可小姐回到家就會發現屍體，但經過一個週末還沒有消息傳出，我只能推想黎可小姐可能永遠不會回家了。

換句話說，我還得多等幾天。

到了星期二，那兒的鄰居終於發覺一直環繞不去的臭味可能不是來自某隻牆縫裡的老鼠，於是撥電話報警，警方破門進入，事情就此揭穿。

星期四，距離摩利將她血淋淋丟棄在地毯上幾乎有一週時間，一位住院醫師告訴我，他認為伊蓮應該可以保住性命。

「我一直以為她撐不下去，」他說，「有那麼多危險因素威脅著她的生命，她承受著非常巨大的壓力，我一直擔心她的心臟抵不住，但結果她真的有顆很好的心。」

我幾乎想告訴他，我也有同感。

∞

過了一段日子，她出院回家休養。有一天我和喬·德肯一起去石瓦餐廳吃晚餐，他說要請客，我則隨他的意。他先點了幾杯馬丁尼開胃，然後說摩利自殺幫他俐落的了結一大堆案子，不僅只有艾契維利和伊莉莎白·史卡德的案子而已，許多人私下認為他造成東妮·柯里瑞和倒楣年輕人麥可·費茲羅伊的死亡；甚至有可能是殺害蘇珊·黎可的凶手，黎可的屍體數日前被人發現漂浮在東河上，死因不明，事實上若非依據牙科記錄，根本無法辨識她的身分，更別提致死原因。但可以確定的是，她遭凌虐而死，而施虐者可能就是摩利。

「幸好他自殺，」德肯說，「根本沒人能動得了他，他這麼做真減輕了我們的麻煩。」

「這次罪證確鑿，原本就能把他定罪。」

「嗯，我們是可以把他關進牢裡，」他說，「這點絕無問題，但這樣使整件事情容易多了。我有沒有告訴你他還留了話？」

「你說過，用口紅寫在牆上。」

「沒錯。真奇怪他竟然沒寫在鏡子上，我猜房東一定也這麼想，畢竟從鏡面上擦掉那些字，要比油漆整面牆壁容易多了，那扇門旁的牆上也掛了一面鏡子，你一定也注意到。」

「我從沒去過那房間，喬。」

「噢，對，我忘了。」他臉上一副你知我知的表情盯著我，「總而言之，這混蛋唯一做過的好事，就是結束他自己。誰也想不到，那種傢伙也會這麼做，對嗎？」

「誰曉得？」我說：「當幻想消散，令他第一次好好看清白己，說不定有時候，人真能在一剎那間清醒過來。」

「在一剎那間清醒，嗯？」

「這種事不是沒發生過。」

「哎，」他拿起酒杯開口說道，「我是不曉得你的情況如何，反正如果是我在一刻間清醒過來，我一定會去找杯這玩意兒，讓烏雲再掩蓋住我。」

「說不定是個好主意。」我答。

∞

他當然期待我向他表白發生在東二十五街的事，希望我證實他心中的懷疑；然而，他若當真這麼期待，那他可有得等了。

這件事我只告訴兩個人。我告訴伊蓮，就某種層面而言，先前在加護病房時我便已經告訴她了；不過很顯然，在那種時刻，人頭腦的某部分就算確實聽到別人說話，事後也不會將訊息傳遞給頭腦的其他部分知道。在她還未出院前，我一直讓她相信摩利是自殺死亡；後來，就在聖誕節我帶禮物去送她時，才將事情真正的經過告訴她。

「太好了，」她說，「感謝老天，感謝你，更要謝謝你讓我知道。」

「我怎麼可能不告訴你呢？不過，我自己也不知道是否該為做了這事而高興。」

「為什麼不該高興？」

我向她說明，一開始就是我栽贓害他才造成這一切事件，而這一次我又重演舊戲，再度假扮上帝。

「甜心，」她答，「別胡說了。當時就算不那麼做，他也一定會再回來尋仇的，而且那使他在牢裡多蹲了十二年而非幾個月。殺了這渾球至少可以確保他不會再製造更多麻煩，至少不在這個人世間作亂，而這是我目前還掛心的世界。」

大約在一月中旬，有一天我和米基又一起聊了一整夜，但這次酒吧打烊後我們沒有去參加屠夫彌撒。因為前幾天下了幾場雪，他想帶我去看看他那棟位於北紐約州的房子，以及那附近山丘覆蓋白雪的美景。於是我們驅車北上，在那裡停留一天，到下午再一起開車回來。那個地方正如他所描述，寧靜而祥和。

北上的路途中，我將摩利結束生命的故事告訴他。他一點也不驚訝，畢竟，他知道我有住址，而且也能了解，我必須靠自己去做，才能解決和摩利之間的糾葛。

摩利的屍體被發現之後，我打電話通知湯姆·哈利哲，但我告訴他的是官方版本的故事。果不其然，當時馬西隆當局也已經重新開案，不過那已無關緊要了。然而這個結果卻意外洗刷司德凡的名聲，我想這對於他的家人朋友而言，都是極珍貴的平反。但相反的，康妮的名聲卻遭到污衊，因為當地報社發現她數年前曾做應召女郎，便把這當成花邊新聞刊登出來。

湯姆提議要我找個時間離開城市去玩，他可以帶我去狩獵，我說聽來不錯，但兩人心裡都明白，這只是口頭上說說罷了。數日前，恰好孟加拉虎隊在超級盃敗陣之時，他打電話說近期內可能會來紐約一趟，我便要他保證屆時一定要與我聯絡，他也再三重申沒問題。或許他真的會聯絡。

8

我沒有把真相告訴吉姆・法柏。

我們每週至少都會一起吃頓晚餐，幾次我都差點脫口而出，我大概遲早會向他說明的。我也不明白究竟是何種力量一直阻止我開口，或許是擔心他會反對，或是怕他如往常一般要求我好好的自我反省一番，我最好還是努力別去驚醒沉睡中的獅子。

哎，這項自白是遲早會發生的。或許在某一次聚會上，一旦我被諸多精神感召觸動，大概就會坦白了吧。

但是目前為止，知道這祕密的只有一名職業罪犯和一名應召女郎，而且他們似乎是我在這世上最親密的人。這無疑突顯出他們的重要性，但我也明白這更是在說明我這個人的一切。

今年冬季氣候酷寒，據說這情況還會持續很久，這對流浪漢而言相當難捱；上週氣溫降到零下之時，便有不少人撐不過去。我們其他人尚能忍受這種氣候，只要穿上保暖衣物，日子還是一樣過下去。